KEY·可以文化

MO YAN

{ 莫 言 作 品 典 藏 }

Winner of the
Nobel Prize
in Literature

感谢那条秋田狗

感谢那条秋田狗

YASUNARI KAWABATA'S AKITA

莫　言
Mo Yan

2009年3月,在意大利罗马

2002年9月，与法国翻译家杜特莱在蒲松龄故居

2006年5月，与日本翻译家吉田富夫在京都

2014年9月，在法国劳尔-巴泰庸图书馆

2014年9月、与法国朋友在埃克斯

2013年首届中华之光·传播中华文化年度人物奖杯

2012年诺贝尔文学奖证书

读鲁迅

莫言

大约七、八岁的时候,就开始读鲁迅了。这决不是也决不敢自夸早慧,也决不是决不敢想借此冲淡一些那批德高望重的老前辈作家涂抹在我脸上的反革命油彩。那时的读鲁迅,实在是因为我脚上生了一个毒疮无法下地跟随行走,只能困硬在炕头上而炕头上恰好有一本成叔念中学的大哥扔在那儿的鲁迅作品集。当时我的阅读兴趣是连环画,而这选集,除了封面上有作者一个坚硬的侧面头像外,别无一点图画,连装饰的花边条纹都没有。墙上倒是颇多贴着一些绘有图画的报纸,但早已看得烂熟了的。于是在万般无奈当中,坐在炕上,望着河里汹涌的秋水,听着寂寞的流淌声和更加寂寞的秋风扫落叶的琴、索、声,我翻开了鲁迅。

不认识的字是很多的,但似乎也并不妨碍把大概的故事看明白,真正不明白的是那些故事里包涵的意思。第一篇好像就是《狂人日记》,现在回忆起那时的感受或曰"读后感",模糊地一种恐怖感使我添了许多少年不应该有的绝望。恰好那时代正是最饿肚子的时刻,连榆树的皮都扒剥光,关于吃人肉的传闻并不是没有,当然也不很多。印象最深至今难忘的传闻是西村

《读鲁迅》手稿

目 录

第一辑

3　读《史记》杂感两篇
10　读鲁迅杂感
16　月光如水照缁衣
　　　——读鲁迅的《铸剑》
20　清醒的说梦者
　　　——关于余华及其小说的杂感
25　两座灼热的高炉
27　三岛由纪夫猜想
34　说说福克纳老头
37　向格拉斯大叔致意
　　　——文学的漫谈
42　好大一场雪
　　　——读帕慕克的《雪》

47	我与译文
52	独特的声音
	——《锁孔里的房间——影响我的十部短篇小说》序言
58	《奇死》后的信笔涂鸦
62	也算创作谈
66	旧"创作谈"批判
77	好谈鬼怪神魔
80	《丰乳肥臀》解
88	胡扯蛋
90	牛就是牛
92	陈旧的小说
94	心灵的废墟
	——关于《沈园》
95	黑色的精灵
98	我再也写不出这样的小说了

第二辑

103	我的墓
	——小说集《爆炸》自序
108	圆梦
	——花山文艺版《食草家族》后记
110	《愤怒的蒜薹》自序
112	《欢乐》前后
	——洪范版《怀抱鲜花的女人》自序
114	梦境与杂种就是好文学
	——洪范版小说集《梦境与杂种》自序
117	雪天里的蝴蝶
	——麦田版小说集《红耳朵》自序

121	"高密东北乡"的"圣经" ——日文版《丰乳肥臀》后记
128	解放军文艺版《师傅越来越幽默》后记
130	猫头鹰的叫声 ——浙江文艺版《莫言散文》自序
132	笼中叙事的欢乐 ——《笼中叙事》再版自序
135	作家的职业性悲剧 ——《天堂蒜薹之歌》再版自序
138	我抵抗成熟 ——日文版中短篇小说集《幸福时光》后记
141	大踏步撤退 ——《檀香刑》后记
146	"飞蚊症"与旧小说 ——《旧作新编》自序
148	我与《收获》 ——小说集《司令的女人》自序
151	语言的优美和故事的象征意义 ——英文版小说集《师傅越来越幽默》序
154	感谢那条秋田狗 ——日文版小说集《白狗秋千架》序
156	诉说就是一切 ——《四十一炮》后记
159	我写作的态度是真诚的 ——《莫言短篇小说全集》前言
160	小说是手工活儿 ——《生死疲劳》新版后记
163	人老了,书还年轻 ——《红高粱家族》再版序言

165	《红高粱家族》的命运
	——韩文版《红高粱家族》序
168	知恶方能向善
	——麦田新版《檀香刑》序
172	听取蛙声一片
	——麦田版《蛙》序言
175	《丰乳肥臀》新版自序
177	《我的高密》自序
179	中篇小说集三序
183	文集序言
185	说不完的话
	——我的《四十一炮》
187	韩文新版《红高粱家族》序
189	《透明的红萝卜》杂忆

第三辑

193	蟾宫折桂
	——《刘步蟾画册》序言
195	都有一口洁白的牙
	——《张璋散文集》序言
198	徐成东和法制题材文学
	——《徐成东作品集》序言
201	自古英才出少年
	——《十六岁遭遇边缘》序言
204	一部热爱男人的小说
	——茅野裕城子小说《韩素音的月亮》序
207	文学应该成为人民的共同爱好
	——《琥珀集》序

209	鲜明的法律之美	
	——《刑场翻供》评点	
212	豪迈的战歌	
	——《太阳花》读后感	
215	写作就是回故乡	
	——《交错的彼岸》序言	
219	潘阳在写诗	
	——《潘阳诗集》序言	
222	轻轻地说	
	——《童庆炳大书》序言	
224	写出自己心中的历史	
	——《中国历代著名帝王书系》序	
227	这简直像个童话	
	——《乞丐囝仔》序言	
230	个人的隐秘	
	——《小小职员》序言	
233	既有历史性又有文学性	
	——《凤城三贤》序	
235	东方的梦想	
	——《诗意磨坊》序言	
238	独特的文化趣味	
	——谭金土随笔《那些》序言	
241	胡说"胡乱写作"	
	——《中国当代作家面面观》序	
244	我的先驱	
	——新版《旱魃》序	
250	金焰的外孙女	
	——《我的三外祖父金焰》序言	

253	将进酒前必读书
	——《酿酒品酒论酒》序言
256	观察与感受
	——《状物散文》序
258	好书必有读者缘
	——《安徽作家散文丛书》序言
261	有关《五福》的通信
270	诗化的散文
	——《熊育群散文集》序
273	诗意的村庄
	——《温柔村庄》序言
275	蝉声嘹唳
	——《崔秀哲小说》序
277	心存真诚　得意忘形
	——《李亚小说集》序
279	大画家李晓刚
	——《李晓刚画集》序
281	人性的张扬　英雄的礼赞
	——《华夏龙魂》序
283	"父母官"的故乡事
	——读《三农手记》
285	草原歌者
	——《苗同利诗集》序
288	多余的序言
	——《大江健三郎口述自传》中文版序
291	欢迎"本小姐"出山
	——《法兰西的烦恼　法兰西的美好》序

第一辑

读《史记》杂感两篇

一、楚霸王与战争

司马迁《史记》的最伟大之处,就在于他彻底粉碎了"成则王侯败则贼"这一思维的模式和铁打的定律。在当时的情况下,这首先是一种卓然不群的眼光,当然还需要不怕砍头的勇气。这目光和勇气的由来,实得力于他身受的腐刑。在他那个时代,腐刑和砍头是同一等级的。许多不愿受辱的人是宁愿断头也不愿去势的。司马迁因为胸中有了一部《史记》,所以他忍辱受刑;也因为他忍辱受了腐刑,才使《史记》有了今天这样的面貌。汉武帝一声令下,切掉了司马迁的私心杂念,切出了他为真正的英雄立传的勇气。大凡人处在得意之时,往往从正面、用官家认可的观点去看世界,而身处逆境时,才能、才愿意换一个角度,甚至从反面来看世界。这有物质上的原因,也有精神上的原因,二者同等重要。无论从文学的观点看《史记》,还是用史学的观点看《史记》,都可以看到这种视角变换的重大意义。换一个角度看世界的结果,便是打破了偏激与执迷,更容易看透人生的本质。站在另一面的了悟者,往往是无法不沉浸在一种悲凉、寂寞的情绪中，但也是无欲无求、超然物外的心态中。比死都可怕的酷刑俺都受过了，俺从死亡线上挣扎过来了，还有什么可以忌惮的吗？有这种"肆无忌惮"的精神作了前提，所以才能避开正统的、皇家的观点，以全新的角度，画出"盗贼"的另一面——失败了的英雄的英雄本色。太史公的实践，对当今的作家依然富有启示。

听我的老师说，司马迁所处的时代，是富有浪漫精神的大时代。浪漫的时代才能产生浪漫的大性格。回首楚汉相争时，代表着时代精神，具有浪漫气质、堪称伟大英雄的人物，非项羽莫属。项羽的精神，引起了司马迁的强烈共鸣。一篇《项羽本纪》，字字有深情。我们从中读出了项羽这位举世无双的青年英雄的天马行空的本色。他少时学书不成改学剑，学剑不成改学兵，学兵不求甚解，草草罢休。这应当是好事，因为任何太具体的知识都会成为束缚这匹天马的缰绳。他身长八尺，力能扛鼎，是天生的英雄。他临危不惧，英猛果断，是天生的战士。少时我在高密，听到过许多传说，其中就有关于楚霸王项羽的。

我爷爷说：楚霸王是龙生虎奶。说秦始皇东巡时，梦中曾与东海龙王之女交合。交合完毕，秦始皇无牵无挂地一走了之，那龙女却身怀了六甲。后来自然就产下了一个黑胖小子。龙女可能考虑到此子是私生，名不正言不顺，传出去有损龙宫声誉，便抛之深山，一走了之。这是货真价实的龙种，当然不能让他就这么死了，于是，来了一只母老虎，为这个孩子喂奶。这男孩就是项羽。这个传说除了说明项羽血统高贵之外，还为他的神力做了一个注脚。另外还有更深一层的意思。这意思就是，项羽如果夺了秦朝的江山做了皇帝，等于子承父业，名正言顺。由此推想，这传说的最早的源头，很可能是项羽手下的谋士们有意制造的谣言，就像陈胜吴广把写有"大楚兴，陈胜王"的绢塞进鱼肚子一样。这种把戏，大概历朝的开国皇帝都练过。我爷爷说，楚霸王能"气吹檐瓦"。怎么算气吹檐瓦呢？就是说项羽站在房檐下,呼出的气流能把房檐上的瓦吹掉。这已经非常玄乎了,但更玄乎的还在后边呢。我爷爷说,楚霸王除了能气吹檐瓦外,还有"过顶之力",何为过顶之力呢? 就是自己拔着自己的头发把自己拔离地面。楚霸王是人类历史上第一个能把自己提离地面的人。这等神力,的确是匪夷所思了。等到我读了《史记·项羽本纪》后,才猜测到,我爷爷所说的"力能过顶",很可能是"力能扛鼎"之讹。老百姓不大容易把"扛鼎"理解好,于是,"力能扛鼎"便成了"力能过顶",而"力能过顶"便成了自己提着自己的头发把自己提离地面。

我想,项羽在民间,之所以不是乱臣贼子面目,而是盖世英雄形象,实得力于文坛英雄司马迁的旷世杰作《史记·项羽本纪》。汉武帝那一刀,切出了一个大目光、大手笔,实在是不经意地为人类文明做出了一个大贡献。当代很多知识分子,受了一点委屈就念叨不休,比比司马迁,就差了火色。当然,绝不是要让人为了写杰作,自愿下蚕室。很多事都是命运使然,真要自愿下了蚕室,也只能去做个李莲英或是小德张,而做不了司马迁。

读了项羽的本纪,我感到这家伙从没用心打过仗。他打仗如同做游戏。这是一个童心活泼、童趣盎然的英雄。他破釜沉舟,烧房子,坑降卒,表现出典型的儿童破坏欲。每逢交战,他必身先士卒,不像个大元帅,就是个急先锋。不冲不杀不呐喊他就不痛快。他斗勇斗力不斗智,让他搞点阴谋什么的他就头痛、心烦。到了最后的时刻,他还对着美人和骏马唱歌。惨败到只剩下二十八骑时还跟部下打赌,证明自己的神力。最后他孤身一人到了乌江边上,还把名马送给好汉,将头颅赠给旧友。他不过江东,并不是不敢去见江东父老。这家伙是打够了,打烦了,他不愿打了。不愿打了,就用刀抹了脖子,够干脆,够利索。他其实从没十分认真地考虑过夺江山、做皇帝的事,那都是范增等人逼着他干的。他的兴趣不在这里。如果真让他做了皇帝,那才是真正的"沐猴而冠",他分封诸王、自封西楚霸王时其实也就是皇帝了,但他做得一塌糊涂。听听他为自己起的封号吧,西楚霸王,孩子气十足,像一个用拳头打出了威风的好斗少年的心态。他是为战斗而生的。英勇战斗就是他的最高境界、最大乐趣。中国如果要选战神,非他莫属。不必为他惋惜,皇帝出了几百个,项羽只有一个。当然,我们也要感谢刘邦,在楚汉战争的广大历史舞台上,他为项羽威武雄壮的表演充当了优秀的配角,从而使这台大戏丰富多彩,好看至极。如果是两个刘邦或是两个项羽打起来,那这台戏就没有什么看头了。

从政治的角度看,刘邦胜利了,项羽失败了。从人生的角度看,这哥俩都是成功者。他们都做了自己想做的事,而且都做得很好。刘邦成功在结果,项羽成功在过程。太史公此文,首先是杰出的文学,然后才是历史。是充满客观精神的文学,是洋溢着主观色彩的历史。

回头想想,战争,即使不是人类历史的全部,也是人类历史中最辉煌、最壮丽的组成部分。战争荟萃了最优秀的人才,集中了每一历史时期的最高智慧,是人类聪明才智的表演舞台。因此,从某种意义上说,历史就是战争的历史,文学也就是战争的文学。小说家观察战争的角度,研究战争的方法,必须不断变化才好。太史公是描写战争的大家,他是当然的战争文学的老祖宗。他也写战争过程,但他笔下的战争过程从来都是有鲜明的性格在其中活动的过程。我们都知道什么是好的战争文学,但我们写起来就忘了文学,忘了文学是因为我们忘不了政治。描写战争灾难,揭示人性在战争中的变异等曾经是别开生面的角度,但"李杜诗篇万口传,至今已觉不新鲜"。如何写战争,我一直跃跃欲试,但很多问题想不清楚,也就不敢轻易动笔。我的心里藏着几个精彩的战争故事,有朝一日,我也许会斗胆动手。

任何一种真正意义上的英雄,都敢于战胜或是藐视不是一切也是大部分既定的法则。彻底的蔑视和战胜是不可能的,所以彻底的英雄也是不存在的。项羽有项羽的不彻底处,司马迁有司马迁的不彻底处。一般的人,通体都被链条捆绑,所以敢于蔑视成法就是通往英雄之路的第一步。项羽性格中最宝贵的大概就是童心始终盎然。这一点与司马迁应有共通之处。司马迁在《项羽本纪》里对项羽给予了深深的同情,而对汉王朝的开国皇帝多有讥刺,这肯定与身受酷刑有关。这样,问题就出来了:司马迁笔下的项羽,是不是历史生活中真正的项羽?同样,历史生活里的刘邦是不是就像司马迁写的那样?这样一想,胡适所说"历史是一个任人打扮的小姑娘",也就有了一点点道理。

二、搜尽奇峰打草稿

历史在某种意义上就是传奇。这是我读史的感想,也是我从个人经验中得出的结论。当年我在家乡做农民,劳动休息时,常与父老们在田间地头小憩。这时,在我们身旁的一个坟包里,也许就埋葬着一个草莽英雄。在那座摇摇晃晃的小桥上,也许曾经发生过惊心动魄的浪漫故事。在那道高高的河堤后边,也许曾经埋伏过千军万马。与我坐在一起抽旱烟的老人也许就是这些故事的目睹者,或是某个事件的当事人。他们总是触景生情地对我讲述他们的故事,或是他们听到或是看到的故事。我发现就同一件事,他们每个人讲的都不一样;同一件事同一个人每一次讲述的也不一样。虽然这些事过去了也不过就是几十年的光景,但它们已经变得众说纷纭,除了主干性的事件还有那么点影子外,细节已经丰富多彩,难辨真假。我发现这些故事在被讲述的过程中被不断地加工润色、升华提高。英雄被传说得更英雄,奇人被传说得更出奇。没有任何一个故事讲述人是不对自己讲述的故事添油加醋的;也没有任何一个史学家肯完全客观地记述历史。因为人毕竟是有感情的,有好恶的,想客观也客观不了。看看司马迁的《史记》就知道他是一个对刘姓王朝充满怨恨的人。凡是遭到刘家迫害,或被刘家冤杀的人,他都寄予了深深的同情,描述到他们的功绩时总是绘声绘色地赞美,极尽夸张之能事。譬如对大将军韩信,对飞将军李广,对楚霸王项羽。他把项羽列入"本纪",让他享受与帝王同级待遇。他写韩信和李广的列传时不直呼其名,而称"淮阴侯"、称"李将军",只一标题间,便见出无限的爱慕和敬仰。究其根本原因,还是因为挨了那不该挨的裆下一刀,忍受着如此的奇耻大辱写汉家的历史,怎么能客观得了。由此推想,我们今天所读到的历史,都是被史学家、文学家和老百姓大大地夸饰过的,都是有爱有憎或是爱憎分明的产物。我们与其说是读史,还不如说是在读传奇;我们读《史记》,何尝不是在读司马迁的心灵史。

司马迁一生最大的特点是好奇。好奇是人类的天性。人类的天性在童年时最能自然流露,所以儿童最好奇。司马迁老而好奇,他是童心活泼的大作家。司马迁的童心表现在文章里,项羽的童心表现在战斗中。

最早提出司马迁好奇的是汉代的杨雄。宋代的苏辙也说:"太史公行天下,周览四海名山大川,与燕赵间豪杰交游,故其文疏荡,颇有奇气。"

好奇是司马迁浪漫精神的核心。

他在二十岁左右,即"南游江、淮,上会稽,探禹穴,窥九嶷,浮于沅、湘;北涉汶、泗,讲业齐鲁之都,观孔子之遗风,乡射邹、峄;厄困鄱、薛、彭城,过梁楚以归"。好奇之心促使他游历名山大川,探本溯源,开阔眼界,增加阅历,也使他的文章疏密参差,诡奇超拔,变化莫测。

司马迁好奇,尤好人中之奇。人中之奇谓之才,奇才。

他笔下那些成功的人物都有出奇之处,都有行为奇怪、超出常人之处。而所有的奇人奇才,都是独步的雄鸡、行空的天马。项羽奇在学书不成学剑不成学兵也不成不学而有术,奇在他是一个天生的战斗之神;韩信奇在以雄伟之躯甘受胯下之辱,拜将后屡出奇计,最后被糊糊涂涂地处死,奇在设计杀他之人竟是当初力荐他之人,这就是"成也萧何,败也萧何";李广奇在膂力过人,箭发石穿,身着奇功,蒙受奇冤;等等,不一而举。所以说一部《史记》,正是太史公抱满腹奇学,负一世奇气,郁一腔奇冤,写一世奇人之一生奇事,发为万古千秋之奇文。

欣赏奇才,爱听奇人奇事,是人类好奇天性的表现。而当今之道德社会,树了那么多的碑,垒了那么多的墙,派了那么多的岗,安了那么多的哨,目的实际很简单:防止人类好奇。所以从某种意义上来说,所有的社会,对人类的好奇天性都是一种桎梏。当然这是没有办法的事。

只有好奇,才能有奇思妙想。只有奇思妙想,才会有异想天开。只有异想天开才会有艺术的创新。从某种意义上说,艺术的创新也就是社会的进步。

好奇的人往往不讨人喜欢,尽管人人都好奇。

好奇与保守从来都是一对矛盾。

好奇者往往有奇特的结局。

一生好奇的金圣叹因好奇而遭祸,临刑时说:"杀头至痛也,抄家至惨也,而圣叹以不意得之,大奇!"

好奇是要付出代价的。

对于一个小说家来说,好奇比学习更重要。学习也是好奇的表现。

如果没有奇人奇事,这世界就是一潭死水。

好奇吧,但不一定去做奇人。

一九九八年

读鲁迅杂感

大约七八岁的时候,就开始读鲁迅了。这绝不是也绝不敢自夸早慧,也绝不是绝不敢想借此冲淡一下那些"德高望重"的革命作家涂抹在我脸上的反革命油彩。那时的读鲁迅的书,实在是因为脚上生了一个毒疮无法下地行走,只能困顿在炕头上,而炕头上恰好有一本我的正在念中学的大哥扔在那里的鲁迅作品选集。当时我的兴趣是阅读连环画,而这选集,除了封面上有作者一个坚硬的侧面头像之外,别无一点图画,连装饰的花边条纹都没有。墙上倒是颠倒贴着一些绘有图画的报纸,但早已看得烂熟了,于是在万般无奈之下,坐在炕上,透过后窗,望着河里汹涌的秋水,听着寂寞的浪涛声和更加寂寞的秋风扫落叶的瑟瑟声,我翻开了鲁迅的书,平生第一次。

不认识的字很多,但似乎也并不妨碍把故事的大概看明白,真正不明白的是那些故事里包含的意思。第一篇就是著名的《狂人日记》,现在回忆起那时的感受,模糊地一种恐惧感使我添了许多少年不应该有的绝望。恰好那个时代正是老百姓最饿肚子的时候,连树的皮都被剥光,关于人食人的传闻也有,初次听到有些惊心动魄,听过几次之后,就麻木不仁了。

印象最深至今难忘的传闻是说西村的庄姓哑巴——手上生着骈指，面貌既蠢且凶——将人肉掺在狗肉里卖。他是以屠狗卖肉为生的，因为是哑人，才得以享有这"资本主义"的自由。据说几个人在吃他的狗肉冻时，突然吃出了一个完整的脚指甲，青白光滑宛如一片巨大的鱼鳞。那些食了肉的人呕而且吐了，并且立即报告给有关部门知道。据说哑巴随即就被抓了，用麻绳子五花大绑着，绑得很紧，绳子直煞进肉里去。

　　这些恰是我读鲁迅不久前的传闻，印象还深刻在脑子里。所以，读罢《狂人日记》，那些传闻，立即便栩栩如生，并且自然地成了连环的图画，在脑海里一一展开。其实，那些食了肉的人，在没发现脚指甲前，并没尝出什么异味，甚至都还赞颂着狗肉的鲜美，只是在吃出了指甲后，才呕而且吐了。据说哑巴的原料是丰富的，挂狗头卖人肉。狗多半是离家出走的——家里连人的嚼谷都没有，狗又不愿意陪着人吃草根咽树皮——离家出走后又多以人尸为主食。吃死人的狗大都双眼通红，见了活人也要颈毛耸立、白牙龇出、发出狼般咆哮的。所以，即便是单吃狗肉也是在间接地吃人。哑巴之所以要在狗肉里掺假，很简单的原因就是猎获一匹吃死人吃红了眼的疯狗很费力气甚至还要冒一些生命的危险。狗一旦离家出走，往往就是觉悟的标志，而狗的觉悟直接就是野性的恢复，直接就是一场狗国的寻根运动，而狗国的根轻轻地一寻就进了狼群。于是那些丧家的吃人肉吃红了眼、野而且疯的狗实际上就是狼的亲兄弟，甚至比狼还要可怕。因为它们毕竟被人豢养过，深知人的弱点而又有着被人愚弄利用过的千代冤仇，这样的狗在受到人的袭击时咬起人来绝不会牙软。这一切旨在说明，尽管遍野可见野狗，但哑巴依靠着原始的棍棒、绳索和弓箭要猎到一条疯狗也并不容易，但他要从路边的横倒和荒野的饿殍身上剔一些精肉则要简便许多。于是就像传说中的熏挂火腿，几只猪腿里必有一条狗腿一样，哑巴出卖的一盆狗肉冻里，就可能添加了相当数量的人肉——写出这样的文字必然地又会让那些恨我入骨的正人君子们恶心、愤怒,让他们仰天长叹:"试看今日之中国,究竟是谁家之天下?"又会让他们联合起来印刷小报广为散发并往他们认为能够收拾我的部门邮寄而且逼着人家或者求着人家表态,让他们在已经由他们赏赐给我的那些写着"文化汉奸""民族败类""流氓""蛀虫"字样的大摞帽子上再加上一顶写着我暂时猜不出什么字样的帽子,让他们对我的旧仇上再添上一些新恨——但终究恶习难改,写着写着就写出了真话。尽管我也想到过,这样写下去,那些毒辣的先生们为了捍卫"文学的阶级性"也许就会弯下腰从靴筒里拔出一柄锋利的匕首从背后捅了我——如果捅了我真能纯洁了文坛,真能使他们认为"不知今日之天下,究竟是谁家之天下"的天下光复了成为了他们的天下,那我甘愿成为他们的牺牲。也正如他们的一员偏将所说:"这样的文字放在反右那会儿,早就划成了右派。"是的,真要复辟了那时代,现今的文坛上,恐怕是布满了右派。如果再彻底一点,重新来一次文化大革命,按他们的革命标准,现今的中国人,只怕大半没有了活路。遗憾和滑稽的是,那些用文化大革命和"反右"的方式对付我的人,竟然也有几个自称是"反右"和"文革"的受害者。这问题我感到百思不得其解,重读鲁迅的《聪明人和傻子和奴才》后才恍然大悟。

  我还是要说要写,因为文坛毕竟不是某人的家庙,而某省也不是某人的后院,时代也早已不是他们虽然在其中吃了苦头(据说)但实际上心神往之的"文革"和"反右"时代。至于我的文章让那些大人先生们舒服不舒服我就不管了。他们结帮拉伙,联络成一个小集团污蔑我,暗害我,很令我不舒服。但他们能因为我不舒服而停止对我的迫害吗?我看过这些先生控诉"反右"和"文革"的文章,甚至曾经产生过对他们的同情。但经历了他们对付我的方式,我感到满腹狐疑。他们置人于死地的凶狠和周纳罗织别人罪名的手段分明是重演着一种故技,好像是不幸被埋没的才能,终于找到了一个机会表现了出来,而且是那样的淋漓尽致。如果真是为了把被不知什么人抢去的江山夺回来而拔剑跃起,这会让我为他们喝一声彩。但事实上,在漂亮的画皮下遮掩着的,往往是一些哑巴掺进狗肉里的东西,甚至连这东西也不如。

后来的事实证明哑巴挂狗头卖人肉的传闻终究是传闻。他并没有被有关部门用麻绳五花大绑了去。我的脚好之后在河堤上逢到过他,依然是蠢而且凶的样子,依然是挑着两只瓦盆卖他的狗肉,依然有许多人买他的狗肉下酒,似乎也不怕从那肉冻里吃出一片脚指甲,传闻也就消逝。但不久哑巴却让他自己手上的骈指消失了,有说是去医院切掉了的,有说是他自己用菜刀剁去的。传闻又起,说他的骈指就掉进了狗肉汤里,与狗肉冻在了一起。一联想又是恶心,但也没让他的生意倒闭,吃狗肉的人照吃不误,似乎也不怕把那根骈指吃出来。

后来生活渐渐地好起来,饿死人的事情几乎没有了,野狗日渐少而家狗渐渐多,但卖狗肉的依然是哑巴一人。即便"文革"中横扫了一切,哑巴的狗肉买卖也照做不误。人人都知道卖狗肉收入丰厚,远远胜过在大寨田里战天斗地,但也只能眼热而已。哑巴卖狗肉,既是历史,又像是特权。他是残疾人,出身赤贫,根红苗正,即便不劳动,生产队里也得分给他粮草。他杀狗卖肉,自食其力,既为有钱的人民提供了蛋白质,又为生产队减轻了负担,正是三全其美的好事。——其实,即使是在"文革"那种万民噤口、万人谨行的时期,无论在民间还是在庙堂,还是有人可以口无遮拦、行无拘谨,这些人是傻子、光棍或者是装疯卖傻扮光棍。譬如"文革"初期,人们见面打招呼时不是像过去那样问答,"吃了吗?——吃了",而是将一些口号断成两截,问者喊上半截,答者喊下半截。譬如问者喊:"毛主席——"答者就要喊:"万岁!"一个革命的女红卫兵遇到我们村的傻子,大声喊叫:"毛主席——"傻子恼怒地回答:"操你妈!"女红卫兵揪住傻子不放,村子里的革委会主任说:"他是个傻子!"于是就像什么也没发生一样。——我在"文革"中的一个大雪纷飞之夜,曾替一拨聚集在一起搞革命工作的人们去哑巴家里买过狗肉。天冷得很,雪白得很,路难走得很,有一只孤独的狗在遥远的地方里哀鸣着。我的心中涌起了很多怕,涌起了怕被吃掉的恐惧——这又是在玩深沉了。

就像一棵树——哪怕是一棵歪脖子树——只要不刨了它的根它就要长大——哪怕是弯弯曲曲的——一样,我这个很败的类也渐渐由少年而青年。那岁月正是鲁迅被当成敲门砖头砸得一道道山门震天价响的时候。那时的书,除了"毛选"之外,还大量地流行着白皮的、薄薄的鲁迅著作的小册子,价钱是一毛多钱一本。我买了十几本。这十几本小册子标志着我读鲁迅的第二个阶段。这时候识字多了些,理解能力强了些,读出来的意思自然也多了些。于是就知道了选进小学语文课本的《少年闰土》原是《故乡》的一部分,而且还知道被选进中学课本的《社戏》删去了对京戏的一些大不敬的议论。可见被断章取义连鲁迅也要承受的,我的拙作被那些刀斧手们切割成一块块的悬挂起来招蝇生蛆就没有什么理由值得愤愤不平了。

这一阶段的读鲁迅是幸福的、妙趣横生的,除了如《故乡》《社戏》等篇那一唱三叹、委婉曲折的文字令我陶醉之外,更感到惊讶的是《故事新编》里那些又黑又冷的幽默。尤其是那篇《铸剑》,其瑰奇的风格和丰沛的意象,令我浮想联翩,终身受益。截止到今日,记不得读过《铸剑》多少遍,但每次重读都有新鲜感。可见好的作品的一个最重要的标志就是耐得重读。你明明知道一切,甚至可以背诵,但你还是能在阅读时得到快乐和启迪。一个作家,一辈子能写出一篇这样的作品其实就够了。

读鲁迅的第三阶段,其时我已经从军艺文学系毕业,头上已经戴上了"作家"的桂冠,因为一篇《欢乐》,受到了猛烈的抨击,心中有些苦闷且有些廉价的委屈,正好又得了一套精装的《鲁迅全集》,便用了几个月的时间通读了一遍。当然这所谓的"通读"依然是不彻底的,如他校点的古籍、翻译的作品,粗粗浏览而已,原因嘛,一是看不太懂,二是嫌不好看。这一次读鲁,小有一个果,就是模仿着他的笔法,写了一篇《猫事荟萃》。写时认为是杂文,却被编辑当成小说发表了。现在回头读读,只是在文章的腔调上有几分像,骨头里的东西,那是永远也学不到的。鲁迅当然是个天才,但也是时代的产物。他如果活到共产党得了天下后,大概也没有好果子吃。

去年,因为一部《丰乳肥臀》和"十万元大奖",使我遭到了空前猛烈的袭击。如果我胆小,早就被那些好汉们吓死了。我知道他们搞的根本不是什么文学批评,所以也就没法子进行反批评。我知道他们一个个手眼通天,其中还有那些具有丰富的"斗争经验"、一辈子以整人为业的老前辈给他们出谋划策并充当他们的坚强后盾,我一个小小的写作者哪里会是他们的对手?但我读了鲁迅后感到胆量倍增。鲁迅褒扬的痛打落水狗的精神我没有资格学习,但我有资格学习落水狗的精神。我已经被你们打落水了,但可惜你们没把我打死,我就爬了上来。我的毛里全是水和泥,趁此机会就抖擞几下,借以纪念《丰乳肥臀》发表一周年。

正是:俺本落水一狂犬,遍体鳞伤爬上岸。抖抖尾巴耸耸毛,污泥浊水一大片。各位英雄快来打,打下水去也舒坦。不打俺就走狗去,写小文章赚大钱。

一九九七年

月光如水照缁衣
——读鲁迅的《铸剑》

鲁迅先生在《铸剑》里塑造了两位有英雄主义气质的人物,黑衣人宴之敖者与眉间尺。眉间尺为报父仇,毅然割下自己的头颅,交给一言相交的黑衣人。黑衣人为了替他报仇,在紧要关头,按照预先的设计,挥剑砍下了自己的头颅。这种一言既诺,即以头颅相托和以头颅相许的行为,正是古侠的风貌,读来令人神往。

眉间尺是个稚气未脱、优柔寡断、心地善良的孩子。他对那只"淹在水里面,单露出一点尖尖的红鼻子"的老鼠,也怀着怜悯的心情。救起它,又觉得它可憎;踩死它,又觉得它可怜。这种心理,是典型的艺术家心理。骨子里是对生命的热爱,是敏感,是善变,是动摇。这样的心态只合适于写小说,不合适于去复仇。

但突变发生了。当他得知父亲为楚王铸剑反被楚王砍了头时,就像自己的少年时代被那柄纯青、透明的利剑砍掉一样,一步跨进了成人的行列。他"全身都如烧着猛火,自己觉着每一根毛发上都仿佛闪出火星来。他的双拳,在暗中捏得格格地作响"。母亲的话,使他明白,作为一个男子汉,此生唯一的目的就是复仇。当他在复仇的猛火燃烧中,拿起那柄使"窗外的星月和屋里的松明似乎都骤然失了光辉"的雄剑时,"他觉得自己已经改变了优柔的性情;他决心要并无心事一样,倒头便睡,清晨起来,毫不改变常态,从容地去寻他不共戴天的仇雠"。但这种成熟是十分幼稚的,他暗下的决心,颇类似小孩子打架时的咬牙发狠。当他把复仇的计划付诸实施时,决心便开始动摇。在路上,"一个突然跑来的孩子,几乎碰到了他背上的剑,使他吓出了一身汗";在冲向楚王的车驾时,"只走了五六步,就跌了一个倒栽葱";并且还被一个干瘪脸少年扭住不放。看来,欲报父仇,光有决心没有临危不惧的胆魄和超人的技巧也是不行的。就在眉间尺被干瘪脸少年扭住不放的瞬间,"黑须黑眼睛,瘦得如铁"的黑衣人出现了。他对着眉间尺"冷冷地一笑","举手轻轻地一拨干瘪少年的下巴,并且看定了他的脸",那少年就"不觉慢慢地松开了手,溜走了"。他的眼睛好像"两点磷火",声音"好像鸱鹗",这是一个冷酷如铁的复仇者形象。他不愿眉间尺称他为"义士",说他"同情寡妇孤儿"。他厌烦地回答道:"唉,孩子,你不要提这些受了污辱的名称。"他严厉地说:"仗义,同情,那些东西,先前曾经干净过,现在却都成了放鬼债的资本。我的心里全没有你所谓的那些。我只不过要给你报仇!"

这种"只不过要给你报仇"的思想,表现了他内心深处的忧愤,近乎虚无绝望的忧愤。他的激情经过铸剑一样的锻炼,达到了"看上去好像一无所有了"的程度。这正是一个久经磨炼、灵气内藏、精光内敛的战士形象。在他身上再也找不到眉间尺那般的"决心""勇气"之类的浅薄东西,正如他自己所说:"我的灵魂上是有这么多的,人我所加的伤,我已经憎恶了我自己。"

一个能够憎恶自己的人,当然不会再如热血少年那样把决心和勇气挂在嘴上。他所着力追求的,就是如何置敌于死命的战斗策略和方法。小说中那奇异的人头魔术,正是他复仇艺术的生动写照。

一切暴君,都喜好杀戮。黑衣人投其所好,用眉间尺的头来引诱他,他果然上当。最喜欢看人头的人的头,竟也变成了整个复仇把戏的组成部分。这里富有意味。

我十几岁的时候,就从中学的语文课本里看到了这篇小说。几十年后,还难忘记这篇奇特的小说对我的心灵震撼。尽管当时不可能完全看懂这篇小说,但还是能感受到这篇小说深刻的内涵、丰富的象征和瑰奇的艺术魅力。

离开了身体的头颅,尚能放声歌唱,尚能继续与仇人搏斗,这的确是迷人的描写。都说这里有象征,但谁也说不清楚,头颅象征着什么,青剑象征着什么,黑衣人又象征着什么。它们既是头又不是头,既是剑又不是剑,既是人又不是人。这是一种黑得发亮的精神,就像葛里高利①看到的那轮黑色的太阳。这是一种冷得发烫、热得像冰的精神。而这恰恰就是鲁迅一贯的精神。

每读《铸剑》,即感到那黑衣人就是鲁迅的化身。鲁迅的风格与黑衣人是那么的相像。到了晚年,他手中的笔,确如那柄青色的雄剑,看似有形却无形,看似浑圆却锋利,杀人不见血,砍头不留痕。黑衣人复仇的行动过程,体现了鲁迅与敌人战斗的方法。

近来我很读了一些武侠小说,颇有所得。但也深感武侠小说夸饰太过,没有分寸感,破坏了小说本应具有的寓言性和象征性。文字和语言因夸饰而失去了张力,丧失了美学价值,只能靠故事的悬念来吸引读者。《铸剑》取材于古代传奇,但由于投入了饱满的感情,所以应视为全新的创造,而不是什么"故事新编"。我一直在思考所谓严肃小说向武侠小说学习的问题。如何汲取武侠小说迷人的因素,从而使读者把书读完,这恐怕是当代小说的一条出路。

眉间尺听了黑衣人一席话,就果敢地挥剑砍下了自己的头颅。他的行为让我大吃了一惊。这孩子,怎么能如此轻信一个陌生人呢?

---

① 长篇小说《静静顿河》的男主人公。——编者注

其实,眉间尺这一剑,其勇敢程度,并不亚于手刃仇敌,甚至还要难上数倍。他这种敢于信任他人的精神,同样是泣天动地。超常的心灵,往往披着愚笨的外衣。

对一个永恒的头脑来说,个人一生中的痛苦和奋斗,成功和失败,都如过眼的烟云。黑衣人是这样的英雄。鲁迅在某些时刻也是这样的英雄。唯其如此,才能视生死如无物,处剧变而不惊。黑衣人连自己都憎恶了。鲁迅呢?

《铸剑》之所以具有如此撼人的力量,得之于其与现实保持着距离。小说并不负责帮助农民解决卖粮难的问题,更不能解决工人失业。小说要说的就是那样一种超常的精神。当然这只是我喜欢的一种小说。

《故事新编》的其他篇什,则显示出鲁迅的另一面。他经常把一己的怨怼,改头换面,加入到小说中去。如《理水》中对顾颉刚的影射,就是败笔。但无论如何,《故事新编》都是一部奇书。这本书里隐含了现代小说中几乎所有的流派。就连其中的败笔,也被当今的人们发扬光大。油滑和幽默,只隔着一层薄纸。

我至今还认为,《铸剑》是鲁迅最好的小说,也是中国最好的小说。

一九九八年六月

清醒的说梦者
——关于余华及其小说的杂感

1987年,有一位古怪而残酷的青年小说家以他的几部血腥的小说震动了文坛。一时,大部分评论家的目光,都集中在他的身上。此人姓余名华,浙江海盐人。后来,我有幸与他同居一室,进行着同学的岁月,逐渐地对这个诡异的灵魂有所了解。坦率地说,这是个令人不愉快的家伙。他说话期期艾艾,双目长放精光,不会顺人情说好话,尤其不会崇拜"名流"。据说他曾经当过五年牙医,我不敢想象病人在这个狂生的铁钳下会遭受什么样子的酷刑。当然,余华也有他的另外一面,这另外的一面也就是跟我们差不多的一面。这一面在文学的眼光下显得通俗而平庸。我欣赏的是那些独步雄鸡式的、令人不愉快的东西。正常的人一般在浴室里才引吭高歌,余华却在大庭广众面前狂叫。他基本上不理会别人会有的反应,而比较自由地表现他的狂欢的本性。狂欢是童心的最露骨的表现,是浪漫精神的最充分的体现。这家伙在某种意义上是个顽童,在某种意义上又是个成熟得可怕的世故老人。对人的理解促使我重新考虑他的小说,试图说一点关于艺术的话,尽管这显得多余。任何一位有异秉的人都是一个深不可测的陷阱,都是一本难念的经文,都是一颗难剃的头颅。对余华的分析注定了也是一桩出力不讨好的营生。这里用得上孔夫子的精神:知其不可为而为之。

我首先要做的工作是缩小研究的范围,把这个复杂的性格放在一边,简单地从思想和文学的能力方面给他定性:

这是一个具有很强的理性思维能力的人,他清晰的思想脉络借助于有条不紊的逻辑转换词,曲折但是并不隐晦地表达出来。这个人善于在小说中施放烟幕弹,并且具有超卓的在烟雾中捕捉亦鬼亦人的幻影的才能。

上述两方面的结合,正如矛盾的统一,构成了他的一批条理清楚的仿梦小说。于是余华就成为了中国当代文坛上的第一个清醒的说梦者。

这种类型的小说,并非是余华的首创。如卡夫卡的作品,可以说篇篇都有梦中境界。最典型的如《乡村医生》,简直就是一个梦境的实录。也许他就是记录了一个梦境。这都无关紧要。余华曾经坦率地承认卡夫卡给他的启示;在他之前,加西亚·马尔克斯在巴黎的阁楼上读完卡夫卡的《变形记》后,也曾经如梦初醒地骂道:"他妈的,小说原来可以这样写!"

这是一种对于小说的顿悟,而那当头的棒喝,完全是来自卡夫卡小说中那种对于生活或是世界的独特的看法。卡夫卡如同博尔赫斯,也是一位为了作家写作的作家。他的意义在于他的小说中那种超越了生活的、神谕般的力量。每隔些年头,就会有一个具有慧根的天才,从他的著作中,读出一些法门来,从而羽化成仙。余华就是一个这样的幸运儿郎。

毫无疑问,这个令人不愉快的家伙,是个"残酷的天才"。也许是牙医的职业生涯培养和发展了他的这种天性,促使他像拔牙一样把客观事物中包含的确定性的意义全部拔掉了。据说他当牙医时就是这样：全部拔光，不管好牙还是坏牙。这是一个彻底的牙医，改行后，变成了一个彻底的小说家。于是，在他营造的文学口腔里，剩下的只有血肉模糊的牙床，向人们昭示着牙齿曾经存在过的幻影。由此推论，如果让他画一棵树，他大概只会画出树的影子。

当然，我捕捉到的，也仅仅是他的影子。

是什么样子的因缘，使余华成为了这样的小说家？这是传记作家的任务。现在，我翻开他的第一本小说集《十八岁出门远行》。我没有精力读完这部小说集，况且，我也认为，对一个作家来说，似乎也没有去把他的全部作品读完的必要，无论他是多么优秀。

我来分析《十八岁出门远行》里的仿梦成分。他写道："柏油马路起伏不定，马路像是贴在海浪上。我走在这条山区公路上，我像一条船。"

小说开篇，就如同一个梦的开始。突如其来，一个梦境、一个随着起伏的海浪漂流的旅途开始了。当然，这是剪裁过的梦境。这个梦有一个中心，那就是焦虑，就是企盼，因为企盼而焦虑，因为焦虑而企盼，就像梦中的孩童因为尿迫而寻找厕所一样。但我更愿意把小说中的主人公寻找旅馆的焦虑看成是寻找新的精神家园的焦虑。黄昏的迫近加重了这焦虑，于是梦的成分越来越强："公路高低起伏，那高处总在诱惑我，诱惑我没命奔上去看旅店，可每次都只看到另一个高处，中间是一个叫人沮丧的弧度。"

这里描写的感觉，是部分神经被抑制的感觉，是一种无法摆脱的强迫症，也是对希腊神话中推着巨石上山的西绪福斯故事的一种改造。人生总是陷在这种荒谬的永无止境的追求中，一直到最后的一刻才会罢休。这里包含着人类生活中最为常见的、但谁也无法摆脱的公式。人永远是这公式的证明材料，英雄豪杰，无一例外。这是真正的梦魇。

"尽管这样，我还是一次一次地往高处奔，次次都是没命地奔。

眼下我又往高处奔去。这一次我看到了,看到的不是旅店而是汽车。"汽车突兀地出现在"我"的视野之内,而且是毫无道理地对着我开来,没有任何的前因后果。正符合梦的特征。汽车是确定的,但汽车的出现却是不确定的,它随时可以莫名其妙地出现,又随时可以莫名其妙地消失。就如同卡夫卡的《乡村医生》中那个从窗框中伸进来的红色马头一样。马从哪里来?要往哪里去?何须问?但马头毕竟是就这样从窗框中伸了进来。

随即"我"就搭上了车,随即汽车就抛了锚。这也许是司机的诡计,也许是真的抛锚。后来,一群老乡拥上来把车上的苹果哄抢了。"我"为保护苹果结果竟然被司机打了个满脸开花。

司机的脸上始终挂着笑容,(笑容是肯定的,为什么笑,笑什么,不知道)并且抢走了"我"的书包和书。然后司机抛弃车辆,扬长而去。

这部小说的精彩之处在于司机与那些抢苹果老乡的关系所布下的巨大谜团。这也是余华在这篇小说里释放的第一颗烟幕弹。如果把这当成一个方程式,那么这个方程式是个不定式,它起码存在着两个以上的根,存在着无数的可能性。确定的只是事件的过程。因为存在着许多可能性,事件的意义也就等于被彻底瓦解。事件是反逻辑的,但又准确无误。为什么?鬼知道。对这篇小说进行确定意义的探讨,无疑是一种愚蠢的举动。当你举着一大堆答案去向他征询时,他会说:我不知道。他说的是真话。是的,他也不知道。梦是没有确定的意义的。梦仅仅是由一系列事件构成的过程,它只是作为梦存在着。诠释这类小说,如同给人圆梦一样,除了牵强附会、胡说八道,你还能说什么呢?

《十八岁出门远行》是当代小说中一个精巧的样板,它真正的高明之处即在于它用多样的可能性瓦解了故事本身的意义,而让人感受到一种由悖谬的逻辑关系与清晰准确的动作构成的统一所产生的梦一样的美丽。

　　应该进一步说明的是,故事的意义崩溃之后,一种关于人生、关于世界的崭新的把握方式产生了。这就是他在他的小说的宣言书《虚伪的作品》中所阐述的:"人类自身的肤浅来自经验的局限和对精神本质的疏远,只有脱离常识,背弃现状世界提供的秩序和逻辑,才能自由地接近真实。"

　　其实,当代小说的突破早已不是形式上的突破,而是来自哲学的突破。余华能用清醒的思辨来设计自己的方向,这是令我钦佩的,自然也是望尘莫及的。

　　那个十八岁的小伙子终究没有找到旅馆,就像那个始终没有找到厕所的孩子一样。多么令人高兴,他到底没有尿在床上。

一九八九年十二月

两座灼热的高炉

我在1985年中,写了五部中篇和十几个短篇小说。它们在思想上和艺术手法上无疑都受到了外国文学的极大的影响。其中对我影响最大的两部著作是加西亚·马尔克斯的《百年孤独》和福克纳的《喧哗与骚动》。

我认为,《百年孤独》这部标志着拉美文学高峰的巨著,具有骇世惊俗的艺术力量和思想力量。它最初使我震惊的是那些颠倒时空秩序、交叉生命世界、极度渲染夸张的艺术手法,但经过认真思索之后,才发现,艺术上的东西,总是表层。《百年孤独》提供给我的,值得借鉴的,给我的视野以拓展的,是加西亚·马尔克斯的哲学思想,是他独特的认识世界、认识人类的方式。他之所以能如此潇洒地叙述,与他哲学上的深思密不可分。我认为他在用一颗悲怆的心灵,去寻找拉美迷失的温暖的精神的家园。他认为世界是一个轮回,在广阔无垠的宇宙中,人的位置十分的渺小。他无疑受了相对论的影响,他站在一个非常的高峰,充满同情地鸟瞰这纷纷攘攘的人类世界。

而《喧哗与骚动》这部同样伟大的著作,最初让我注意的也是艺术上的特色。这些委实是雕虫小技。后来,我才醒悟,应该通过作品去理解福克纳这颗病态的心灵。在这颗落寞而又骚动的灵魂里,始终回响着一个忧愁的无可奈何的而又充满希望的主调:过去的历史与现在的世界密切相连,历史的血在当代人的血脉中重复流淌,时间像汽车尾灯柔和的灯光,不断消逝着,又不断新生着。去年一年(指1985年),在基于上述认识的基础上,我认为我的作品中对外国文学的借鉴,既有比较高极的化境,又有属于外部摹写的不化境。

现在我想,加西亚·马尔克斯和福克纳无疑是两座灼热的高炉,而我是冰块。因此,我对自己说,逃离这两个高炉,去开辟自己的世界!

真正的借鉴是不留痕迹的。福克纳对邮票大的故乡小镇——他的杰弗生镇,加西亚·马尔克斯之于马贡多镇,都是立足一点,深入核心,然后获得通向世界的证件,获得聆听宇宙音乐的耳朵。一个作家如果想在作品中包罗万象,势必浮浅。地区主义在空间上是有限的,在时间上则是无限的;地方主义在时间上是有限的,在空间上则是无限的。加西亚·马尔克斯和福克纳都是地区主义,因此都生动地体现了人类灵魂家园的草创和毁弃的历史,都显示了人类社会发展的螺旋状轨道。因此,他们是大家气象,是恢宏的哲学风度的著作家,不是浅薄的、猎奇的、通俗的小说匠。

我想,我如果不能去创造一个、开辟一个属于我自己的地区,我就永远不能具有自己的特色;我如果无法深入进我的只能供我生长的土壤,我的根就无法发达、蓬松;我如果继续迷恋长翅膀的老头、坐床单升天之类鬼奇细节,我就死了。我想,一、树立一个属于自己的对人生的看法;二、开辟一个属于自己领域的阵地;三、建立一个属于自己的人物体系;四、形成一套属于自己的叙述风格。这些都是我不死的保障。

一九八六年三月

三岛由纪夫猜想

我猜想三岛其实是一个内心非常软弱的人。他的刚毅的面孔、粗重的眉毛、冷峻的目光其实是他的假面。他软弱性格的形成与他的童年生活有着直接的关系。那么强大、那么跋扈的祖母的爱病态了这个敏感男孩的心灵。但如果没有这样一个古怪的祖母,很可能也没有怪异美丽、如同腐尸上开出的黑红的花朵的三岛文学,当然也就没有文坛鬼才三岛由纪夫了。三岛虽然口口声声地说到死,口口声声说他渴望鲜血、渴望杀人,并到底还是以痛苦而艰难的方式自杀,但我猜想其实他是一个很怕死的人。他把自己的生命看得很重,他夸大病情逃避兵役就是他怕死的一个例证。

我猜想三岛是一个在性问题上屡遭挫折的人。他对女人的爱恋到达了一种痴迷的程度,而且是见一个爱一个的。他绝对不是一个性倒错者,更不会去迷恋什么淘粪工人汗湿的下体。我猜想他对男人身体有强烈的反感,他绝对不具备同性恋的倾向。我感到三岛有很多关于他自己的话是骗人的,就像大多数作家的自述是骗人的一样。我并没有读三岛多少文章,但如果三岛痴迷男人的话题是他初涉文坛、三十岁前所说,如果他在四十岁之后再没说过这样的话,那我几乎可以肯定地说,所谓对男人的爱恋云云,其实是三岛标新立异、希望借此引起人们注意的邀宠行为。我猜想当时的日本,没有一个作家是同性恋者或者是没有一个作家敢于自己承认是同性恋者吧?三岛这样一闹,该有多大的魅力啊,由此会让多少读者对他的文学感兴趣啊。他心中最雄伟的男人身体就是他自己的身体。他爱恋的也是自己的身体,并幻想着用自己这样的身体去征服他喜欢的女人。他有点虐待狂的意思对待女人。三岛一生中很多特立独行,其实都是为了他的文学服务的。问题的悲剧在于,评论家和传记作家总是过分地相信了作家的话,其实作家的话是掺了很多假话的。掺假最多的当然是作家的自传性文字。作家的真面貌,应该从他的小说里发现。三岛由纪夫其实就是《金阁寺》中的沟口,当然也不完全是沟口。

我猜想三岛的软弱性格在接触女人时得到了最充分的表现。他有着超于常人的敏感,超于常人的多情。他是一个病态的多情少年,虽然长相平平,但他的灵魂高贵而娇嫩,仿佛还没蝉蜕的幼蝉,承受不了任何伤害。《春雪》中的贵族少年春显既是三岛的理想楷模也是三岛青春期心理体验的形象化表现。我猜想三岛在学习院走读时,在公共汽车上与那个少女贴邻而坐、膝盖相碰的情景,三岛因为激动一定浑身发冷,牙齿打战。这很难说是爱情,那个少女也不一定是美貌的。对三岛这样禀赋异常的人来说,爱情只能是一种病理反应。我猜想在这个时期三岛是没有性能力的,他不可能与他追求的女性完成性行为,他是病态性的精神恋爱。对这样的少年来说,能让他真正成为男儿的,也许是一个浪荡的丑妇,而不是一个美丽的少女。我猜想正由于三岛在青少年时期对女人的无能,他才把"男人汗湿的下体"祭出来,一是为了自慰,二是为了标新。三岛的"同性精神恋",基本上可以理解为一种文学的行为。类似三岛的青少年不多,但卓越的艺术家大概都有类似的心路历程。我猜想三岛在结婚之前,已经与成熟的女人有过了成功的性经验,他的所谓的"同性精神恋"自然也就痊愈了。结婚是三岛人生的也是他的文学道路的重大转折。他与妻子的正常生活治愈了他在男女关系上的自卑,然后他就堂堂皇皇地开始描写正常的健康的男女之爱,有《潮骚》为证。

我猜想三岛自己也不愿说清楚《金阁寺》里的金阁到底象征着什么。我认为《金阁寺》简直可以当成三岛的情感自传。沟口的卑怯的心理活动应该是三岛结婚前反复体验过的。我认为如果硬说金阁是一个象征,那么我猜想金阁其实是一个出身高贵、可望而不可即的女人的象征。三岛是没有能力和这样的女人完成性爱的,就像许多文弱的少年没有能力和他心仪已久、一朝突然横陈在他的面前的美女完成性爱一样。美是残酷的,震慑着谦卑的灵魂。我猜想三岛婚前一定有这样的经历,当那美人怅恨不已地披衣而去时,那无能少年的痛苦会像大海一样深沉。他更加痴恋那美人,并一遍又一遍地幻想着与那美人痛苦淋漓地造爱的情景,就像沟口一遍又一遍地幻想着金阁在烈火中熊熊燃烧的情景一样。金阁在烈火中的颤抖和哔剥爆响,就是三岛心中的女人在情欲高潮中的抽搐和呻吟。所以当中村光夫问三岛:"我以为不要写第十章烧金阁会不会更好啊?"三岛回答说:"但是中断性交对身体是有害的啊!"我想这其实不是三岛开的玩笑,而是他发自内心的话。正如中村光夫所说:"三岛设计烧金阁这种表现,很可能是他在此之前对人生所感到的最官能性的发情的一种形式。"三岛是将"金阁作为他的情欲的对象来描写的"。痴情少年在没得到美人之前,会想到以死来换得一响欢爱,但一旦如愿以偿后,死去的念头便烟消云散了。所以沟口火烧金阁之后,就把为自杀准备的小刀扔到谷底,然后点燃了一支香烟,一边抽一边想:"还是活下去吧。"是的,朝思暮想的美人也不过如此,还是活下去吧。

我猜想三岛写完《金阁寺》后,好评如潮,名声大振,家有美妻娇女,物质和精神都得到了满足,他已经落入了平庸生活的圈套。他的一切都已经完成了,他已经是一个功成名就、家庭圆满的完人。他的隐藏在内心深处的自卑通过完美的、符合道德标准的家庭生活和那把烧掉了金阁的熊熊烈火得到了疗治,他再也不必通过编造"迷恋淘粪工人的下体"的谎言来自欺和欺人了。但三岛是决不甘心堕入平庸的,他对文学的追求是无止境的,就像男人对美女的追求是无止境的一样。当一个文学家完成了他的代表作,形成了自己的所谓的"风格"之后,要想突破何其困难。没有风格的作家可以变换题材源源不断地写出新作,有风格的作家,大概只能试图依靠一种观念上的巨变,来变换自己的作品面貌。因此也可以说,当一个作家高呼着口号,以发表这样那样的宣言来代替创作的时候,正是这个作家的创作力已经衰退或是创作发生了危机的表现。作家如果果然萌发了一个全新的观念,那他的创作前途将是辉煌的。但要一个已经写出了自己的代表作的作家脱胎换骨谈何容易,包括三岛这样的奇才。他只能祭起武士道的旧旗,加以改造后,来和自己做斗争。他深刻地认识到了功成名就的危机,他不择手段地想从泥潭中挣扎出来,但这样做付出的代价是十分沉重的。这沉重的代价之一就是三岛从此丧失了纯真文学的宝贵品格,变成了一个具有浓厚政治色彩的文学家。代价之二就是他的强烈的理念部分地扼杀了他的文学的想象力。但此时的三岛已经别无选择。与三岛同样面临困境的作家没有比三岛选择得更好的了。写完《金阁寺》之后的漫长岁月里,三岛在日本文坛上还是热点人物,他时而当导演,时而当演员,时而做编剧,时而发表政论,时而组织社团,可谓全面出击,空前活跃。这些活动表现了三岛的多方面的才能,也维持了三岛的赫赫名声。但三岛骨子里是个小说家,他真正钟情的、真正看重的还是小说。我猜想三岛在那些纷繁的岁月里,始终处在痛苦和矛盾之中。他所极力宣扬的"新武士道"精神,并不一定是他真正信仰的东西,那不过是他移植来的一棵老树,是他自救的、漂浮在汪洋大海上的一根朽木。三岛清醒地知道,他固然已经名满天下,但还没有一部堪称经典的巨著,来奠定他的大作家的地位。他的一切引起人们的非议的行为,其实都是在为他的大长篇做的思想上的和材料上的准备。他其实把他的《丰饶之海》看得远比天皇重要。当他写完了这部长篇之后,他也必须死了。他已经骑在了老虎的背上,如果不死就会落下笑柄。

我猜想三岛是一个十分看重名利的人,他远没有中国旧文人那种超脱的淡泊的心境(绝大多数中国旧文人的淡泊心境也是无奈何的产物)。他也是一个很在意评论家说好说坏的人。写完《春雪》《奔马》后,他心中忐忑不安,直到得到了川端康成的激赏,心中的一块石头才落了地。写完《晓寺》后,评论家保持着沉默,他便愤愤不平地对国外的知音发牢骚。由此可见,三岛是一个很不自信的作家,评论家的吹捧会让他得意忘形,评论家的贬低又会使他灰心丧气,甚至恼怒。三岛并不完全相信自己的文学才华。他的自信心还不如中国当代的许多文学少年,当然那些文学少年的狂言壮语也许是夜行少年为了抵抗恐惧而发出的嚎叫——壮胆而已——底气却很虚弱。我猜想三岛并不总是文思如潮,下笔千言,他也有写不出来的时候。写不出来,他就带着一群年轻人到国民自卫队里去接受军事训练。归根结底,还是因为文学,因为小说,并不是因为他对天皇有多么的忠诚。三岛努力地想把自己扮演成一个威武的、有着远大政治理想和崇高信仰的角色,实则是想借此来吸引浅薄的评论家和好起哄的民众的目光,骨子里是想用这样的非文学的手段,为他的最后一部长篇做广告。他最后的剖腹自杀更是做了一个巨大的广告,一个极其成功、代价昂贵的大广告。从他的头颅落地那一刻起,一道血光就把他的全部的文学和他的整个的人生照亮了。从此三岛和三岛的文学就永垂不朽了。三岛的亲近政治是他的文学手段,是他的戏,但演戏久了,感情难免投入,最后就有点弄假成真的意思了。其实,如果是真的要效忠天皇,何必要等到写完《丰饶之海》再去剖腹?国家和天皇不是比一部小说要重要得多吗?但三岛的过人之处就是他把这戏演到了极致,使你无法不相信。大多数祭起口号或是旗帜的作家在目的实现之后,马上就会转向。所以三岛毕竟是了不起的。

我猜想三岛临终前是很犹豫的。从根本上说,他并不想死。他很爱这个世界,但口号喊得太响亮了,不死就无法向世人交代。所以三岛是个老实人,是个很有良心的人,其实,你不剖腹谁又能管得着你?

我猜想三岛一生中最大的遗憾是不能看到他死后的情景,他一定千百次地想象着他剖腹后举世轰动的情景,想象着死后他的文学受到世界文坛关注的情景。他也许常常会被这些情景感动得热泪盈眶,但热泪盈罢,遗憾更加沉重。这是无法子两全的事,要想实现这些目的,必须死,但死了后就无法看到这些情景。于是他在死前把一切都安排得很妥当,为妻子留下遗言,将腕上的名表赠送给追随自己的同党。如果是为了天皇义无反顾地去献身,大概也没有闲心去思考并办理这些鸡毛蒜皮的琐事了。

三岛一生,写了那么多作品,干了那么多事情,最后又以那样极端的方式结束了自己的一生,好像非常复杂,但其实很简单。三岛是为了文学生,为了文学死。他是个彻头彻尾的文人。他的政治活动骨子里是文学的和为了文学的。研究三岛必须从文学出发,用文学的观点和文学的方法,任何非文学的方法都会曲解三岛。三岛是个具有七情六欲的人,但那最后的一刀却使他成了神。

三岛本来没有什么难解的地方,但正是那最后的一刀使他成了一个巨大的谜语。但几十年后,我们还要开会来研究他,谜底也就解开了。他要的就是这个效果。

作为一个作家,三岛是杰出的。杰出的作家并非三岛一人,但敢于往自己的肚子上捅刀子的作家就只有三岛一人了。

这样的灵魂是不能安息的。

一九九五年十二月

说说福克纳老头

今年是福克纳诞生一百周年,我想我应该写几句话来纪念他。

十几年前,我买了一本《喧哗与骚动》,认识了这个叼着烟斗的美国老头。

我首先读了该书译者李文俊先生长达两万字的前言。读完了前言,我感到读不读《喧哗和骚动》已经无所谓了。李先生在前言里说,福克纳不断地写他家乡那块邮票般大小的地方,终于创造出一块自己的天地。我立刻感到受了巨大的鼓舞,跳起来,在房子里转圈,跃跃欲试,恨不得立即也去创造一块属于我自己的新天地。

为了尊重福克纳,我还是翻开了他的书,读到第四页的最末两行:"我已经一点也不觉到铁门冷了,不过我还能闻到耀眼的冷的气味。"看到这里,我把书合上了,好像福克纳老头拍着我的肩膀说:行了,小伙子,不用再读了!

我立即明白了我应该高举起"高密东北乡"这面大旗,把那里的土地、河流、树木、庄稼、花鸟虫鱼、痴男浪女、地痞流氓、刁民泼妇、英雄好汉……统统写进我的小说,创建一个文学的共和国。当然我就是这个共和国开国的皇帝,这里的一切都由我来主宰。创建这样的文学共和国当然是用笔,用语言,用超人的智慧;当然还要靠运气,好运气甚至比天才更重要。

福克纳让他小说中的人物闻到了"耀眼的冷的气味",冷不但有了气味而且还耀眼,一种对世界的奇妙感觉方式诞生了。然而仔细一想,又感到世界原本如此,我在多年前,在那些路上结满了白冰的早晨,不是也闻到过耀眼的冰的气味吗?未读福克纳之前,我已经写出了《透明的红萝卜》,其中有一个小男孩,能听到头发落地的声音。我正为这种打破常规的描写而忐忑不安时,仿佛听到福克纳鼓励我:小伙子,就这样干。把旧世界打个落花流水,让鲜红的太阳照遍全球!

从此后,我忙于"建国"的工作,把福克纳暂时冷落了。但我与这个美国老头建立了一种相当亲密的私人关系。我经常在夜深人静时想起他。我还用见到他的书就买这种方式来表示我对他的敬意。

每隔上一段时间,我就翻翻福克纳的书。他在书里写了些什么对我来说已经不重要了。至今我也没把他老人家的哪一本书从头到尾读完过。我看他的书时,就像跟我们村子里的一个老大爷聊天一样,东一句西一句,天南地北,漫无边际。但我总是能从与他的交流中得到教益。

当我一度被眼前那些走红小说闹得眼花缭乱时,福克纳对我说:伙计,要永远定出比你的能力更高的目标,不要只是为想超越你的同时代人或是前人而伤脑筋,要尽力超越你自己。

当我看到别人的成功发财心中酸溜溜时,福克纳对我说:伙计,好的作家从来也不去申请什么创作基金之类的东西,他忙于写作,无暇顾及。如果他不是一流作家,那他就说没有时间或经济自由,以此来自欺欺人。其实,好的艺术可以来自小偷、私酒贩子或者马夫。仅是发现他们能够承受多少艰辛和贫困,就实在令人惧怕。我告诉你,什么也不能毁灭好的作家,唯一能够毁灭好的作家的事情就是死亡。

好的作家没有时间去为成功和发财操心。

　　与福克纳老头相交日久,我也发现了他一些可爱的小毛病。譬如说话没准,喜欢吹牛。明明没当上空军,却到处说自己开着飞机上天打过空战,脑袋里还留下一块弹片。而且他还公开宣称,从不为自己说过的话负责,譬如他曾经说过的一个作家为了创作,可以去抢劫自己的母亲。他跟海明威的关系也像两个小男孩似的,打起来很热闹,但没有什么质量。尽管如此,我还是越来越喜欢他。也许是因为他有这些缺点我才能历久不衰地喜欢他。

　　前几年,我曾去北京大学参加了一个福克纳国际讨论会,结识了来自福克纳故乡大学的两位教授。他们回国后寄给我一本有关福克纳生活的画册,其中有一幅福克纳穿着破胶鞋、披着破外套、蓬乱着头发、手拄着铁锹、站在一个牛栏前的照片。我多次注视着这幅照片,感到自己与福克纳息息相通。

一九九七年十月

向格拉斯大叔致意
——文学的漫谈

从二十世纪八十年代开始,中国文学开始焕发出勃勃生机。当时,文学是社会的热点,作家的工作也受到了大众的瞩目。一个年轻人,只要能写出一篇有点新意、或者是触及了社会敏感问题的短篇小说,马上就会成为新闻人物,并由此获得受到人们普遍尊敬的作家称号。这个时期,也是外国文学对中国作家产生了巨大影响的时期。到目前为止,我想还没有一个八十年代后成名的中国作家敢肯定地说他的创作没有受到外国文学的影响。之所以发生这样的现象,是因为在此之前,中国作家长期生活在一个封闭禁锢的社会里,对西方世界的作家们取得的重大成就缺乏了解。进入八十年代后,改革开放政策使国门打开,大量的西方作家的优秀作品被翻译成了中文,在西方世界早已轰动多年的许多重要著作,在中国再次引起轰动,强烈地震撼着作家们的心灵。在那几年里,中国作家们如饥似渴地阅读着,勤奋地创作着,不自觉地模仿着,使中国的小说开始摆脱了"文学为政治服务"这样的咒语般的口号,获得了一定程度的心灵的和创作的自由。

在西方作家的作品涌入中国之后不久,中国作家的最新作品也开始受到了西方汉学界的关注。与此同时,很多走红的作家也开始频繁地走出国门,开始了与西方的交流。但这时的西方汉学界看待中国作家和作品的眼光,还没有完全地摆脱政治的视野。他们总是想从中国作家身上和中国作家的作品中发现中国的政治生活,而且总是能够有所发现。这个时期被介绍到西方世界的大多数作品,都带着明显的为政治的或者反政治的痕迹。而这个时期频繁地获得出国机会的作家,也大都是体制内的宠儿。他们一重身份是作家,一重身份是文化官员。这些人出国后,对西方充满了戒意甚至是敌意,很少能用纯然的文学的立场,与西方的作家和普通的文学读者进行交流。这个时期被翻译成外文的中国作家的作品的真正读者,大多局限在汉学界和大学等研究机构的圈子里,并没有被普通读者注意。

进入九十年代后,这种尴尬的境况有了改观。首先是许多有眼光的汉学家,开始摆脱了意识形态的束缚,用比较纯粹的文学眼光来搜索中国新时期文学里的佳作,汉学家与作家的合作也逐渐地消除了官方的中介,演变成为民间的、友谊的、文学的行为。这种改变,使纯粹文学意义上的中国当代优秀文学作品被翻译到西方,与此同时,被翻译成外文的中国作品,也开始从大学或研究机构的小圈子里走出来,进入了西方的图书市场,不再依靠非文学的因素,而是依靠着作品的文学性和艺术性,被西方读者选择。

我的作品,在二十世纪的八十年代末即引起了西方汉学界的注意,但我的书在西方成为商品,却是九十年代初期的事。我平生第一次出国是1987年,出访的国家是德国。当时,柏林墙还冷漠地耸立着,将美丽的柏林一分为二,前苏联的士兵还像雕塑一样站在德国的一座雄伟的建筑物大门前,让我的心灵受到沉重的压抑和震撼。那次中国派出了一个十几人的作家代表团,团长和副团长都是中国作协的领导人。邀请我们访德的是一个德国的老太太,代表团的名单是邀请方和中国作协妥协的产物,也就是说,像我这样的非主流作家,是不可能获得出国访问的机会的,但因为这次邀请的民间性质,中国作协不得不做出让步。因为在中国作家协会这个系统里,直到现在,出国还被看成是一种待遇或是奖赏,只有他们喜欢的作家,才可能被派遣出国。

那次在德国,有关文学的活动其实很少,大多数的时间是在观光旅行。德国很有几个令我心仪的作家,譬如君特·格拉斯,譬如西格弗里德·伦茨,但我知道我是不可能见到这些作家的。一是西方的作家对中国作家不会感兴趣,二是我们的确也没有写出像《铁皮鼓》《德语课》这样的伟大作品,从而获得与他们对话的资格。尽管我没有见到这两位伟大作家,但到达了他们生活过和生活着的地方,置身于他们小说中所描写过的环境,一种亲切的感觉还是油然而生。格拉斯和伦茨,他们对我的吸引力比德国这个国家对我的吸引力还要巨大,如果能见到他们,我想这会成为我的隆重的节日。

进入九十年代之后,出国已经不再是文坛贵族的专利,作品被翻译成外文,也不再是一件稀罕的事情。偶尔也能听到某个中国作家的作品的外文译本在国外获得了这样那样奖项的消息,但中国作家在海外的影响与外国作家在中国的影响比较起来,还是微乎其微。

九十年代末,我频繁出国,去促销自己的书,去参加文学的会议,尽管中国文学在世界文学中的地位还不能与西方的文学抗衡,但情况较之八十年代我去西德时,显然有了好转。譬如我的《红高粱家族》的意大利文本,仅精装本就卖了万余册,法文版的《丰乳肥臀》出版三个月就卖了八千册,这样的数目尽管与畅销书不能同日而语,但一部中国作家的小说,在意大利和法国这样人口不多的国家,能有这样的销量,已经是很令人满意了。即便在拥有十三亿人口的中国,很多小说也只能卖出几千册。

去年我的小说《酒国》的法文版在法国得了一个文学奖(LAURE-

BATAILLON),我去领奖时通过翻译与参加这次评奖的一个评委沃洛丁进行了简单的交流。他本身也是法国的一个很优秀的作家。他说这次评奖进入了最终决赛的三部作品都是中国作家的,一部是高行健的《灵山》,一部是李锐的《旧址》,《灵山》为高行健赢得了诺贝尔文学奖,《旧址》也是被很多汉学家赞扬过的作品,但评委们最终却选择了我的《酒国》。沃洛丁说,他们认为,《酒国》是一个具有创新精神的文本,尽管它注定了不会畅销,但它毫无疑问的是一部含意深长的、具有象征意味的书。这样的评价通过一个法国作家的口说出来,真让我感到比得了这个奖还要高兴。因为我的这部《酒国》在中国出版后,没有引起任何的反响,不但一般的读者不知道我写了这样一部书,连大多数的评论家也不知道我写了这样一部书。

时至今日,八十年代那种用非文学的眼光来观察中国文学并决定翻译出版的现象依然存在,我认为这是正常的,而且是永远也不可能消除的。就像中国的出版社为了利润在不断地制造畅销书一样,西方的出版社也希望能出版给他们带来丰厚利润的书。但毕竟是有很多的翻译家和出版社正在默默地工作着,不是为了利润,而是为了向西方的读者介绍真正优秀的中国文学作品。

在新的世纪里,随着中国作家创作自由度的逐步加大,随着作家创作个性的充分展示,必将有更多的佳作出现;假以时日,中国作家在世界上的地位也将逐步提高,中国文学在世界文学中的重要性也将与日俱增。我作为一个中国作家,中国是我的最佳创作环境。我对我自己的创作充满信心,因为我知道,我用卑下的心态把自己与诸多的作家区别了开来。中国向来就有"文以载道"的传统,许多作家往往过高地估计了自己的社会地位,错以为自己真是什么"灵魂的工程师",肩负着教育人民、为人民代言的重任,这就使他们不自觉地成为精神的贵族,不自觉地用一种居高临下的眼光来看待生活在社会底层的广大人民,用这样的眼光观察到的生活必然是虚假的生活,用这样的态度写出来的作品必然地是虚伪的、缺少生命力的作品。这样的态度,已经被很多作家所抛弃。也有部分作家,心态狂傲,目中无人,自以为老子天下第一,看不见、看见了也不愿意承认别人取得的成就,这样的态度,事实上也大大地伤害了他们的写作。我相信,中国有不少像我这样的作家。我们弯着腰,像辛勤的农夫一样在文学的田地里耕耘着,我们在积极地劳动着的同时,又虔诚地祈望上帝赐给我们好运气,因此我相信,在不久的将来,伟大的作品必将诞生,中国作家与西方作家平等交流、中国文学被全世界的读者所阅读并喜爱的日子已经为时不远了。

二〇〇一年

好大一场雪
——读帕慕克的《雪》

两年前,读完《我的名字叫红》之后,即对帕慕克先生娴熟的文学技巧赞赏不已。在土耳其使馆召开的研讨会上,我曾经说过:"天空中冷空气与热空气交融会合的地方,必然会降下雨露;海洋中寒流与暖流交汇的地方,必然会繁衍丰富的鱼类;而在多种文化碰撞交流的地方,总是能够产生优秀的作家和优秀的作品。因此可以说,先有了伊斯坦布尔这座城市,然后才有了帕慕克的小说。"这段话被多家报刊引用,我自己也颇为得意。但读完了他的《雪》之后,我感到惭愧,因为那段看起来似乎公允的话,实际上是对帕慕克创作个性与艺术技巧的忽略。

当然,伊斯坦布尔这座联结欧亚大陆,有着悠久历史、融汇了多种文化、汇聚了诸多矛盾和冲突的城市,毫无疑问地对帕慕克的创作产生了深刻的影响,但像帕慕克这样一个具有优雅气质、饱读诗书、对人类命运极为关切的文学天才,即使不在伊斯坦布尔,依然会创作出杰出的作品,依然会放射出夺目的光彩。《雪》就是证明。下面,我试从四个方面来谈一下此书的艺术特点。

叙事的迷宫

卡夫卡让他的K始终在城堡外徘徊,帕慕克却让他的卡轻而易举地闯入了这座城市,而且是迅速地置身于这座城市的矛盾冲突中,由一个外来者迅速地变为矛盾的焦点。读者跟随着卡,一步步深入迷宫,先是像卡一样迷茫,继而像卡一样惊悚,然后伴随着他,体验着幸福、痛苦、企盼、焦虑、犹豫、嫉妒等等感受,直至逃离这座城市。卡直到死时,大概也没弄明白他这次爱情之旅何以演变成了死亡之旅,但读者却明白了他的失败,在于他的看似纯洁无瑕的爱,其实包藏着贪欲、自私和怯懦。读者之所以能超出小说人物的视野并对他的行为进行居高临下的审视,我想这得力于小说中的叙事者奥尔罕的不断介入。这种元小说技巧,既为作家提供了叙事的便利,也为读者的阅读制造了心理空间。

《雪》的结构之妙不仅仅在于作者设置了奥尔罕这个介于小说作者与小说主人公之间的人物,而且,作者运用"戏中戏""书中书"的方法,使这部小说呈现出层层叠叠的状态。

苏纳伊·扎伊姆一手导演的,在民族剧院上演的那两场戏剧,把小说推向了两次高潮。这两场真假难辨的戏剧,既是小说精巧的结构,又赋予了这部小说以荒诞的色彩,从而影响了小说的整体风格。而作家帕慕克写出的这本《雪》和奥尔罕寻找着的那本《雪》,以及卡创作着的那本《雪》,成为一个优雅的副题,使这部表现严肃内容的政治小说,蒙上了一层忧伤而温情的面纱。

喧哗的众声

在一部小说中,作者究竟应该扮演一个什么角色,是直接跳出来进行道德说教和评判,还是隐身其后,让小说中人物各抒己见、自由表演?帕慕克先生非常聪明地取了后一种态度。处理这样一部涉及土耳其社会复杂现实和深层矛盾的小说,作者只能隐身其后。

《雪》中出现了形形色色的人物,有伊斯兰教徒,有无神论者,有阴险的政客,有天真的青年……书中有大量的对话、争论,内容涉及宗教、政治、爱情、幸福、生活的意义、信仰的真伪,众声喧哗,简直就是一场不同思想间的论战。作者居高临下,强有力地操控着人物,让人物充分表演,但又不突破艺术的规范,从而使小说的某些精彩篇章产生了嘉年华般的效果。

《雪》之所以能够引起广泛的争议,之所以能够产生那么强烈的震撼力,就在于它的复调性质和它的道德观念的多重性。我一向认为,伟大的小说的一个重要特征就在于它的多义性,就在于作者不用自己的道德和价值观念限制小说中人物和读者的思想。作家对社会问题当然会有自己的看法,作家当然会有自己的道德标准。但面对着世界上的许多重大问题,作家应该认识到自己的局限,你的所谓的正确思想,其实很可能带着历史的局限和自我的偏见。宽容些,让各色人等都发出自己的声音,让这些声音流传下去在历史长河中得到评判,才是一个作家比较可靠的选择。

丰富的象征

雪,无处不在的雪,变幻不定的雪,是这部小说中最大的象征符号。如前所言,雪既是本书的书中之书,又是本书的结构模式;但留给读者印象最深刻的还是那洋洋洒洒的、遮天铺地的雪。雪无处不在,人物在雪中活动,爱情和阴谋在雪中孕育,思想在雪中运行。雪使这个小城与世隔绝,雪制造了小城里扑朔迷离、变幻莫测的氛围。正因为有了雪,这里的一切都恍如梦境,这里的人,这里的物,包括一条狗,都仿佛蒙上了一层神秘色彩,带着不确定性。

帕慕克的高明之处,就在于他没用故弄玄虚的方式来赋予雪以象征性。他在书中数百处写了雪,但每一笔都很朴实,每一笔写的都是雪,但因为他的雪都与卡的心境、卡的感受密切结合着写,因此,他的雪就具有了生命,象征也就因此而产生。

写过雪的作家成千上万,但能把雪写得如此丰富,帕慕克是第一人。

生动的细节与新奇的比喻

《雪》的魅力,除了上述种种,还在于它的生动、独特的细节和丰富的充满了想象力的比喻:

> 看见点着蜡烛的餐桌,他走了过去。餐桌上所有的人和墙上的黑影都转向了卡。

——他不但写了人,还写了人的影子。这样的细节描写,建立在作家精确的观察力上。

> 厨房的烛光里,卡看见了伊·珂和卡迪菲拥抱在一起,胳膊搂着对方的脖颈,就像一对情人。

——姐妹拥抱,像一对情人,这是新奇的比喻,也是非常准确地表现了姐妹俩特殊关系的比喻。

> 搜查记录做好后,卡和穆赫塔尔坐在警车后排,像犯了错的两个孩子一样一声不吭。穆赫塔尔放在膝盖上的又大又白的手

像又胖又老的狗。

——以这样的比喻来写两个男人和男人的手,独特而新奇。

雪在一种神秘甚至是神圣的寂静中飘着,除了自己时隐时现的脚步声和急促的呼吸声,卡听不到任何声音。……有的雪花缓缓地向下坠落,而另外一些则坚决地向上,向黑暗深处升去。然而大厅里一片死寂……大家像蜡烛一样一动不动地坐着……

——这样的描写,既是物理的,更是心理的。这样的比喻,既是熟悉的,又是陌生的。

白铁皮烟囱被打穿了,烟像烧开了的茶壶口冒出的蒸汽一样开始向外喷着……

——这样的细节,不仅仅是观察力的表现,更是作家想象力的表现。

类似的例子,不仅在帕慕克先生的《雪》里,在他其他的作品里,都是随处可见。这是帕慕克文学魅力的一个重要方面,也是帕慕克文学才能的重要表现。他的准确,他的细腻,他的耐心,都通过这样的细节描写和精彩比喻显示出来,这样的能力,既是训练的结果,也是天才的禀赋。

我没有资格号召中国作家向帕慕克先生学习,但我自己要好好向帕慕克先生学习,当然,很多东西是无法学的。

二〇〇八年五月

我 与 译 文

上海译文出版社约我写一篇文章,庆祝该社成立五十周年。我推辞数次,终究没推掉。推辞的一个重要理由是我以为从没看过该社出版的书,但一览书架,才发现架上竟有几十本,其中几本还是我非常喜欢、受益匪浅的。

我是个迷迷糊糊的读者,看书或买书从不看版本,作者的名字除了那几个著名的之外,其他的一概记不住;至于书中人物的名字更是过眼就忘。翻译家的名字则是触目不读,这实在是罪过。

我不懂外文,深感矮人半截。八十年代末,心血来潮,进了一个"研究生班",想学点英语装装门面,但背到二百个单词时,便丧失了信心。虽然最后也通过了毕业考试,但那完全是靠了同学从后边递过来的小条子和监考老师的宽容才勉强过关。有过这样的学外语经历后,更加清楚地认识到,语言这东西果真不是可以随便学会的。马尔克斯说一个作家过了三十岁就像老鹦鹉一样是学不会语言的。他指的可能是文学语言,但我更愿他指是学外语。这样便可把我不通外语的原因推到"四人帮"头上,因为他们搞文化大革命,使我错过了学会外语的年龄。

因为我学不会外语,所以我对通晓外语的人满怀着敬仰之情,深感到能说一口流畅外语的人都是天才,尽管通晓外语的人并不这样认为。我在比较年轻的时候,偶尔也曾犯犯狂妄的毛病,鄙薄一下过去的作家,但有了学外语的惨败经历后,想到那些曾被我瞧不起的作家留过西洋或是东洋,不但能创作,而且能翻译,高手甚至能用外语写作,立即就把他们敬佩得要命,立即就自卑得要死,立即就感到自己实在是文坛的滥竽。

九十年代初我曾去北大英语系参加过一个关于福克纳的国际研讨会,认识了好几个慕名已久的翻译家,如李文俊先生、陶洁先生等。在那次会上,除了我之外,与会的人都能操一口流利的英语。我听到他们的英语说得比那几个美国教授还要悦耳,唧唧啾啾,简直就是一群画眉鸟儿。我真是惊讶极了,他们的舌头怎么会那么灵活呢?他们的嘴巴怎么能发出那么曲折婉转的声音呢?当时我油然想起我爷爷说过的一件事:德国人占领青岛时,曾抓去一批小孩子,用尖刀修理了他们的舌头,让他们学说德国话,不修舌头是学不会德国话的。我曾把这个故事讲给歌德学院北京分院的阿克曼先生听,他一本正经地说:对,必须先修舌头!在那次会上,我自卑的深度有好几千米,尽管人们并没有因为我不懂外语而瞧不起我。在那次会上,我做了一个歪评福克纳的发言,竟然博得了好评,与会的美国南方一所大学的两个教授,还让人把我的发言翻成英语,拿到美国的一家研究福克纳的专门刊物上发表了。后来,那所大学来函邀我去"讲学",讲福克纳,并要授给我一个"荣誉称号",我哪里敢去?我清楚地知道,我的发言,就像在一片画眉鸟的叫声里,突然插进一声乌鸦的叫声一样,虽然不悦耳,但显得很刺激,如此而已,并不是我研究福克纳研究出了高水平。后来我还参加过三岛由纪夫的国际讨论会、法国文学的讨论会,还是胡言乱语,依然效果良好。

我想,翻译家们邀我去参加这种会议,主要是想听听作家对他们的翻译和他们研究的外国作家的看法,可惜他们找错了人,因为我是一个没有理论素养的人,也不是一个能认真读书的读者。坦白地说,至今我也没有从头至尾读完一本福克纳或马尔克斯的书,别的外国作家更是如此。这样说并不是要否定外国作家对我的影响。我的案头上其实经常摆着几本我喜欢的外国作家的小说(当然是经过我们的翻译家翻成汉语的),写累了就随手拖过一本,随意翻开一页,随便看上一段。所以有的书的某些章节可能看过了许多遍,而某些章节可能至今还没读过。我不知道英语的福克纳或西班牙语的马尔克斯是什么感觉,我只知道翻译成汉语的福克纳和马尔克斯是什么感觉,所以从某种意义上说,我受到的其实是翻译家的影响。

回顾中国近、现代文学的发展,外国文学的影响无时不在,大家如鲁迅等,小家如我等,谁也脱不过。前辈们通外文,受得更直接;我辈不通外文,受得间接些。没受过影响的作家,大概只有罗贯中、曹雪芹那些人吧;也很难说,那时候大概也有通晓外文的人。粉碎"四人帮"后,冒出了好多茬作家,这些人大多数跟我一样不通外文,我们吃的全都是翻译家嚼过的馍。翻译家是个香嘴巴,我们就跟着香;翻译家是个臭嘴巴,我们只能跟着臭。但不管是香还是臭,营养还是有的,我们的小说就是汲取着这或许带着病毒的营养发育成长起来。提到新时期文学,绝不能忘记翻译家们的丰功伟绩,而翻译家们翻过来书只有出版了才可能被作家们阅读、学习,所以,上海译文出版社对于新时期文学也有丰功伟绩。

我最早读过的外国文学是前苏联的《钢铁是怎样炼成的》,那时候我还是一个比较纯洁的少年,对于书中描写的保尔和冬妮娅的爱情非常神往,但又生怕别人知道我神往。那时我就感觉到外国小说与我们中国小说不一样,至于哪里不一样我也说不清楚,反正不一样就是不一样。后来就再也没有读外国小说的机会了。1984年我考入解放军艺术学院文学系,在老师们的鼓噪和同学们的带动下,才开始比较系统地接触外国文学。那时候好像是文学的黄金时代,仿佛每天都有新作品,每月都有新作家,新出版的翻译作品更是层出不穷。翻过书架后我才知道,那些激动过我们的外国文学新书,竟然大多数是上海译文出版社的产品,不写篇文章鸣谢,实在是不够意思。

第一本在我们班里引起轰动的书就是上海译文出版社出版的《劳伦斯短篇小说集》。与我同室的一个同学特别善于复述外国小说,那真叫添油加醋、绘声绘色、口吐莲花、二度创作。他一说完我们就往书店跑,跑到书店就买,买回来却不一定马上就看。买回的书太多了,实在是看不过来。那同学给我们讲述的是集子中的《普鲁士军官》和《骑马出走的女人》,买回书来就只读这两篇,虽然不如他讲述的精彩,但确实是不错。后来很长一段时间里,这本书就摆在我的案头上。

第二本书是阿斯塔菲耶夫的《鱼王》。我只读了其中的《鱼王》和《鲍加尼达村的鱼汤》。我认为新时期好多小说是跟《鱼王》学的,其中不乏"名篇"。我也写过一个人与狗对峙的细节,应该承认是受了《鱼王》的影响。后来读了那篇受到列宁称赞的、杰克·伦敦的《热爱生命》,不由地又怀疑杰克·伦敦是阿斯塔菲耶夫的老师。由此可见,文学创作中有许多现象是说不清楚的,究竟谁受了谁的影响,只有作者自己清楚。但谁又会老老实实地承认是受了谁的影响呢?

第三本书是马尔克斯的《百年孤独》,这本书简直就是新时期文学的经典。我读了一页便激动得站起来像只野兽一样在房子里转来转去,心里满是遗憾,恨不早生二十年。马尔克斯让我激动的倒不是那些魔幻的故事,而是他那种不把人当人的高超态度。这确实是了不起的一招,一招鲜,吃遍天,后来者只能望洋兴叹。

第四本书当然是福克纳的《喧哗与骚动》了,这本书我并不喜欢,我喜欢的是福克纳这个人。我是通过读李文俊先生写在福克纳书前的序言了解福克纳的。没有福克纳，我也会写我的高密东北乡，这是必然的归属，福克纳更坚定了我的信念。

我已经罗列了四本对我的创作产生过重大影响的书，这几本都是被内行认为译得非常好的，所谓好，我想大概是指内容较准确、文字较传神，让我们模糊地感受到了原著的风貌。我想，好的译者，应该是原著者和读者之间的一道桥梁，读者和著者在桥上约会，造桥的人悄悄地站在一边，只有在某些特殊情况下，人们才会记起造桥人的名字。这应该是译者的幸福。

好的翻译家，也是熟练使用汉语的高级技师，他们为了准确传达原著的语言神韵挖空心思在汉语的宝库里所进行的艰难飞翔，是创造性的劳动。翻译家在翻译外国文学的过程中，对汉语的丰富和发展也做出了贡献。好的作家应该是有特色的，好的翻译家应该是有特色的，好的出版社也应该是有特色的，上海译文出版社就是一家具有鲜明特色的出版社。

一九九八年

独特的声音

——《锁孔里的房间——影响我的十部短篇小说》序言

  让一个拥有二十年文学阅读经验的人选出他喜欢的十个短篇小说,是一项轻松愉快的工作;但让他讲出为什么选了这十篇小说的理由,却既不轻松也不愉快,起码对我来说是这样。
  我想一个好的短篇小说,应该是一个作家成熟后的产物。阅读这样一个短篇小说,可以感受到这个作家的独特性。就像通过一个细小的锁孔可以看到整个的房间,就像提取一个绵羊身体上的细胞,可以克隆出一匹绵羊。我想一个作家的成熟,应该是指一个作家形成了自己的风格,而所谓的风格,应该是一个作家具有了自己的独特的、不混淆于他人的叙述腔调。这个独特的腔调,并不仅仅指语言,而是指他习惯选择的故事类型、他处理这个故事的方式、他叙述这个故事时运用的形式等等全部因素所营造出的那样一种独特的氛围。这种氛围或者像烟熏火燎的小酒馆,或者像烛光闪烁的咖啡屋,或者像吵吵嚷嚷的四川茶馆,或者像音乐缭绕的五星级饭店,或者像一条高速公路、像一个马车店、像一艘江轮、像一个候车室、像一个桑拿浴室……总之是应该与众不同。即便让两个成熟作家讲述同一个故事,营造出的氛围也绝不会相同。而我认为所谓作家的成熟,不是说他从此之后就无变化,也不是指他已经发表了很多的作品。有的人一开始就成熟了,有的人则像老酒一样渐渐成熟,有的人则永远也不会成熟,哪怕他写了一千本书。

关于小说创作的理论,对大多数读者和作者来说,没有什么实际意义。任何关于小说创作的理论都是片面的,它更多的是理论的自我满足。作家的自我立论更是情绪化的产物,往往是漏洞百出、难以自圆其说。但小说的确存在着好坏之分,这是每一个读者都能感受到的事实。所以我的选择也基本上是建立在感受的基础上,我能谈的也就是回忆当初阅读这些作品时的感受。

第一次从家兄的语文课本上读到鲁迅的《铸剑》时,我还是一个比较纯洁的少年。读完了这篇小说,我感到浑身发冷,心里满是惊悚。那犹如一块冷铁的黑衣人宴之敖者、身穿青衣的眉间尺、下巴上撅着一撮花白胡子的国王,还有那个蒸气缭绕灼热逼人的金鼎、那柄纯青透明的宝剑、那三颗在金鼎的沸水里唱歌跳舞追逐啄咬的人头,都在我的脑海里活灵活现。我在桥梁工地上给铁匠师傅拉风箱当学徒时,看到钢铁在炉火中由红变白、由白变青,就联想到那柄纯青透明的宝剑。后来我到公社屠宰组里当过小伙计,看到汤锅里翻滚着的猪头,就联想到了那三颗追逐啄咬的人头。一旦进入了这种联想,我就感到现实生活离我很远,我在我想象出的黑衣人的歌唱声中忘乎所以,我经常不由自主地大声歌唱:阿呼呜呼兮呜呼呜呼——前面是鲁迅的原文;后边是我的创造——呜哩哇啦嘻哩吗呼。我的这种歌唱大人们理解不了,但孩子们理解得很好,他们跟着我一块歌唱,在"文革"初期的几年里,半个县的孩子都学会了这歌唱。在满天星斗的深夜里,村子里的某个角落里突然响起一声长调,宛若狼嚎,然后就此伏彼起,犹如一石激起千重浪。长大之后,重读过多少次《铸剑》已经记不清了,但每读一次,都有新的感受,渐渐地我将黑衣人与鲁迅混为一体,而我从小就将自己幻想成身穿青衣的眉间尺。我知道我成不了眉间尺,因为我是个怕死的懦夫,不可能像眉间尺那样因为黑衣人的一言之诺就将自己的脑袋砍下来。如果有条件,我倒很容易成为那个腐化堕落的国王。

显克维支的《灯塔看守人》是我在某训练大队担任政治教员时读到的,当时我已经开始学习写小说,已经不满足于读一个故事,而是要学习人家的"语言"。本篇中关于大海的描写我熟读到能够背诵的程度,而且在我的早期的几篇"军旅小说"中大段地摹写过。接受了我的稿子的编辑,误以为我在海岛上当过兵或者是一个渔家儿郎。当然我没有笨到照抄的程度,我通过阅读这篇小说认识到,应该把海洋当成一个有生命的东西写,然后又翻阅了大量的有关海洋的书籍,就坐在山沟里写起了海洋小说。我把台风写得活灵活现,术语运用熟练,把外行唬得一愣一愣的。后来我读了显克维支的长篇《十字军骑士》,感觉到就像遇到多年前的密友一样亲切,因为他的近乎顽固的宗教感情和他的爱国激情是一以贯之的,在长篇里,在短篇里。这个短篇的创作时间距今已有一百多年,如今读起来,依然感觉不到它的过时。这是一个精心构思的故事,充满了浪漫精神,仔细推敲起来,能够感觉到小说中心情节的虚假,但浪漫主义总是偏爱戏剧性的情节。

胡里奥·科塔萨尔的《南方高速公路》与我的早期小说《售棉大路》有着亲密的血缘关系,我从八十年代初期的《外国文学》月刊上读到了它。刊物是一个学员订的,我利用暂时负责收发报刊的便利,截留下来,先睹为快。那是还没有复印机,我用了三个通宵,将它抄在一个硬皮本上。在此之前,我阅读的大多是古典作家,这个拉美大陆上颇有代表性的作家的充溢着现代精神的力作,使我受到了巨大的冲击。阅读它时,我的心情激动不安,第一次感觉到叙述的激情和语言的惯性,接下来我就模拟着它的腔调写了《售棉大路》。这次模仿,在我的创作道路上意义重大,它使我明白了,找到叙述的腔调,就像乐师演奏前的定弦一样重要,腔调找到之后,小说就是流出来的,找不到腔调,小说只能是挤出来的。

乔伊斯的《死者》是经典名篇,如果没有那么多的文章极力推崇,我可能永远也不会读完它。这部小说并不难读,但他精雕细琢的那些发生在客厅舞厅里的琐事,实在是令人心烦。读到临近终篇、小说中的男女主人公走出姨妈家的客厅、来到散发着冰冷芳香的大街上时,伟大的乔伊斯才让人物的内心彻底地向读者开放,犹如微暗的火终于燃成了明亮的火,犹如含苞待放的花朵绽开了全部的花瓣。但这两颗狂乱的、光芒四射的心很快就冷却了,就像火焰渐渐熄灭,就像花朵渐渐凋零。最后,男主人公将自己的灵魂埋葬了,就像"这些死者一度在这儿养育、生活过的世界,正在溶解和化为乌有"。如果是一个别样的作家,或者说除了乔伊斯之外的其他作家,小说到此就该结束了,但乔伊斯不在这里结束,他让"整个爱尔兰都在落雪"来结束这篇小说,他让雪"落在阴郁的中部平原的每一片地方上,落在光秃秃的小山上,轻轻地落进艾伦沼泽,再往西,又轻轻落进香农河那黑沉沉的、奔腾澎湃的浪潮中。它也落在山坡上那片安葬着迈克尔·富里的孤独的教堂墓地的每一块泥土上。它纷纷飘落,厚厚地积压在歪歪斜斜的十字架上和墓石上,落在一扇扇小墓门的尖顶上,落在荒芜的荆棘丛中。"这是小说历史上最为著名的结尾之一,含蓄、隐晦、多义,历来被评家乐道,也为诸多作家模仿,但很少有人敢用这种方式来结尾,但即便是放在中间,也一眼就能看出。我曾经试图用他的调子写作,但总是画虎不成反类犬。

读劳伦斯的《普鲁士军官》时,我正在军艺文学系学习,当时流行写"感觉",同学们之间,夸奖一个人小说写得好,就说他有"感觉",批评一个人的小说不好,就说他没有"感觉"。此时我的《透明的红萝卜》《爆炸》等小说已经发表,我被认为是有"感觉"的,为此我沾沾自喜,甚至有点不知天高地厚,但当我读了《普鲁士军官》后,才知道什么叫作有"感觉",比较劳伦斯,我的"感觉"实在是太迟钝了。我们所说的"感觉",其实就是指作家让他的小说中的人物,用全部的感官包括所谓的"第六感觉",去感知他自己的身体、内心以及外部的世界。在这方面,劳伦斯的《普鲁士军官》为我们树立了一个精美的样板。

在八十年代的中国文坛,马尔克斯毫无疑问是个如雷贯耳的名字。他的《巨翅老人》,鲜明地体现了"魔幻现实主义"的创作原则:把看来不真实的东西写得十分逼真,把看来不可能的东西写得完全可能。这篇小说容易让人想到卡夫卡的《变形记》,但我认为它更像一个童话。马尔克斯的师傅应该是安徒生,他是用讲故事给孩子听的口吻讲述了这个离奇的故事。

福克纳是许多作家的老师,当然也是我的老师。他肯定不喜欢招收一个我这样的学生,但作家拜师不需磕头,也不需老师同意。福克纳的这篇《公道》在他的短篇小说中并不是最有名的,我之所以喜欢它并要向读者推荐,是因为这篇小说的结构。福克纳的长篇和中篇大都有一个精巧的结构,但他的短篇不太讲究结构,《公道》是个例外,《献给爱米莉的玫瑰花》当然也不错,但我认为不如《公道》巧妙。他用一个孩子的口气讲述了孩子听爷爷庄院的用人山姆·法泽斯孩童时代从他的父亲的朋友赫尔曼·巴斯克特那里听来的关于他的父亲和他的母亲等人的故事,所谓的小说结构的"套盒术"大概就是这个样子。从某种意义上说,这个结构是福克纳历史观的产物。小说中关于爸爸与黑人斗鸡、与黑人比赛跳高的情节富有喜剧性而又深刻无比,就像刻画人物性格的雕刀。

屠格涅夫的《白净草原》是一篇优美的儿童小说,我只读过一遍,而且是在二十多年前,但那堆篝火、那群讲鬼故事的孩子、那些令人毛骨悚然的鬼故事、那些不时将脑袋伸到明亮的篝火前吃草的牲口,至今难以忘怀。

卡夫卡的《乡村医生》是一篇最为典型的"仿梦小说",也许他写的就是他的一个梦。他的绝大多数作品,都像梦境。梦人人会做,但能把小说写得如此像梦的,大概只有他一人。至于他是否用自己的写作来批判资本主义社会,那我就不知道了。

《桑孩儿》的作者水上勉小时曾经出家当过和尚,他的小说里经常出现"南无阿弥陀佛"。这篇小说里也出现了好几次"南无阿弥陀佛"。这是一个凄惨无比的故事,但水上勉的叙述清新委婉。这故事让我来讲那就不得了了,肯定要大洒狗血。《桑孩儿》的结构有点像福克纳的《公道》。我选择它,一是因为这篇小说里有一种大宗教的超然精神,二是因为它作为一篇乡村风俗小说的成功。

作为一个读者,我说得也许还不够;但作为一个"选者",我说得已经太多了。

一九九八年十月

《奇死》后的信笔涂鸦

匆匆翻了一遍《红高粱》《高粱酒》《狗道》《高粱殡》《奇死》这五部姑名之为"抗战题材"的小说,除了有一种吐出卡喉鱼刺的轻松感外,更多的是一种无法弥补的遗憾。本来我是可以把它们拾掇得像个好孩子的样子之后再赶出家门的,但我没能够这样做。我就让它们蓬头垢面地、鼻涕一把泪一把地走进了封面都很高贵漂亮的期刊里去了。我的这群孩子不干不净地走进它们的共和国,是为我增光呢?还是为我丢丑?是为它们的家庙刷新油彩呢?还是拆它们家庙的墙基呢?正应了"儿大不由爷"。发表了的作品由不得作者。你们这五个"高粱畜牲,小杂种",有人骂你们的时候,你们尽管装聋作哑就是——要不就把责任推到你们的家长身上——不要推责任也是我的。随人家怎么说你们去吧。但我的态度是认真的,也就勉可自慰了。

这五部中篇小说,是我向读者的一个短暂的投降——也可能是投降了真理,也可能是投降了谬误。我尽力地向"现实主义"靠了一下拢,没有像人家说我的那样故弄神秘。其实什么是"现实主义"什么是"现代派"我委实搞不清楚。我只是凭着猜想怎样写才能让读者比较喜欢一点我的作品。但实际上进入创作过程之后,哪还有一个作家脑海里还移动着一张张读者的脸?轻松、自由、信口开河的写作状态我认为是一种值得作家怀念和向往的状态,一旦进入这种状态,脉络分明的理性无法不让位给毛茸茸的感性;上意识中意识无法不败在下意识的力量下。下意识的机器不轰隆作响,写作可就真正变成了一种挤牙膏皮的痛苦过程了。

我在写这五部中篇时,尝到了挤牙膏皮的滋味,可真是不好受,满脸哭相,谁见了我也不会喜欢我。当然,也有坏了水龙开关的时候,挺过瘾,也不累。不过,谁要是坐在我身边可就倒了血霉了,因为每逢这种时候,我的两条腿就直劲地抖,碰得桌子腿直着劲响。我们家乡有一个琴师,拉琴入神时,鲜红的舌尖像雨点般地乱舔嘴唇,怪吓人的。也许,也许那就是进入"忘我"的高尚境界了吧?

我为了讨好读者,在这些小说里编织着故事的连环套。为了把故事编圆,不得不牺牲了许多宝贵的"优点"。为了故事的连贯性不得不插入一节节干巴巴的柳木棍子般的叙述。这样干了,我知道我得到了什么,也知道我失掉了什么。我清楚我这五部小说对我自己的意义;所以,尽管我没洗净它们的脸庞,也就不过多地去自我批评了。自我批评才真叫痛苦呢。孙五能剥掉罗汉大爷的皮,但剥不掉自己的皮;我想我被逼急了也许能去剥人家的皮,但我绝没有力量(不是没有勇气)剥我自己的皮。自我批评就是自我剥皮。

但我总有一天要剥掉我的皮的。

写创作谈之类的文章是一桩痛苦不堪的事情。其实,不具备自我剥皮精神"创作谈"就是一件自欺欺人的买卖,就是赚完大钱之后又赚小钱。

其实我也是个'最英雄好汉最王八蛋'的家伙,你看我一边骂着"创作谈",一边又在创作"创作谈",不是'最英雄好汉最王八蛋'又是什么呢?

高密东北乡确实是个很有特色的地方,那里的历史充满着尖锐深刻的矛盾,揭示这些矛盾将是我今后的重要任务。我在小说里曾提到过'种的退化',读者和批评家不要深究,也许改成'种的异化'更贴切些。那里血海一样的红高粱几十年前确实存在过,但现在连一棵红高粱也找不到了。现在农民种植小麦、大豆、玉米。这些作物都比高粱的营养丰富,由主食高粱发展到杂食小麦、玉米、大豆,这肯定是个进步,是生活水平提高的表现。把暄腾腾的白面馒头和硬邦邦的高粱面饼子摆在一起让我挑选,我当然也不会去吃高粱面饼子。可是一想到在高密东北乡广袤的黑土地上曾经存在过的波澜壮阔的高粱图画,我的心里总是浮起一阵酸溜溜的感叹。这也算是高密东北乡诸多矛盾中的一对吧?

另外,我在小说中还或多或少地涉及一点伦理道德,说坦率点就是有一些关于性爱的描写。我深知这不是一颗好啃的果子,但还是战战兢兢地啃了一牙。山东是孔孟故乡,是封建思想深厚博大、源远流长的地方;尤其是在爷爷奶奶的年代,封建礼教是所有下层人的,尤其是下层妇女的铁的囚笼。小说中奶奶和爷爷的"野合"在当时是弥天的罪孽,我之所以用不无赞美的笔调渲染了这次"野合",并不是我在鼓吹这种方式,而是基于我对封建主义的痛恨。我觉得爷爷和奶奶在高粱地里的"白昼宣淫"是对封建制度的反抗和报复。极度的禁欲往往导致极度的纵欲,这也是辩证法吧!伦理道德具有阶级性,这是不大会被人否认的;但伦理道德的超阶级性则不一定被所有的人都接受。这不得不扯远一点,扯到"文化对人类的制约"上。我对小说中的爷爷和奶奶这一对藐视封建法规的"九段情种"的爱情行为的批判和赞美的分寸缺乏准确的把握。问题的要害在于我是用感情评判生活而不是用理性评判生活。问题的要害是我也受着文化的制约,而我们目前的文化又是我们传统文化(灵魂是孔孟之道)的变种和延续。因此在理性上我们反对封建主义,但在感情上却亲近着封建主义——在感情上反对封建主义，在理性上亲近封建主义，同样可以说得通。这是一个类似二律背反的游戏，又不完全是。一个寻花问柳的男人绝不容许妻子背着他偷情，同样，一个情夫成群的女人也无法容忍丈夫的一个情妇。在中国，起码有百分之九十九的人是如此，如果看到这里有异议，那么，请你具备一点点自我剥皮精神，剥出你那颗美丽的灵魂自我欣赏一下。

也许我们的传统文化里有许多东西就该发扬光大呢，如果一个人能够真正地恪守孔孟之道，我想，会有相当数量的人（现代人）会对他表示敬重。

对封建文化的徘徊不定的、下意识的骑墙态度，是我内心深处的一个绳结，我武断地猜测，持和我相同态度的人成千上万，只不过并不是每个人都愿意认账罢了。

人的"良心"是个什么东西？我本来想用这些小说来探求一下这个问题，但我没完成构想。

好歹我还在这五部中篇里留下了好多"挂钩"，好歹我小说中的人物都可以自由出入冥府和阳世，好歹我牢牢地记着血海样的高粱地，这就有了改头革面的机会。

一九八六年三月

也算创作谈

我对小说技巧的探索是失望的——我对我自己曾经进行过的小说技巧"探索"是失望的,其实我也从未特别着意地探索过,有人说我探索过,我一直很麻木,因为这基本上不关我的事。

小说有无技巧?当然有,但技巧是无法脱离内容存在的,这一点我坚信马列主义教科书上有关"内容与形式"的论述。小说技巧挺像盛饭的器皿——比喻都蹩脚——,碗里的肉和盆里的肉味道都一样,也可以说小说技巧像烹调技术,红烧和干炸的肉不一个味,但从营养学上说,也差不到哪里去。盆啦碗啦红烧啦干炸啦大概都是为了胃口或者说为了眼睛,与肠道没有关系。不能排除略萨式的技巧大家,就像不能排除好厨子一样。我一直不敢认为自己是作家,因为作家是人类灵魂工程师呀,我知道我不是,我顶多是个如天津大学的老龚先生所说的"戴着'作家'桂冠的幽灵",只可惜我连这都不配。幽灵多好呀,多逍遥呀,《共产党宣言》开篇就说:一个幽灵在欧洲徘徊……我哪里配是个幽灵我顶多不过是个如天津大学老龚先生所说的佛头着粪的"畜牲",畜牲多好啊,畜牲为人役使,为人提供衣食原料,完全无私,完全无怨言;畜牲多好啊,我的道德水平较之"畜牲"还差不多。真是遗憾。

我说我对技巧失望，意思是有时候技巧就是作者，有时候创作就是流淌，技巧就如流淌的后果一样。这么多人都在流淌，流淌出个相似的形状也不为奇。近读《北京文学》八期上桂青山同志的文章他很真诚地写道："再比如莫言的《红高粱》，作品一出，赞誉四起。更有论者一再强调莫言艺术家的独创性。我也承认《红高粱》写得不坏。但是否真如评论者所云：这种手法是莫言的'艺术家的独创'呢？去读一下苏联当代作家瓦·米哈尔斯基的中篇小说《炉子》（见《苏联七十年代中篇小说选》春风文艺出版社1985年5月版）便会发现从篇章组织、人称变换，到情节穿插、意识流动，《红高粱》对'炉子'都做了大量的模仿借鉴，当然，这只是借鉴，并非抄袭。（'袋'字是否"袭"字之误。多半是排字工的错误，但我拿不准，因为'抄袋'也不是绝对不通，而且富有幽默感。）……《红高粱》里，莫言也只模仿了《炉子》的表现手法，在内容上，则完全是自己的，起码是中国的东西。因此，虽用苏联的'炉子'煮中国的'高粱'总没有冒出马铃薯的味道来，作品也便获得了成功。"

我轻易不敢引用别人的文章，生怕引不好割断了人家文章的前后联系产生歧义。譬如天津大学的老龚先生在《清除文学垃圾》一文里引用了我的文章，就有点不那么什么，他把我小说里一个神经病患者的话和一个被各种力量挤兑得神经不太好的中学生的某些"潜意识"引出来，赋予最坏的解释后，然后运用严密的逻辑、推导、分析、批判，我只有投降，屁也不敢放一个。当然天津大学的老龚先生那颗伟大的父亲之心是高贵的，天津大学的老龚先生疾恶如仇的精神我也是钦佩的。"言者无罪，闻者足戒"，即便我内心里认为天津大学的老龚先生的断章取义法不太那个，但我还是把天津大学的老龚先生的文章看成是对我的鞭策，我愿高悬鞭策自警，在干好本职工作的前提下，写一点让天津大学的老龚先生满意的文章。同样我也不太敢传别人说过的话,因为传话没有个不走样,即使不走样也破坏了原来的语言环境,跟断章差不多。因为我知道这传话的厉害,譬如就有人传说:莫言在某次会议上说"要把老作家们打翻在地,再踏上一只脚,踩得他们两头冒屎汤子!"老同志一听,个个怒发冲冠,还有的可怜巴巴说:打翻了也行,踏上一只脚也行,就别踩得俺两头冒屎汤子啦!——消息传到我的耳朵里,我只好暗中叫苦:老天在上?我哪有那么大的胆量,敢说这种天打五雷轰的话!我从小就胆怯,躲人还躲不及,还去挑战?那么多老作家,每人吐口唾沫就能把我淹死啦。不敢再写啦,要不碰上个天津大学的老龚先生一类的高手,把此章一断,我可真就倒了血霉啦。

看了桂青山同志的文章,我又叫了一句"苍天"。这意思并不是要感叹"天网恢恢,疏而不漏",是感叹小说技巧真好像没多少花样啦。我给桂青山同志写了一封信,我对他说我确实至今还未看这篇《炉子》,我还说:如果《炉子》的技巧真和《红高粱》一样,那么您的文章是立于不败之地的,货比货,有嘴难辩,但的确您冤枉了我(原话意思如此)。其实,桂文并没完全否定我的《红高粱》,我只是惊叹,自惭。评论家夸我"艺术家的独创性",我就真的认为自己有了"独创性"了呢。但比人家洋人晚了十年,人家早就玩过了。

所以小说技巧可以休矣。我写《红高粱》时想到的是那片高粱地,为了表现我的想法就怎么顺手,怎么自由怎么写。那么,即便是"独创"技巧消失,但毕竟较好地流淌了我的血或是什么别的不干净的东西,因此对《红高粱》我还是满意的。固然,即便是单纯比较技巧,我认为《红高粱》也不如《欢乐》,但《欢乐》是被天津大学的老龚先生当"垃圾"清除了的,《红高粱》得到的赞扬就足够了。

小说的主要血肉还是技巧外的东西,当然有技巧最好,没有技巧也不必上吊,不会红烧猪肉,不会干炸猪肉,放到锅里加水煮就是。没有金盘,没有银盆,找个泥钵子就是。

  只要有了肉。只要有了火。

一九八七年八月

旧"创作谈"批判

一

1984年秋,初入解放军艺术学院,曾经写过一篇有关创作的短文:

天马行空

作家在进入创作过程之前和创作过程中,最艰苦也最幸福、最简单也最复杂的劳动就是想象。没有想象就没有文学。没有想象的文学就像摘除了大脑半球的狗,虽然活着但是没有灵气,虽然活着也是一条废狗。因此,没有想象力的文学作品虽然不缺"零件",但缺少最重要的灵气,所以也不能算真正的文学作品。

生活是创作的唯一源泉,这无疑是正确的,但仅有生活还是不够的,因为人人都在生活,但并不是人人都能写作。写作的人当中不少也是在凑热闹,写不出真正意义的文学作品,他们的问题就是缺少天才和灵气。一个文学家的天才和灵气,集中地表现在他的想象能力上。浮想联翩，类似精神错乱，把风马牛不相及的若干事物联系在一起，熔为一炉，烩成一锅，揉成一团，剪不断，撕不烂，扯着尾巴头动弹，这就是想象的简单公式和一般目的。

作家在进入想象过程之后，必须借助于想象给原始的生活素材插上飞动的翅膀。能飞起来的当然好，飞不起来的正是要淘汰的菜鸟。这种想象也是对原始素材的加工和蒸馏、升华和提高。只有经过了想象，东西才是非常灵动、非常活泼、只可意会不可言传的东西，否则就会僵化、老化、固定化、程式化。

要想搞创作，就要敢于冲破旧框框的束缚，最大限度地进行新的探索，犹如猛虎下山、蛟龙入海，犹如国庆节一下子放出了十万只鸽子，犹如孙悟空在铁扇公主肚子里拳打脚踢翻跟斗，折腾个天昏地暗日月无光一佛出世二佛涅槃口吐莲花头罩金光手挥五弦目送惊鸿穿云裂石倒海翻江蝎子窝里捅一棍。然后心平气和休息片刻，思绪开始如天马行空，汪洋恣肆，天上人间，古今中外，坟中枯骨，松下幽灵，公子王孙，才子佳人，穷山恶水，刁民泼妇，枯藤昏鸦，古道瘦马，高山流水，大浪淘沙，鸡鸣狗叫，鹅行鸭步——把各种意象叠加起来，翻来覆去，去粗取精，去伪存真，由此及彼，由表及里，一唱雄鸡天下白，虎兔相逢大梦归。

创作过程中，每个人都有自己的高招，有阳关大道，也有独木小桥；如果非要统一，多半会装腔作势牛头马面吐虚情假意。因为有许多东西是说不清也道不白的。当头擂你一狼牙棒，请问哪里是痛点？

一篇真正意义上的作品应该是一种灵气的凝结。在创作的过程中，可以借鉴，可以模仿，但支撑作品脊梁的，必须是也不会不是作家那点点灵气。只有有想象力的人才能写作，只有想象力丰富的人才可能成为优秀作家。主题先行，也未必不能产生优秀的作品;先有主题,后编故事,而且编得有鼻子有眼睛,连眼睫毛都会打呼扇,这也是一种大本事。文学应该百无禁忌(特定意义),应该大胆地凌云健笔,在荒诞中说出的道理也许不荒诞,犹如酒后吐真言。

创作者要有天马行空的狂气和雄风。无论在创作思想上,还是在艺术风格上,都应该有点邪劲儿。敲锣卖糖,咱们各干一行。你是仙音绕梁三月不绝,那是你的福气。我是鬼哭狼嚎,牛鬼蛇神一齐出笼,你敢说不是我的福气?

也可以超脱时空,至大无外,至小无内;也可以去描绘碧云天黄花地北雁南飞;也可以去勾勒风声紧雨意浓天低云暗;泼墨大写意,留白题小诗;画一个朗朗乾坤花花世界给人看。

有了这样的本事不愁进不了文学的小屋。

当时毕竟是年轻气盛,口出狂言,需要极大的勇气,也必须准备承受一切由此产生的麻烦。今日重读此文,竟有隔世之感。想想当年,无论如何也是浅薄,写这类宣言书一样的东西其实与文学无半点裨益,只能给人留下狂妄自大的不良印象。因为说到底,文学不是体育竞赛,谁跟谁过不去呢?作家其实是命定的,什么这个那个的,并没有多少意义。

这篇文章的大毛病就是张牙舞爪,偏激则偏激矣,深刻却是一点也没有。事实上,我也从来没把它当成自己创作的指南。写什么,怎样写,只有上帝知道吧?我向来认为创作谈之类万万不能信,谁信了谁就会误入歧途。我后来只相信梦境,只相信小说就是梦境的记录。

前几天翻阅《西北军事文学》,见彩色插页上有西北画家潘丁丁一幅题为《天马》的水粉画,有两缕袅袅上升的青烟,有无数匹曲颈如天鹅的天马,整幅画传达出一种禅的味道:非常静谧,非常灵动,是静与动的和谐统一,是梦与现实的交融,这样的才是好的天马呢。

1985年,稍微清醒了一点,痛感到骚乱过后的蚀骨凄凉。为《青年文学》写了一篇小说,同时附了一篇"创作谈":

黔驴之鸣

小说写到如今,我个人感觉到几近黔驴技穷,虽跳踢叫嚷,技实穷矣!

去年,《百年孤独》《喧哗与骚动》与中国读者见面,无疑是极大地开阔了许多不懂外文的作家们的眼界,面对巨著产生的惶恐和惶恐过后的蠢蠢欲动,是我的亲身感受,别人怎样我不知道。蠢蠢欲动的自然后果是使这两年的文学作品中出现了类魔幻和魔幻的变奏,大量标点符号的省略和几种不同字体的变奏。从一方面来讲这是中国作家的喜剧,从另一方面来讲这是中国作家的悲剧。事情的一方面说明了中国作家具有出类拔萃的模仿能力和群起效尤的可贵热情。另一方面说明了中国作家们的消化不良和囫囵吞枣的牺牲精神。本人自在受害者之列。

我现在恨不得飞跑着逃离马尔克斯和福克纳,这两个小老头是两座灼热的火炉子,我们多么像冰块。我们远远地看着他们的光明,洞烛自己的黑暗就尽够了,万不可太靠前。这其实是流行真理,说个不休是因为我的浅薄。中国人向以宽容待人为美德,不酷评别人也就免去了别人对自己的酷评——因为高级一点的中国人除了宽容的美德之外还有睚眦必报的美德,所以在一般情况下少说话总是能比较得便宜。当然我内心里总希望作家能像凶猛的狼一样互相咬得血肉模糊,评论家像勇敢的狗一样互相撕得脱毛裂皮,评论家和作家像狗和狼一样咬得花开鸟鸣,形成一种激烈生动的咬进局面。但这是不可能的,这不符合中国国情。咬进既然无法实行,大家就该互相宽容,不但宽容别人,而且宽容自己。我们拜倒在马尔克斯和福克纳脚下,虽然显得少骨头,但崇拜伟人是人类的通俗感情,故而应该宽容;我们不去学人家的精髓而去学人家的皮毛,虽然充分地表现了我们的天真可爱,但仿造的枪炮也可以杀人,故而也应该宽容;我们以中国的魔幻与拉美的魔幻争高低,虽然是一种准阿Q精神,但毕竟形象地说明了外国有的我们也有而且早就有了,从而唤起一种眷恋伟大民族文化的高尚情操,不但故而也在宽容之列,甚至应给予某些适当的奖励啦。但宽容是有限度的,对别人对自己都是。在充分宽容之后,真该想想小说该怎样写了。

伟大作品给予我们的真正财富,我认为不是坐着床单升天之类诡奇的细节,也不是长达一千字的句子,这些好像都是雕虫小技。伟大作品毫无疑问是伟大灵魂的独特的陌生的运动轨迹的记录,由于轨迹的奇异,作家灵魂的烛光就照亮了没被别的烛光照亮过的黑暗。

马尔克斯的时空意识与我们一样吗?海明威的爱情观与福克纳一样吗?卡夫卡的人生观与萨特的人生观一样吗?他们的思想当然可以有我们给人家贴上进步或是反动的标签,但他们的作品呢?我觉得小说作美给人看,而只要传达了真情实感的就具有了相当充分的美的因素。我觉得小说越来越变为人类情绪的容器,故事、语言、人物,都是制造这容器的材料。所以,衡量小说的终极标准,应该是小说里包容着的人类的——当然是打上了时代烙印、富有民族特色、普遍性与特殊性矛盾同一的——情绪。

《草鞋窨子》是个处在伪小说与真小说之间的东西,它除了说明在寒冷的冬天人钻进地洞能够得到一些温暖,除了说明鬼怪神异对人的警示作用,究竟传递了、包容了多少人类的情绪呢?

这种草鞋窖子在我的故乡已经没有了,它存在的主客观条件是：贫困+优雅。

这篇破文章还有些意思,其实天下文章一大抄,看你抄得妙不妙就是。怎样才能抄了别人又不让别人看出痕迹呢？这事只能靠自己琢磨。马尔克斯也好,福克纳也好,技巧都不很复杂。怎样让鸡蛋立起来呢？打破就立起来了——十分简单。相信好运气的人都能碰到这种"一破而立"的机会。

又有,凡人都是有些坏毛病的,所以除了互相吹捧之外还有互相攻击,真正拿出艺术良心来评判仇敌作品的人古来也有,只是数量少些罢了。现今在地方作家群里还好,军队的作家们则全都如乌眼鸡般乱啄,果然是革命军人斗志昂扬。算啦,还能活几天呢？"古今将相今何在？荒冢一堆草没了。"何况几个阉骡子般的臭文人呢？最无能的人才来写小说,当然首先是说我自己。

转眼到了1986年,《红高粱》使我走了点红,《中篇小说选刊》转载《红高粱》,嘱我作创作谈。转载小说是令我愉快的事,写创作谈是让我痛苦的事,但还是没话找话说地写了一篇：

十年一觉高粱梦

从小在黑土里打滚,种高粱、锄高粱、打高粱叶子、砍高粱秸子、剪高粱穗子、吃高粱米、拉高粱屎、做高粱梦,满脑袋高粱花子,写红高粱。所以我爱极了红高粱,所以我恨透了红高粱。"文化大革命"期间,我们那个公社的书记,从海南岛弄来了一种杂交高粱,产量特别高,但是味道枯涩,公鸡吃了不打鸣,母鸡吃了不下蛋,人吃了便秘。乡村干部去公社诉苦,书记发明了一个办法,让大家回去用肉汤泡着吃。这法子太贵族,无法实行,书记就到医院蹲点,与医院的三结合攻关小组研究出了一种的确有效而且方便实行的方法,那就是:每吃一个杂交高粱面窝头,再吃两粒炒熟的蓖麻子。这法子廉价而且有效,于是一夜之间就推行开来。但带来的问题也还是不少,这里就不去多说了。

"文革"十年,我在农村,吃了足有三千斤杂交高粱,所以一接到入伍通知书,我就想:去你妈的杂交高粱,这一下老子不用吃你啦!在"文革"的十年里,我们十分地怀念那种好吃也好看的纯种的红高粱。

我认为一个作家——何止是作家呢——一个人最宝贵的素质就是能够不断地回忆往昔。往昔就是历史,历史是春天里的冬天、秋天里的夏天、夏天里的春天、冬天里的秋天。秋天,我坐在一条高高的河堤上,看着堤岸下的柳树把一片片细眉般的黄叶抛掷到水面上,黄叶就在瓦蓝的水面上缓缓漂流;那时候,我的眼前就腾起了一阵阵轻烟般的薄雾,在薄雾中出现一条条纵横交错、通往过去的羊肠小路。沿着这些小路往前走,无数曾经在这块土地上甜蜜恋爱过、辛勤劳动过、英勇斗争过、自相残杀过的人们,一个个与我相遇。他们急急忙忙地向我诉说,他们认认真真地为我表演,他们哭、笑、忧、惧、骂、打,他们播种、收获、偷情做爱、生儿育女……幻想再现历史……追忆逝去岁月,是一种创造性的思维。

最近,我比较认真地回顾了我几年来的创作,不管作品的艺术水准如何,我个人认为,统领这些作品的核心,是我对自己的童年生活的追忆。这是一曲忧郁的为了埋葬自己童年的挽歌。我用这些作品,为我的童年,修建了一座灰色的坟墓。

《红高粱》是我修建的另一座坟墓的第一块基石。在这座坟墓里,将埋葬1921—1958年间,我的故乡一部分乡亲的灵魂。我希望这座坟墓是恢弘的、辉煌的。在墓前的大理石墓碑上,我希望能镌刻上一株红高粱,我希望这株红高粱能成为我的父老乡亲们伟大灵魂的象征。

《红高粱》是在比较意义上超越了我的生活经历和感情经历的作品。我的记忆跨过了自我的门槛,进入了一个更加广阔的天地。那里就是浩瀚如海、辉煌如血的高粱世界。

郑万隆提出过"第三种生活"的概念,我进入的高粱世界就是"第三种生活。"

我的"第三世界"是在我种过高粱、吃过高粱的基础上,是在我的祖父祖母父亲母亲喝过高粱酒后讲的高粱话的基础上,加上了我的高粱想象力后捣鼓出来的。

我赞成寻根,每个人都有自己的根,每个人都有自己的寻根法,每个人都有自己对根的理解。我是在寻根过程中扎根。我的《红高粱》系列就是扎根文学。我的根只能扎在高密东北乡的黑土里。我爱这块黑土就是爱祖国,爱这块黑土就是爱人民。

本文开头提到"杂交高粱",之所以提到这个狗杂种,是因为我想到,对土地——乡土的热爱,绝对不能盲目。爱的第一要义就是残酷地批判,否则就会因为理智的蒙蔽,导致残酷的游戏。

我准备用十年时间做一场高粱梦。

十年一觉高粱梦。

果然是"人无千日好,花无百日红"。到了 1987 年,我便由红变黑,先是《欢乐》被人骂得狗血淋头,接着《红蝗》也被人狗头淋血,不但仇敌恨我,连那些好哥们也龇牙咧嘴了。这才进入了好的状态。能写出遭人骂的文章比写出让人夸的文章是更大的欣慰。

我相信在我的面前还有路。因为有上帝的指引,因为我知道我半是野兽半是人,所以我还能往前走。那些满口仁义道德的好作家们,其实是一些不可救药的王八蛋。他们的"文学"只能是那种东西。

现在,什么是我的文学观呢?……它在变化、发展、一圈一圈地旋转着。

往上帝的金杯里撒尿吧——这就是文学!

——1989年9月为《独白与奥秘》一书而作

二

重读前年对旧创作谈的批评,似乎又有了一些新的感触:在北京随地解溲是要被罚款的,但人真要坏就应该坏透了气才妙。在墙角撒尿是野狗的行为,但往上帝的金杯里撒尿却变成了英雄的壮举。上帝也怕野种和无赖,譬如孙悟空,无赖泼皮极端,在天宫里胡作非为,上帝也只好招安他。小说家的上帝,大概是一些"小说创作法则"之类的东西,滋一些尿在上边,可能有利于放下包袱、开动机器呢。

批判过后,又是五年过去了。1987—1992年,大概是新时期文学由辉煌走向黯淡的一段凄凉岁月,但我很快就习惯了,习惯黯淡比习惯辉煌更容易。习惯了之后,我觉得这清冷的小说世界比前几年的热闹更有趣也更正常。文学毕竟不是靠起哄和闹秧子就能出名堂的。在众多兄弟扬言下海捞大钱的喧闹声中,我还是坚定不移地靠写小说混饭,自我感觉还不错,回头检点一下,成绩虽然不大,但还是小有收获。首先,经过了几次操练之后,我对如何写作长篇小说心里有了数,意识到当年在《红高粱家族》后记中所说的"长篇无非就是多用些时间、多设置些人物、多编造些真实的谎言"的"长篇小说理论"几乎是胡言乱语。我感到长篇小说首先要解决的也最难解决的就是结构。当然,这也是别人说过的话,我不过是有很深的同感罢了。在我的长篇小说《天堂蒜薹之歌》《十三步》和《酒国》里,我做了三次不同的尝试,自认为基本上没有东施效颦,新东西虽然不多,但是有。我看到一些有眼光的评论家已经注意到了这个方面,不由得喜上心头。

我原来是想在1990年前把《红高粱家族》的故事用一百万字讲完的,但很多临时冒出来的念头促使我写了一百万与《红高粱家族》无关的文章,这也许是福,也许是祸,而是福是祸都是命运使然,想躲也躲不过去。

技巧熟练,并不总是成就一部大作品的根本原因。有一些评论家总是怀念我的《透明的红萝卜》,认为我后来的作品不好。我个人很难同意这种判断,有眼光的读者也不这样看。

收到这个集子(《怀抱鲜花的女人》)里的,是我这两年里写的六个中篇,自我感觉良好,产生良好感觉的主要理由是:它们各有特点,而且都有很强的故事性。

不知是不是观念的倒退,越来越觉得小说还是要讲故事,当然讲故事的方法也很重要,当然锤炼出一手优美的语言也很重要。能用富有特色的语言讲述妙趣横生的故事的人,我认为就是一个好的小说家了。

河水只有流动着才能新鲜,观念只有变化着才有活力,如果我能不断地批判自己的文学观,我的小说就可能常有新鲜的气息。我知道这不是一件容易的事情。

至于能不能耐得住寂寞,能不能不赶潮头凑热闹,则基本是做人的原则,对写小说的法则影响不大。其实写小说也很难有什么一定的法则。

就像很多先生说过的那样:我的下一部小说将是最好的。是不是真好很难说,但这点心劲儿还是得有,这也是小说师傅们不断演练的动力。

既然是创作谈,总要说几句小说观念的话,总要说几句我目前的小说观念。前边所说的"用富有特色的语言讲述妙趣横生的故事"虽然具体,但不太玄虚也就不"哲学",显得我很没有水平似的,这不行,要把自己显得好像有点水平才好。于是就把前年为小说集《白棉花》作的序言剪贴在后:

难以捕捉的幽灵

我经常在梦中看到好小说的样子,它像一团火滚来滚去,它像一股水涌来涌去,它像一只遍体辉煌的大鸟飞来飞去……我不停地追逐着,有好几次兴奋地感觉到已经牢牢地逮住了它,但一觉醒来,立即又糊涂了。好小说的模样在梦中我可以描述,但清醒时却难著一言。

除了必要的条件之外,逮住好小说太靠运气了。

我连做梦都想着写出好的小说,可我始终未写出在我的梦中看到过的那种像火像水又像飞鸟的小说。

我一直在努力逮住它。

收在这本集子里的小说是我努力的记录。没逮住,但揪下了它几根羽毛。

在努力中等待好运气。好的小说就像幽灵一样。

有朝一日让我逮住你……也许我永远逮不住你……我总有一天要逮住你……冷静点,我。

这就是我最新的小说观了。

我预感到逮住一部好小说的时机即将到来。

一九九三年一月

好谈鬼怪神魔

从我的故乡西行数百里,便是《聊斋志异》作者蒲松龄先生的故乡淄川。都是山东人,出省之后便算同乡。有这样一个怀才不遇的天才同乡,真令我感到自豪。在漫长的科举取士的社会中山东考中的进士车载斗量,被钦点了状元的也有十数位之多,他们当年的荣耀连蒲松龄也眼热过。时过境迁,人们早已忘了他们,但在当时穷愁潦倒、靠编织鬼魅妖狐故事以寄托心中情感的蒲松龄却流芳至今,并且肯定还将流下去。近年来,有一些评论家在评论我的小说时,总是忘不了提起我这位光荣的乡亲,并从他那里找到了我的小说的源头。这令我不胜荣幸至极。

的确,我近年的创作鬼气渐重,其原因大概是因为都市生活中的喧嚣、浮浅、虚伪、肉麻令我厌烦,便躲进想象中的纯净世界去遨游。这种创作的心理动机与蒲氏当年的心态也许有某种共通之处。蒲氏是因为科场屡屡失意、空有满腹锦绣文章而无人欣赏,不得已便装神弄鬼,发些隔靴搔痒的牢骚。但由于他的才情汹涌,淹没了那些没趣的牢骚。因为根据我的经验,在小说中发牢骚总是要破坏小说的纯净的艺术境界。小说应有自己的风度,那就是雍容大度、从容不迫、娓娓地把假话当真话说,就像在那寒冷的冬夜里,拥着棉被,守着灯火一盏如豆,讲述给小孩子们听的故事一样,鬼的故事,怪的故事,狐狸的故事。这就是蒲松龄的风格,一种朴素至极的风格。尽管他使用了典雅隽秀的文言,但他永远是一个捋着白胡子讲故事的慈祥的老者,他没有青年时期,也没有中年时期,《聊斋志异》是祖父讲给孙子的故事范本,也是以祖父讲给孙子的故事为范本。

近年来我写了一些具有神秘色彩的小说,写了一些在过去的浊世中卓尔不群的高人,一方面是因为眼前生活的庸俗乏味使我感到无话可说,另一方面就是下意识地向老祖父学习。我想文学假如能够伴随人类走到末日的话,就必须使文学具有超出现世生活的品格。文学应使人类感到自己的无知、软弱,文学中应该有人类知识所永远不能理解的另一种生活,这生活由若干不可思议的现象构成。拉丁美洲的马尔克斯早就意识到这一点,所以他成功了。我们无法去步马尔克斯的后尘,但向老祖父蒲松龄学点什么却是可以的,也是可能的。

十几年前我刚开始学习写作时,遵循的是所谓的"革命的现实主义"的创作方法,这种方法的鼻祖据说是苏联作家高尔基,但我看到高尔基的那些优秀的作品并不是什么"革命的现实主义"。这种"主义",很快就被觉醒了的作家们抛弃了,因为这种"主义"必然通向虚假和矫揉。我在八十年代中期觉悟到小说应该天马行空、无拘无束,于是有了《红高粱家族》等热血澎湃的小说。但这种热情很快便消失了,我自己认为这是进步而不是退步。

小说家有多种多样,小说也就有多种多样。一个小说家能写出多种多样的小说,把自己的某一时期的感情物化在小说中。我在今后一段时间内还想写些神神怪怪的小说,心情改变了,也许会改变样式,但是老祖父的方法,永远是暗夜中引导我前进的一盏灯笼。这灯笼跳跃着,若隐若现,刚好能照亮漆黑暗夜中的一条羊肠小道,道路两边是埋藏着尸骨的坟墓。在老祖父的故事里,这灯笼总是由那些善良的、助人为乐的得道狐仙高擎着,在引导夜行者至坦途时,它便亮一下辉煌的法相,然后化做一道金光遁去。

一九九三年六月

《丰乳肥臀》解

《丰乳肥臀》是我耗费数年精力写成的一部五十余万字的长篇，《大家》今年第五期刊载了前半部分，单行本已由作家出版社出版。全书尚未印行之际，就有热心的同志发表文章，对书名提出了质疑和批评。为了消除误会，我不得不解释一番。尽管我相信读者读完全书后，会做出公正的评价，也许会有读者甚至会同意我的命题，但我还是不得不解释一番，起码或许可以剖明一下我并无借此"艳名"哗众取宠的意思。当然也许说了也是白说，但据说白说也得说，况且不说白不说，姑且随便说说吧。

事情应该从头说起。

十几年前，我在解放军艺术学院文学系读书时，在一节美术欣赏课上，观看了前来授课的中央工艺美术学院孙教授携来的一部幻灯片。此片全是拍摄的古今中外著名人体雕塑和油画的照片，制作得异常精美。一道白炽的光柱映照，白粉壁上那些人体栩栩如生，仿佛能看到他们温暖的血液在体内流淌。我的确感到大开了眼界、增长了见识。几年过后，那部幻灯片里展示过的那么多华美亮丽的人体都变得模糊模糊糊犹如一团雾，但唯有一张照片却难以忘记。这是那部幻灯片展示的第一张照片——一个据说是很古的人类不知用什么器具弄出来的石雕像。乍一看这雕像又粗糙又丑陋：两只硕大的乳房宛若两只水罐，还有丰肥的腹与臀，雕像的面部模糊不清。但她立在那儿简直是稳如泰山。据授课的孙教授说，这雕像是母系社会时期的作品，是生殖崇拜，自然也是母性崇拜的物化表现。当然也是伟大的艺术品，是一切雕塑的源头。

我每当回忆起这尊雕像，就感到莫名的激动，就感到跃跃欲试的创作的冲动，就仿佛捏住了艺术创作的根本。但她让我激动、令我冲动、给我自信的原因是什么，却是我无法用言语表述清楚的，也许真正的艺术所传达的精神是只能意会不可言传的吧。后来我参拜了霍去病墓前的石雕，领略了汉代大气磅礴的精神，又利用探家的机会，多次走访了故乡高密以泥塑闻名的聂家庄，亲眼看到了白发苍苍、面如铁木的老人用枯柴般的手将一块块泥巴捏成根本不形似却洋溢着充盈的虎精神的泥老虎的过程。我渐渐地感到，有一种东西，像气像水又像火焰，把那尊令我永难忘记的老祖母的雕像与汉代的石雕与故乡的泥塑贯串在一起。那种不可言说的东西似乎可以言说了，那感动着我令我冲动给我力量的是一种庄严的朴素。这实际上也是伟大艺术的魂魄。庄严朴素的创作者不接受任何"艺术原则"的指导，不被任何清规戒律束缚。他们是最不讲"道德"的最道德者。他们是大河源头最清纯的水。在雕刻"老祖母"的时代，一切几乎都没被道德包装。乳房是哺育的工具，臀部是生殖的工具。丰满的乳房能育出健壮的后代，肥硕的臀部是多生快生的物质基础。性是自然的行为，也是健康的行为，而自然和健康正是真美的摇篮。那时候对丰乳和肥臀充满敬畏、视若神明，只是到了后来，别说一见到实物的丰乳肥臀，就是一见到这四个字，也会马上就联想到性。这联想里沉淀着几千年的历史，有正面的，也有负面的，有健康的，也有猥亵的，但朴素的庄严和庄严的朴素至此已几乎丧失得干干净净了。也许在民间还有这原始的庄严朴素精神一息尚存,表现在老农捏泥成虎的过程中,表现在老祖母用挑剔的目光注视孙媳妇的胸与臀的过程中,表现在少妇可以骄傲地当众哺育婴儿的过程中,表现在人们躲着挺着大肚子横冲直撞的孕妇的过程中。

我之所以将小说命名为《丰乳肥臀》,就是为了重新寻找这庄严的朴素,就是为了追寻一下人类的根本。这是解释之一。

可以说《丰乳肥臀》的创作从那堂美术欣赏课后就开始了,尽管要写什么、怎么写,我是很久以后才清楚的。那尊女性雕像,其实是我们共同的母亲,是母亲的最物质化、最形象性的表现。那位——也许是几位伟大的雕刻家对乳房和臀部的夸张,可谓抓住了事物的关键。

人世间的称谓没有比"母亲"更神圣的了,人世间的感情没有比母爱更无私的了,人世间的文学作品没有比为母亲歌唱更动人的了。我终于明白,想起那雕像就激动就冲动就充满自信是因为母亲的力量,是母亲生养我哺育我和我建立了血肉联系才会产生的一种血亲的力量。想到此我就明白,这部作品是写一个母亲并希望她能代表天下的母亲,是歌颂一个母亲并企望能借此歌颂天下的母亲。遗憾的是我没能完全地实现我的艺术野心。

读者诸君读罢此书,也许会问:书中的母亲是不是就是作者的母亲?我肯定地回答:既是我的母亲,也希望是你的母亲。书中的母亲饱经苦难,勤劳勇敢,忍受着常人难以想象的痛苦顽强不屈地生活着。她急人所难、乐善好施、爱惜生命。这些精神,正是天下母亲的精神。

毫无疑问,我的母亲的一生经历,在书中得到了一定程度的反映。她老人家三岁丧母,跟着她的姑母长大成人。母亲十六岁时即嫁到我家,从此便开始了艰难的生活。她身材矮小,缠了小脚,繁重的体力劳动和贫困的生活以及频繁的生养使她很快就衰老了。母亲一生中生过八个孩子,夭折了四个,我是她最后一个孩子。在母亲们的时代,女人既是传宗接代的工具,又是物质生产的劳力,也是公婆的仆役,更是丈夫的附庸。而这一切竟也是母亲们自愿地努力去做的。我童年时常听母亲平静地讲述她的一些生活,譬如讲她四岁时就被姑母逼着裹小脚,那残酷的裹脚手段令听者觳觫,但母亲的脸上分明闪烁着骄傲的光彩。譬如讲她怎样一胎连着一胎地生养,那些落后的接生手段对产妇野蛮的摧残也令听者觳觫,但母亲脸上依然闪烁着骄傲的光彩。母亲一生多病,从我记事起,就记得她每年冬春都要犯胃病,没钱买药,只有苦挨着,蜂蜜一样的汗珠排满她的脸,其实分不清哪是汗哪是泪。在母亲低声的呻吟声里,我和姐姐躲在墙角哭泣。母亲腰上生过毒疮,痛得只能扶墙行走,尽管如此,还得忍受着公婆妯娌的白眼,扶病操持一家的饭食,还得喂牛喂猪。母亲终于端不住那盆饮牛的水而跌倒了,瓦盆落地粉碎,家人们最关心的是那个盆,母亲最关心的也是那个盆,她下意识地拼凑着那些瓦片,仿佛能把它们复原似的。那次母亲生命垂危了,我们只能哭泣,没有钱,有钱也不舍得花在儿媳身上。幸亏来了省里的巡回医疗队,很高明的省城的大夫,为母亲做了手术。手术就在母亲生我们的炕头上进行,我们躲在墙根,听着母亲的呻吟,听着刀剪的声响,看着护士把一盆盆的血水端出来。母亲每逢夏天必头痛,每晚必跑到胡同里手扶着柳树呕吐,在家里呕吐怕公婆和妯娌厌恶。母亲患了哮喘病,入冬即犯,一行动就喘息不迭。母亲一直患有妇科病。母亲被驴把脚踢伤。母亲患了带状疱疹,疼得哭出了声。母亲患了面部神经麻痹。母亲患有严重的肛肠疾病。在她最后的十年岁月里,我每次探家,几乎都要陪母亲进医院,她老人家在死亡线上挣扎了十年。母亲的许多病都是在月子里种下的病根。1994年元月29日,我的母亲因肺心综合症去世。

母亲去世之后,我万念俱灰了很久。渐渐复原后,很想写点文章纪念,但每次坐在书桌前,便泪水盈眶,心绪如潮,若干往事涌到眼前。我想起母亲挺着大肚子(那次她怀着双胞胎)头顶烈日在打麦场上操劳的情景。母亲说肚子大得自己都望不到自己的脚。中午还在打麦场,下午便生产,羊水浸湿了脚才被允许回家。当天夜里暴风雨,又得拖着产后极度虚弱的身子去麦场上抢运粮食。我眼前暴雨倾盆,雷鸣电闪,产后的母亲被淋成落汤鸡,脸色惨白,浑身颤抖,一次次跌倒在泥水中,又一次次地爬起来……我想起母亲手扶磨棍,像驴马一样为生产队拉磨的情景。拉磨一天,可挣得霉薯干半斤……我想起母亲像骡马一样大口吞咽野草的情景……我想起母亲把碗中的菜团子分了一半给前来讨饭的外乡女人的孩子的情景……我想起母亲用米汤把一只濒临死亡的小猪救活的情景……我想起母亲背着脚生毒疮的我去卫生所换药的情景……我想起跟随母亲从外婆家归来的情景:母亲背着我沿着高高的河堤行走,一轮血红的夕阳照耀着河中汩汩的流水,母亲的影子长长地铺在地上。河堤上有很多把腹部插进硬土中产卵的蚂蚱。太阳还没落下河,一轮巨大的圆月就水淋淋地从河水中升起来了……我想起跟随母亲去卖白菜的情景:将近年关的集日,北风呼啸,雪花飘飘,白菜用棉被盖着还冻得像瓷球一样。一个老妇人,用棉袄袖口罩着嘴巴,趔趔趄趄地走过来。她挑了一棵最小的白菜,母亲称了,让我算账。我恍惚觉得多算了她一毛钱。老妇人解开脏手巾包,找钱给了母亲。我走之后,那老妇人又回来找母亲,说多算了她一毛钱。我终生难忘母亲谴责我的目光,母亲说我的行为让她一辈子都感到耻辱……我想起年老体弱的母亲背着我的女儿、牵着我二哥的儿子站在河堤上盼望着孩子们的母亲从地里回来为孩子哺乳的情景,我的女儿在她背上哭着,我的侄子在她身边哼唧着,夕阳照着她悲悯的脸……我想起了我上小学二年级了还要吃奶的情景,我是母亲沉重的累赘,我童年时给她老人家闯了多少祸呀……千头万绪涌上我的心头,我到底也没写出那种纪念性的文章。

我决定不写那种零打碎敲的小文章分散和稀释我的感情,我决定写一篇大文章献给母亲,写一部长篇小说告慰母亲在天之灵。母亲一辈子没唱过一次歌,连哼一句小调都没有,但母亲之歌在天上轰鸣,宛若惊雷滚滚;母亲的歌唱在大地下回响,犹如岩浆奔涌。我憋足了劲要在这部书里为母亲歌唱,更狂妄地想为天下的母亲歌唱。按照我个人的习惯,每写一部作品之前,先要起好题目,让一个响亮的名字把气提起来,让一个鲜活的、富有象征意味的画面在脑海里团团旋转,如我的《红高粱》《透明的红萝卜》《红蝗》等等。这部我自认为的大书该起一个什么名字呢?突然,那个"老祖母"雕像闪烁着青铜的沉重光芒矗立在我的面前,于是就有了书名。歌唱母亲,应该歌唱母亲的勤劳、母亲的勇敢、母亲的善良、母亲的正直、母亲的无私……更应该歌唱母爱产生的根本。母亲之恩,大莫大过养育之恩。养用什么养?育用什么育?用臀,用乳。"丰"者,丰满美好也。用"丰"字来修饰乳,来限制乳,无论从美学上还是道德上,大概都无关碍,都不会污人洁目。此书名的问题是出在"肥臀"上,我看过的几篇批评文章锐利的矛头也确是直指着"肥臀"的。"肥"者,多脂肪也。"肤革充盈,人之肥也。""臀"者,屁股也,也可引申为生殖器官。所以我认为"肥臀"原本是一个中性的偏正结构的词组,并无明显的贬义,而具有实事求是、准确状物的丰采,在崇尚肥腴的盛唐,也可能甚至是一种赞美的形容,只是到了近代,才成为一个令正人君子们感到扎眼的字眼。实际上这"扎眼",潜意识里是本能的冲动,浅一些的层次里也有审美的愉悦。即如批评家所担忧的,如果出版者用一个丰乳肥臀的女人做了书的封面,作者心里会怎么想呢?我想,真用了丰乳肥臀的庄严美女做了我书的封面,也没什么。断臂的维纳斯随处可见,裸体的雕塑、油画、摄影也不稀罕。衣服绝对挡不住淫荡的眼睛;面对着不穿衣服的美女,也不可能人人都成为流氓犯。

这就是我为什么将此书命名为《丰乳肥臀》的解释之二。

郭沫若把地球比做母亲,艾特玛托夫把母亲比做大地。这些比喻,很难说其准确,但总是让我们感动。一旦把母亲和大地联系在一起,我的眼前便一望无垠地展开了高密东北乡广袤的土地:清清的河水在那片土地上流淌,繁茂的庄稼在那片土地上生长。既有"天地不仁以万物为刍狗",更有"天地厚德以载万物"。母亲其实也是大地之子,母亲并不是大地,但母亲具有大地的品格,厚德载我,任劳任怨,默默无言,无私奉献。大言希声,大象无形,大之至哉!所以为母亲歌唱必须为大地歌唱,因此歌唱母亲也就是歌唱大地。

我在《丰乳肥臀》中描述了高密东北乡从一片没有人烟的荒原变成繁华市镇的历史,描写了这块土地的百年变迁。母亲们和她们的儿女们在这片土地上苦苦地煎熬着、不屈地挣扎着,她们的血泪浸透了黑色的大地又汇成了滔滔的河流。当然她们也有幸福和欢笑,她们伴随着人类的步伐在付出沉重的代价之后也在缓慢地进步,每前进一步都要用血泪把脚下的土地浸透但毕竟是在前进。只要大地不沉就能产出五谷,只要有女人就有丰乳就有肥臀就有母亲人类就能生生不息。人类总是在绝望中奋起,总是在没有路时踩出路,总是渴望着幸福奔向光明,犹如飞蛾扑火。在火与血中,在一代接一代的牺牲中,小脚解放了乃至即将绝迹了,新法接生了婴儿不再诞生在街上扫来的尘土中如我那样,乳罩产生了为了健康也为了审美,人民当家做主了尽管还有贪污还有腐败,尽管文明也带来了环境污染物质的进步也带来了道德的沦丧但人类毕竟认识到了这些负面效应并力图矫正之,尽管人类无论多么进步也摆脱不了痛苦的折磨旧的痛苦消失新的痛苦产生但肌肉发达、骨骼匀称的男子和乳丰臀肥、花容月貌的女子能在这个星球上繁衍不息就是大自然的奇迹就是宇宙的至高无上的幸福!——这一切都是我在这部小说中力图表现的,只可惜限于才力,难以表达思想之万一。

丰乳与肥臀是大地上乃至宇宙中最美丽、最神圣、最庄严,当然也是最朴素的物质形态,她产生于大地,象征着大地。这就是我把小说命名为《丰乳肥臀》的解释之三。

小说中的"高密东北乡"并非地理学上的高密东北乡,这是多余的但也是必要的解释之一。

一九九五年十一月十一日

胡　扯　蛋

我没有理论修养,一写创作谈就要露馅。傅晓红说不写创作谈也可以,可以谈谈关于短篇小说的作法。面对着这样的题目,我只有胆战和心惊。忘了是谁说过,写创作谈就像逼着一个母鸡谈它下蛋的感觉一样。我想,让母鸡谈谈下蛋的感觉还不是最困难,最难的大概是让母鸡谈谈鸡蛋在它肚子里形成的过程,并且要让它从物理、化学、生物学等方面说出个一二三来。母鸡说不出鸡蛋在肚子里形成的过程,小说家要谈出短篇小说的作法,大概也不是一件易事。随着科学的进步,人类解释鸡蛋形成的过程不是难事了,但关于短篇小说的作法,还是各说各的。可见作家构思一个短篇小说比母鸡孕育一个蛋要麻烦一些。鲁迅先生曾告诫我们千万不要相信短篇小说作法之类,谁要是再去妄谈短篇小说作法,轻一点说你是有毛病,重一点说你就是故意跟鲁迅先生做对头。跟鲁迅先生做过对头的人,好像都没有好下场。

我想,我还是老老实实地说说下蛋的感觉吧。如果一篇短篇小说算一个蛋,那截止到目前,我下了大概有四十来个蛋。鸡是懒鸡,蛋也不是好蛋,或许里边还有一些臭蛋。母鸡下蛋分季节,不能三百六十五天天天都下,下过一阵子,就要歇歇窝,补充点营养,换换羽毛什么的。作家写作也同理。写一段,歇一歇,吃点草木虫鱼,喝点自来水,憋憋,再下一个。发表在前面的《拇指铐》就是歇了两年后憋出的第一个蛋。下的时候我就感觉到这个蛋不小,下出来一看,嗨,果然是个双黄的。我老家村里那些对计划生育心存抵触的农妇们,高价收购双黄蛋,说是吃了双黄蛋,生小孩也是双胞胎。人能生双胞胎,但不知那些双黄蛋,是不是真能从一个蛋壳里孵出两个小鸡?傅晓红如果知道,请你告诉我。

一九九八年

牛 就 是 牛

十几年前,我就想写一篇关于牛的小说,纪念一下生命中那一段与牛在一起度过的时光。当时是连题目都想好了的,叫《金发卡》,不叫《牛》,但终究没有写,也忘了是因为什么原因。但牛的事就像一块牛黄,在我的肚子里生长着,现在总算是把它取出来了。退回去十几年,我还是一个猖狂的青年,敢于在稿纸上撒泼;如果当时就把这篇小说写了,它肯定不是现在这样子,是好是坏,只有天知道。

写了十几年小说,观念越来越落伍。我终于承认,好看的小说还是需要故事的。当然,所谓的好看,也是从我个人的角度而言。我认为好看的小说,别人未必认为好看;同样,别人认为好看的小说,在我的心目中也许很不好看。我心目中的好小说第一个标准是好看,有精彩的细节,有栩栩如生的人物,当然也需要流畅的、富有特色的语言。这样子一罗列,我的小说观念与教科书上的小说观念几乎没有什么区别了,而这些大家几乎都是耳熟能详的,根本用不着我来废话。

我想既然《小说月报》把这篇小说选中,是不是可以部分地说明,这篇小说多少还有点意思。如果此说成立,那么是不是也就可以说,关于小说的观念,真的无所谓先进落后。我在最落伍的小说观念指导下,写出了一篇不错的小说。有很多胸中烂熟着最前卫的小说观念的文学批评家,捉笔写起了小说,但也没看到他们的佳作。

实际上这篇创作谈已经可以结束了,但为了表示对读者的和对选家的尊重,我还是应该再说点什么。那就说说牛吧。牛真是好东西,生前勤勤恳恳,拉犁拉车,吃的是草,挤出的是奶;死后又来个彻底的奉献,从皮到肉到骨,无一浪费。文学作品里的牛很多,但作家往往把它们写得太像人,太想把它们弄成象征,看起来总是感到矫情。要说写得好,还是《西游记》里的牛魔王和《牛郎织女》里的老牛好。但人家一篇是神魔小说,一篇是神话,有一个大框子套着,怎么写都不过分。就像在海水浴场怎么脱都不过分,在音乐厅里脱一件也显得失礼。鲨鱼就是鲨鱼,牛就是牛,不要在它们身上寄托太多的东西。现在回过头来读我过去的小说,发现那里边矫情的东西也很多。所以,前面的话与其说是在批评别人,还不如说是自我批评。

一九九九年十一月

陈旧的小说

这题目的第一层意思是说,《我们的七叔》写成于1996年春天,放到1999年春天才发表,中间隔了差不多三个年头。现在我自己重读,与三年前刚写完时的感觉一样。这就说明,它在我这里还没有过时,当然也可以说,我在这三年里没有进步。

这题目的第二层意思是说,《我们的七叔》中描写的事件发生在1980年代初期,在叙述的过程中,又把故事往前延伸到1940年代,我写的是陈年旧事。

这题目的第三层意思是说,《我们的七叔》中尽管也掺杂了一些装神弄鬼的东西,但遵循的创作方法还是"塑造典型环境中的典型人物"这一陈旧的理论。

一篇小说如果放了三年就过了时,那么它幸亏没被发表。

可以写今天下午正在发生的事情,也可以写明天有可能发生的事情,但我更愿意写一些发生了很久的事情。我利用小说检点过去的光荣、清算过去的罪恶,当然包括我自己的光荣和罪恶。

小说理论千变万化,但小说总是免不了写人写事,许多新的说法只不过是旧的说法的重新包装。

  我想说陈旧是小说的本质,越好的小说越陈旧,就像越陈旧的酒越醇正一样。

一九九九年春

心灵的废墟
——关于《沈园》

这是一个阴暗的故事,尽管在故事的最后出现过一道灿烂的彩虹,但彩虹总是转瞬即逝,彩虹过后依然是阴暗。

这是一个重温旧情的故事,但残存的火烬很快就被大水浇灭。

这是一个逃避责任的故事,逃避责任的当然是男人。一个男性作家似乎没有谴责女人的权利。

这也不是一个批判男人的故事,男人毕竟也是人。

这似乎是一个揭示人类某种窘境的故事,不仅仅是指向感情。

这好像是一个绝望的故事,但也不全是,毕竟出现过一道彩虹。

这其实只是一个简单的故事:在暴雨如注的天气里,一对男女,去寻找梦中的沈园,却到达了一片废墟。

不写出故事背后的故事,这就是所谓的"小说技巧",往好里说是"含蓄",往不好里说就是"玩深沉"。

二〇〇〇年十月

黑色的精灵

　　二十年前,当我拿起笔创作第一篇小说时,并没想到这项工作会改变我的命运,更没想到我的作品会部分地改变中国当代文学的面貌。那时的我是一个刚从故乡高粱地里钻出来的农民,用中国城里人嘲笑乡下人的说法是"脑袋上顶着高粱花子"。我开始文学创作的最初动机非常简单:就是想赚一点稿费买一双闪闪发亮的皮鞋满足一下青年人的虚荣心。当然,在我买上了皮鞋之后,我的野心便随之膨胀了。那时的我又想买一只上海造的手表,戴在手腕上,回乡去向我的乡亲们炫耀。

　　在我刚开始创作时,中国的当代文学正处在所谓的"伤痕文学"后期,几乎所有的作品,都在控诉文化大革命的罪恶。这时的中国文学,还负载着很多政治任务,并没有取得独立的品格。我模仿着当时流行的作品,写了一些今天看起来应该烧掉的作品。只有当我意识到文学必须摆脱为政治服务的魔影时,我才写出了比较完全意义上的文学作品。这时,已是 1980 年代的中期。当然,每一个作家都必然地生活在一定的社会政治环境中,要想写出完全与政治无关的作品也是不可能的。但好的作家,总是千方百计地想使自己的作品具有更加广泛和普遍的意义,总是想使自己的作品能被更多的人接受和理解。好的作家虽然写的很可能只是他的故乡那块巴掌大小的地方,很可能只是那块巴掌大小的地方上的人和事,但由于他动笔之前就意识到了那块巴掌大的地方是世界的一个不可缺少的组成部分,那块巴掌大的地方上发生的事情是世界历史的一个片段,所以,他的作品就具有了走向世界、被全部人类理解和接受的可能性。

1985年,我写出了《透明的红萝卜》《爆炸》《枯河》等一批小说,在文坛上获得了广泛的名声。1986年,我写出了《红高粱家族》,确立了在文坛的地位。此时的中国文坛,呈现出一派百花齐放的繁荣景象,我的创作,只不过是文学百花园的小小一角。在此之后的十几年里,中国文学之河,沿着自己的河床曲曲折折地向前流动着,在流动的过程中,不断有新鲜的水流注入,不断有奇异的浪头掀起,但由于中国老百姓家家都有了电视机,文学再也没有像1980年代初期那样获得广泛的关注。尽管目前的中国文学已经失去了当年那种轰动效应,但我认为,这种沉静,正是中国当代文学走向成熟的一个鲜明标志。

中国当代文学,可以分成许许多多的流派,但为文学分流划派,从来就不是作家的任务。好的作家,关心的只是自己的创作,他很少读同时代作家的作品(即便读了他也不愿意承认),他甚至不去关心读者对自己作品的看法。他关心的只是自己作品中人物的命运,因为这是他创造的比他自己更为重要的生命,与他血肉相连。一个作家一辈子其实只能干一件事:把自己的血肉,连同自己的灵魂,转移到自己的作品中去。

一个作家一辈子可能写出几十本书,可能塑造几百个人物,但几十本书只不过是一本书的种种翻版,几百个人物只不过是一个人物的种种化身。这几十本书合成的一本书就是作家的自传,这几百个人物合成的一个人物就是作家的自我。

如果硬要我从自己的书里抽出一个这样的人物，那么，这个人物就是我在《透明的红萝卜》里写的那个没有姓名的黑孩子。这个黑孩子虽然具有说话的能力但他很少说话，他感到说话对他来说是一种沉重的负担。这个黑孩子能够忍受常人不能忍受的苦难，他在滴水成冰的严寒天气里，只穿一条短裤，光着脊背，赤着双脚；他能够将烧红的钢铁攥在手里；他能够对自己身上的伤口熟视无睹。他具有幻想的能力，能够看到别人看不到的奇异而美丽的事物；他能够听到别人听不到的声音，譬如他能听到头发落到地上发出的声音；他能嗅到别人嗅不到的气味……正因为他具有了这些非同寻常之处，所以他感受到的世界就是在常人看来显得既奇特又新鲜的世界。所以他就用自己的眼睛开拓了人类的视野，所以他就用自己的体验丰富了人类的体验，所以他既是我又超出了我，他既是人又超越了人。在科技如此发达、复制生活如此方便的今天，这种似是而非的超越，正是文学存在着、并可能继续存在下去的理由。

黑孩子是一个精灵，他与我一起成长，并伴随着我走遍天下。现在，他就站在我的身边，如果男士们看不到他，女士们一定看到了，因为无论多么奇特的孩子，都是母亲生的。

我再也写不出这样的小说了

　　1984年初冬的一个早晨,我在解放军艺术学院的宿舍里做了一个梦。梦到一片辽阔的萝卜地,萝卜地中央有一个草棚,从那草棚里走出了一个身穿红衣的丰满姑娘。她手持一柄鱼叉,从地里叉起一个红萝卜,高举着,迎着初升的红太阳,对着我走来。这时起床的号声响了。我久久地沉浸在这个辉煌的梦境里,心里涌动着激情。当天上午,我一边听着课,一边在笔记本上写这个梦境。一周后,写出了草稿。又用了一周誊抄清楚。这算不算小说?小说可不可以这样写?我拿不准,但我隐约地感觉到这篇稿子里有一种跟我从前的所有作品都不一样的东西。我以前的作品里都没有"我",这篇小说里写的几乎全是"我"。这不仅仅是指这篇作品是在一个梦境的基础上构思,而且更重要的是,这篇作品第一次调动了我的亲身经历,毫无顾忌地表现了我对社会、人生的看法,写出了我童年记忆中的对自然界的感知方式。

　　那时候我们同学、朋友之间还有互相看作品提意见的习惯。我把稿子给我们系里的业务干事刘毅然,让他帮我把把关。他看完后很兴奋地对我说:"很棒,这不仅是一篇小说,还是一首长诗!"刘毅然说他已经把稿子转给了徐怀中主任,他说主任一定会喜欢这篇小说。过了几天,我在走廊里遇到徐主任,他肯定了这篇小说,说写得很有灵气。徐主任的夫人——总政歌舞团的于增湘老师说她也看了这篇小说。她说小说里那个黑孩子让她很感动。

我看到,徐怀中主任把我原来的题目《金色的红萝卜》改成了《透明的红萝卜》。当时,我对这处改动并不以为然。我觉得"金色"要比"透明"辉煌。但几年之后,我明白了主任的改动是多么高明。

不久后,创刊不久的《中国作家》决定发表这篇小说,责任编辑萧立军。徐主任召集我们几个同学,座谈了这篇小说。座谈发言由我整理成文字。1985年3月,《中国作家》第二期发表了这篇小说和座谈纪要。不久,在华侨大厦,《中国作家》主编冯牧先生主持召开了《透明的红萝卜》研讨会。汪曾祺、史铁生、李陀、雷达、曾镇南等诸位先生参加了会议并对这篇小说给予了肯定。这样,《透明的红萝卜》就成了我的"成名作"。前年,因为编文集,我又重读了这篇小说。虽然能从中看出许多笨句和败笔,但我也知道,我再也写不出这样的小说了。

二〇〇五年

第二辑

我 的 墓
——小说集《爆炸》自序

首先给您鞠一躬,表示对您读我这本书的感谢。我是个刚从高密东北乡的高粱地里钻出来的乡巴佬,还没学会虚情假意。时间这样珍贵,您为了我浪费时间,我真的感激您。另外,您不要笑话我的不知天高地厚。鲁迅先生把他早期的作品集成《坟》,我把我早期的作品集成《墓》。不是我喜欢东施效颦,而是我实在是太喜欢那《坟》里的含义。将《坟》改成《墓》,就算我的一大发明吧。请千万别笑话我,谢谢了。

我讲个我的故事给您听吧,很短,求您耐着心听完。"文革"期间,我在高密东北乡的一个供销社里当临时售货员,经常往酒缸里掺水。掺进一瓢凉水,舀出一瓢白酒,仰起脖子,咕嘟咕嘟灌下去。酒肴吗,基本不需要,偶尔也吃一些。没有什么好东西,基本上是从老百姓的菜地里掠来,得着什么掠什么。大葱,大蒜,羊角辣椒,茄子,萝卜,大白菜。喝一大口酒,咬一口上述这些蔬菜,咯咯吱吱,生也猛辣也猛,一会儿就烂醉如泥。

那时我每日喝得烂醉,天天醉等于不醉。我每天晚上都骑着一辆浑身响唯有铃铛不响的自行车回家。我骑车回家必须要走六里弯弯曲曲、颠颠簸簸的窄河堤。车子在堤上摇晃,我在车子上摇晃。不熟悉我的人都为我捏着一把汗,熟悉我的人都盼望着我能一头栽到堤下,跌个鼻青脸肿,或者干脆跌死更好。但"好人不长命,祸害一千年",我骑车的技术,就像武松的拳术一样,都是添一分酒添一分本事。如果我清醒着骑车,肯定不敢在河堤上那样狂奔。我是在运动中求平衡,在麻醉中求清醒,在颠簸中求稳定。想要我死可没那么容易。阎王爷批准我诞生时让我带来了一万斤酒,不把它喝光我是不会死的。

有一天晚上,天上没有月亮,只有几颗星星。我喝了两瓢酒,吃了一个大萝卜,打着响亮的饱嗝,酒劲儿渐渐上来,犹如腾云驾雾,感觉好极了。我骑上车子,沿着河堤,往家进发。骑着骑着突然一头栽了下来,车子也翻了。这是怎么一回事呢?凭我的技术怎么可能栽下来。嘴唇破了,牙齿也晃了。眼前似乎有一个黑黢黢的东西,好像是个坟包。我划火照着明,一看,嗨,还真是一个坟包。坟包前还插着一块白木牌子,上边用墨汁写着四个大字:莫言之墓。

我想哎哟哟这是谁他妈的干的好事,我还活蹦乱跳的怎么就有人给咱把墓修好了。我想他们一定是弄错了。墓里埋着的肯定不是我,我是站在路上的,嘴巴痛疼牙也痛疼可能正在流血,可那白木牌子上的黑字写得很是分明,也许我已经死了而站在我的墓前的是我的鬼魂,但随即我就感到尿憋得慌,这说明我还不是鬼魂,鬼魂怎么可能撒尿。我打着火机,仔细地看着建筑在河堤正中挡住了去路的我的坟墓。火焰刚刚燃起来就有雨点般的砖头瓦块劈头盖脸地砸过来。我机智地趴在我的墓前,双手护住脑袋,高高地翘起屁股,只要脑袋是好的,别的地方出了毛病好修理。至于屁股这地方,就随便这些杂种们砸去吧。后来我才明白过来,设计这场谋杀运动的人,是个精通古典的大儒。他对付我的办法,完全是学习了孙膑在马陵道上射杀庞涓的战法。孙膑们大概也没想把我砸死,扔了一阵砖头瓦块之后就呼哨一声撤离。我连滚带爬地回到了供销社,摸索着点燃了煤油罩子灯,从货架上拿起一面方镜子一照,吓了我一跳。我看到这个家伙额头上一个青紫的大包,颧骨上一片烂皮,鼻子歪了,嘴唇豁了,牙缝里流血。这是谁?是我吗?我到酒缸里舀了一瓢酒,喝了半瓢,剩下的往脸上一泼,一阵钻心的痛,然后我就昏了。

我醒了,看到天亮了。听到供销社大门外边有许多人在砸门,有嚷着要打酱油的,有叫着要买盐的,有吼着买化肥的,还有也不说买什么只是破口大骂的,还有扬言要放火把供销社烧了的。我读过鲁迅的书,知道"辱骂和恐吓绝不是战斗"的道理,所以我的心中根本就不慌乱。一个人的坟墓都建好了,他还怕什么!

我从货架上扯了一丈白布披在身上,腰里捆了一道麻绳子,头上蒙了一条白毛巾,腋下夹一刀草纸,手拄一根哭丧棒,霍嘟嘟敞开大门,不看任何人,但我知道任何人都在看我。我放声痛哭着,向河堤走去。许多人跟在我的身后看热闹,我估计这里边就有昨夜暗算我的人。到了我的坟墓前,我撕了一张纸压了坟顶,然后点火把那刀草纸焚化了。青烟袅袅,纸灰飞扬,好像灰色的蝴蝶。我跪在我的墓前,放声大哭起来。我哭得鼻涕一把泪一把,一边哭一边拍打着我的坟头,好像一个死了男人的老娘们。起初人们以为我是在瞎闹,但很快他们就发现我不是瞎闹。有一些不识字的老娘们就上前来劝我:行了,行了,别哭了,人死了,哭也哭不活了……

我没死哇,哇哇哇……

没死更不要哭了,往后少往酒里掺水、少往酱油里加盐,就无人给你堆坟了。

我泪眼婆婆地看了一眼这个说话的杂种,知道他是昨夜那一伙里的。

我死了……哇……我虽然活着,但实际上已经死了……

什么话？越说越糊涂了吗！

众人可能是怕我闹出个三长两短来，七手八胳膊的，把我叉回供销社。那一丈白布，也不知让谁给顺手牵了去。

这是真事儿，您可不要以为我又在这里玩什么"魔幻"。我为了自己大哭了一场，这事尽管有点戏过，但在高密东北乡还是振了聋发了聩。您到高密东北乡去打听写小说的莫言，估计没有十个人知道，但如果您去那里打听给自己哭灵的莫言，估计只有十个人不知道。

面对着自己的坟墓，其实是一件非常严肃、非常沉重的事情，即便你想轻松想幽默也轻松幽默不了。当年那座坟墓是一群恨我的老百姓为我修建的，它使我懂得了做一个正直诚实有良心的人是一件幸福的事情。我在那座虚拟的坟墓前烧化纸钱，披麻戴孝，放声痛哭是在执行自我批判。自己为自己哭丧是我庆祝觉悟人生道理的隆重典礼。我永远不会忘记那座坟墓，永远感谢那些为了我修筑坟墓的人。而现在这座文字的坟墓，是我自己修筑的。

我在这座坟墓里，埋葬了我早期的八篇小说。面对这座坟墓，我的心情更加沉重，态度更加严肃。如果当年我是为在酒里掺水的丑恶行为而痛哭着反省，那么我今天如果要哭，就是哭我倾注到小说里的感情掺了假。而感情一旦掺假，就变得一钱不值。长期的感情掺假，就会成为一种心理惯性，就会连自己也分辨不清什么是真感情什么是假感情，最后连自己是类人猿还是类猿人都分辨不清了。

收到本书里的前四篇小说《爆炸》《金发婴儿》《草鞋窨子》《断手》，尽管艺术上难免粗疏，但感情是真的。如果您对中国的农村有足够的认识的话，您就会发现我不是在骗人。

后半部分四篇中，《岛上的风》《雨中的河》感情是虚假的，算不上艺术，但这样的小说是八十年代初期的流行样式，收集进来，供您批判。这类小说，故事无论编得多么圆满，语言拾掇得无论怎样花里胡哨，手法无论玩弄得怎样扑朔迷离，归总都是不中用的、缺少灵魂的、没有生命力的纸花纸草。其余两篇《流水》《白鸥前导在春船》，写得更早一些，里边的感情是真实的，但真实的不一定是深刻的。感情的深刻大概与人生的阅历有直接关系。写这两篇小说时，我还是一个年轻的士兵，那时还认为善能改造人类，善是美的灵魂，所以就拼命地制造美的火花，想用它照耀我的小说中人物圣婴般纯洁的脸庞。

如果可以把感情的深刻程度比作胃病，那么，收到本集中的小说，有三篇是浅表性胃炎，有三篇是胃溃疡（偶尔也出点血），还有两篇也就是消化不良而已。我想应该写出胃穿孔的小说。

我退后一步，站在这座《墓》前，心中一片惘然。

一九八六年六月二十日

圆 梦
——花山文艺版《食草家族》后记

自1987年至现在,一晃就是五年。这期间我写了一些十分清醒的小说,也写了像《食草家族》这样的痴人说梦般的作品。这部作品有六个梦境组成,原名拟为《六梦集》,后改为现名,是尊重了朋友的意见。

虽然本书是断断续续写的,但我个人认为它是一个完整的长篇。在形式上它们各自独立,但在思想上却是统一的。

"六梦"的结集出版,了却了我个人一桩大事。因为"六梦"是我整个创作中的一种特殊现象,是我自己也难以说清的现象。这实际上是一大堆纠缠着我的问题,是很多无法解决的矛盾。我承认本书中很多思想是混乱不清的,我可能永远解不开这些混乱。这本书里,处处都有我个人的影子,是我把自己切出了一个毫不掩饰的剖面。本书肯定没能给读者提供指导生活的准则,也不会给读者以阅读的快感,这是我深深歉疚的。

不少聪明的评论家从我的"六梦"中读出了一些疯狂的倾向,我想我必须坦率地承认,在创作本书的某些章节时,一种连我自己都感到可怕的情绪经常牢牢地控制着我,使我无法收束自己的笔墨。所以本书也是疯狂与理智挣扎的记录。所以本书除了是一部家族的历史外,也是一个作家的精神历史的一个阶段。所以读者应在批判"食草家族"历史时,同时批判作家的精神历史,而后者似乎更为重要。

在目前这种形势下,花山文艺出版社肯出版本书,令我感到激动。我能走上文学之路,是与河北文坛上诸多师长与朋友的扶持帮助分不开的,现在当我个人的诸多方面又面临着重重困难的时候,慷慨悲歌的河北又伸出一只厚重的大手扶住了我的腰,他们说:挺住!

是的,我应该挺住,因为我的任务还没完成。

一九九一年七月

《愤怒的蒜薹》自序*

我并不认为《愤怒的蒜薹》是我最好的一本小说,但毫无疑问是我的最沉重的一本小说。因为写了这本书,某县的一些人托人带话给我,说我只要敢踏上他们的地盘,他们就要……我听了很不以为然。这本书里有我的良知,即便我为此付出点什么,也是值得的。

我一贯认为小说还是应该离政治远些,但有时小说自己逼近了政治。

写这样的小说的最终目的,还是希望小说中描述的现象在现实生活中再也找不到样板。

我原先不相信一边写小说一边热泪涌出的事,但写这部小说时我鼻子很酸过几次。因为小说中的人物的遭际能让我想到我的亲人。

尽管只用了三十五天写了这部书,但我在技术上还是费了心思,

---

* 《愤怒的蒜薹》是《天堂蒜薹之歌》一书于1993年由北京师范大学出版社出版修订版时的书名。——编者注

明眼的评论家已看到这部小说结构上的一些名堂。

现在这书是我隔了五年后重新修改过的。

幸福其实在向我们永远地招着手。

一九九三年

《欢乐》前后
——洪范版《怀抱鲜花的女人》自序

写作《筑路》在1985年的暑期,北京酷热,我躲在"军艺"的宿舍里,赤膊上阵,挖空心思地编织着这个悲惨而又阴暗的故事。我想这是我的作品中最具有"现实主义"意味的一篇小说。篇中人与狗搏斗时的对话,现在回头读起来,竟怀疑不是自己写的。

《筑路》是一篇朴素的小说,修辞上留有许多拙笨的痕迹。这次结集,没做任何修改,因为拙笨自有拙笨的妙处。随后的《弃婴》和《罪过》,两篇都写于1986年秋天,在高密东北乡供销社的一个仓库里,我独自一人,嗅着秋风送来的田野的气味,听着野猫们的叫声,在油灯下,我经常地感到恐怖。《弃婴》触及一个敏感、丑恶的问题:计划生育和抛弃女婴。这篇小说我是用所谓的"报告文学"笔法写成,其中表现了我对人的同情和失望。《罪过》大概可以算作一篇"儿童心理小说",是我众多短篇小说中的佳构。小说是冰冷的,但在结尾时出现了温情,骆驼代表着温情。

写完了《罪过》即写《欢乐》,这是一篇激怒了许多文坛卫道士的小说。发表之后,骂声就伴随着它。直到1990年,《人民文学》还在点名大骂。骂也不能动摇我的信念:《欢乐》是我的得意之作,只可惜因为写得密不透风,会给读者制造一些阅读的障碍。我原想在结集时把它分疏一些,但狗咬泰山无处下嘴,只好保持原状。

最后是《怀抱鲜花的女人》,这是一个浪漫得死去活来的故事,写于1991年春节期间,也是在高密。希望读者能把它当成一个寓言来读。我总感到,在当今之世,每个人都像一只被猎狗追赶着的野兔子,无论你如何奔跑,也难摆脱背后追赶着的猛兽。

写作的过程就像筑路的过程。

写作是一种欢乐也是一种罪过。

几乎所有欢乐的后面都有罪过。

一九九二年八月

梦境与杂种就是好文学
——洪范版小说集《梦境与杂种》自序

收入本集的六篇小说,创作于1984—1992年间。我已经没有勇气和耐心回头去把它们重读一遍,更谈不上去修改它们。也许这样更好一点吧。这十几年来,我经常感到自己像一个传说中的偷玉米棒子的黑瞎子,忙忙碌碌地不停地掰着,但腋下的玉米棒子始终只有一穗。我在不停地创作,但占据我脑海的,始终是手中正在写着的东西和前面即将要写的东西。但我毕竟不是黑瞎子,写出的东西毕竟还有聚拢在一起的机会,因之也就有不得不回头看看自己劳绩的举动。近日北京寒风刺骨,在这种心境下,回忆创作这六篇小说时的一些情景和小说中的一些还没彻底忘记的内容,难免产生一些凄凉意。据说凄凉意味最容易在事近末尾时产生,最容易在盛宴将散时产生。不久,一个巨大的盛宴的末尾就要来临了,2000年之后,还有人读我这些文章吗?

《球状闪电》创作于1984年严冬,那时我还在军艺文学系学习,为了完成这部小说,我请假回到原单位,躲在一个被大雪覆盖着的小小的图书馆里,在那里想象着我的故乡曾经存在过但我没有见到过的细雨中的草甸子和夕阳照耀下的金黄色的苇田。这部小说中的男主人公身上有许多我的影子和我的亲人的影子。譬如那位银须飘然的老中医,就是按照我大爷爷的形象写的。故事中那位很现代的女青年,很可能是我理想中的女人。但八年过去后,我才认识到,即便真有那样一位女青年来到我的身边,我也很难接受了。因为与其困难地对话,还不如保持沉默。享受孤独,有时胜过痛饮美酒。

球状闪电是一种神奇的自然现象,在我故乡的传说中,这种闪电的出现往往就是神龙来惩罚伤害了天理的人或是成了精的妖物的时候。球状闪电的出现似乎总是与"龙吊雨"的现象联系在一起。我少年时见过"龙吊雨",先是乌云出现一个比较整齐的边缘,然后就有一条弯弯曲曲的尾巴从云中探下来,然后就看到有千万条细流沿着龙尾升上去。后来才知道这是一种龙卷风。只要有被雷电殛中的人,很快就会有关于这人的恶行传说开来,譬如说曾经图财害过人命啦,譬如说曾经虐杀过生灵啦,等等。在我的家乡,怕打雷的人很多,有一个十分不孝的家伙,只要天一打雷,就往母亲怀里钻。雷声一停,抬手就会给母亲一巴掌。这部小说试验性很强,变换了很多视角,有动物的视角,有孩子的视角,还沾染上一些魔幻气。这部小说是不成熟的,但却是朝气蓬勃的。现在我已经写不出这样的小说了。

《猫事荟萃》作于1987年。严格地说这不能算作一篇小说,而是一篇杂文。这是我读鲁迅的一个收获。《上海文学》拿去当作小说发表了,并且被《小说选刊》选载。当时的想法是想改变一下披头散发的文体,看看我有没有用比较符合修辞学的语言写作的能力。故事中的猫是以我家那匹老猫为模特的,那次著名的远征确有其事,但看起来很像凭空捏造。

《养猫专业户》作于1988年,是《猫事荟萃》的余波。那是"专业户"特别盛行的时候,也许有一些讽刺之意吧。其中的神秘现象描写是我个人的偏好。猫这东西,总是有些阴阳怪气。蒲松龄写了那么多妖仙狐鬼，唯独没写一个猫变化成鬼怪的故事，不知为什么。

《你的行为使我们恐惧》作于1989年初，发表在1989年6月号的《人民文学》上。我始终认为这是我最出色的中篇小说之一，但发表后无声无息。在那个6月里，实在也没有理由要求人们去读小说。

《幽默与趣味》作于1991年。这部作品也许太卡夫卡了，写一个大学教师，终于被喧嚣的都市逼成了一只猴子。按说有了人变甲虫在先，后来的人，再变什么也不新鲜了。但我还是让他变成了一只猴子蹲在自家窗前的大杨树上。人有时不得不从祖先的武库里拣出一些破旧武器应急，这也是没法子的事情。

《梦境与杂种》作于1992年。过去写作时，总还是有个大概的构思，然后再下笔。这部作品却是在完全不知道要写什么的情况下开笔的。当时我正在读一本法国作家莫罗亚的书，我想，就让我从莫罗亚开始吧。于是莫罗亚就成了小说中的一个穷愁潦倒的传教士。我对梦境十分迷恋。我认为好的小说应该有梦的境界。小说发展到如今，纯粹写实的东西还有什么意思呢？电视机有声有色，小说如何能比？小说只能写梦，写寓言了。杂种往往是生命力比较强的东西，好的小说，也应该是杂种，就像骡子一样。骡子是马非马，是驴非驴。本文的题目，可以理解成为我的小说观念。小说是什么？小说是梦境与杂种。

一九九三年十二月

雪天里的蝴蝶
——麦田版小说集《红耳朵》自序

收到这本集子里的作品,都有较强的故事性,完全可能改编成四部引人入胜的电影。这会让先锋们嗤之以鼻,但也许会赢得部分比较传统的读者的喜欢。

《白棉花》的创作,是因为张艺谋。那时,他好像刚刚拍完苏童的《妻妾成群》,苦于找不到能够改编成电影的小说,所以他就让手下人找到我,约我写一篇描写农村生活的、场面宏大的小说。我反复想了,除了战争和历史,要说场面大,在和平年代里,那就只有几十年前人工开挖河流的情景。我参加过这样的工程,深知其中的艰苦,写成小说是没有问题的,但要想在银幕上表现,几乎不可能,你的钱再多,要调动几十万老百姓,也不是一件容易事。

我突然想起七十年代初期,在县棉花加工厂工作时的情景。那时,半个县的棉花集中到加工厂里,棉花垛得像小山一样;送棉花的车队排出去有十里长,场面的确很壮观。新棉一上市,数百个有点门路的农村姑娘就集中到厂里来了。虽然在这里工作的时间只有几个月,但对她们的影响却是巨大的。一季棉花加工完毕,她们都或多或少地有了变化。她们在加工棉花的同时,棉花也把她们加工了。那时候在千头攒动的农村集市上,我一眼就能把在棉花加工厂当过临时工的姑娘认出来。她们喜欢戴一个自己做的、用漂白粉漂得雪白的特大口罩,而且总是把一根带襻儿挂在一个耳朵上,让嘴巴忽隐忽现。因为戴了雪白的大口罩,所以她们的眼睛都显得特别大、特别黑。她们的第二个特征是喜欢戴蓝套袖,第三个特征是喜欢戴白手套,同样用漂白粉漂得雪白。这些原本是工作时劳动时保护的需要,但离开棉花加工厂之后,却成了她们高人半头的标识。在她们心里,自然也是以此为美、以此为荣的。我跟张艺谋谈了这个构思,他认为很有意思。张艺谋在西北的一家国棉厂里当过工人,对棉花还是非常熟悉的,当然对女工也是非常熟悉的。张艺谋希望我尽快地把这个加工棉花的故事写出来,就当小说写。但等我写出来之后,他可能找到了更好的题材,于是这事就拉倒了。过了一年,一个叫周晓文的导演找到我,很兴奋,想把《白棉花》拍成电影,合同都跟我签了,但终究没拍成。又过了几年,台湾一个制片人杜又陵要拍,折腾了好多年,光去高密看外景就去了三次,最后还是不了了之。(1999年杜又陵终于在陕西把《白棉花》拍了。)

《父亲在民夫连里》,应该是《红高粱家族》的续篇之一。在《红高粱家族》里,父亲还是个顽童,在本篇里,他已经是一个身体健壮、久经磨难、具有了丰富人生经验的青年。在他的身上,继承了爷爷辈的英雄豪气,但也增添了许多流氓气。原来我想在这个中篇之后,再续写几个系列中篇,合成《红高粱家族》的第二部,但因为少年有痔,疼痛难忍,等到把病治好,已经没有了续写的兴趣。也许在今后的某个时候,突然地有了激情,会重新把早就有了构想的关于"父亲"的故事写完,让《红高粱家族》有个完整的结局,但这样的激情什么时候会激发出来,就只有老天知道了。此篇刚刚发表,就被我的一个对影视特感兴趣的老乡看好。他说等他赚到钱后,一定要把这部小说搬上银幕,但他好像总是赚不到钱。最近听说他办起了一个轰轰烈烈的药厂,"杀人劫道,不如在家卖药",父亲走上银幕的日子也许不远了吧?

《红耳朵》里的主人公是有原型的,但这个人物的原型并不是一个人。我认为这篇小说里的王十千,是一个真正的高士,他的思想远远地超出了同时代的人。他对待金钱和财富的态度,再过一个世纪,恐怕也是和者盖寡。此篇可以参照着我的短篇小说《神嫖》来读,《神嫖》里的主人公王季范先生,是王十千的孪生兄弟。这对难兄难弟的事迹,合并在一起,应该能塑造出一个富有象征意味的典型形象,是不是不朽,我不敢说。也许在不久的将来,等我心血来潮的时候,我会自己动手,把它弄成一部电影。

《战友重逢》是一部被多家刊物退过稿的作品,退稿的原因几句话也说不清楚。这部中篇是我少有的几部写军事题材的作品之一,是篇幅最长的,我自己认为也是写得最深刻的,退稿的原因大概与此有关。在本篇中,我着力探讨了英雄的问题:机缘和运气,会使一个胆小如鼠的家伙变成英雄,而真正的英雄,很可能像狗一样窝窝囊囊地死去。

自从《丰乳肥臀》遭到不允许辩解的批评后,我已经两年没有写小说,我甚至连编一本集子的兴趣都没有。去年麦田出版公司的陈雨航先生和在美国教授中国文学的王德威教授来北京让我编一本集子,我当时答应了,但回家后即兴趣全无,并且很快地就把这件事情忘记得干干净净。不久前王德威教授又来函催问,这才想起来。麦田出版公司和王德威教授如此抬举我,使我受宠若惊,但还是拖到今日才开始编,懒惰得实在是可以。但愿从此之后,能重新焕发热情,再写一点让朋友们看了高兴让英雄们看了不高兴的文章。问题的可悲在于,我真正的朋友,就像雪天里的蝴蝶一样稀少,而那些恨我的英雄就像夏天里的苍蝇一样多。但可喜处也在这里,能在雪天里生存的蝴蝶，必是不寻常的异种；而能吸引来成群苍蝇的，必有特殊的气味，不是狗屎，就是海鲜。

我是宁愿做了狗屎去肥田，也不愿被做成脂粉去涂抹英雄们的面孔。

一九九七年八月十五日

"高密东北乡"的"圣经"
——日文版《丰乳肥臀》后记

  能够与日本读者谈谈《丰乳肥臀》,是二十世纪即将结束时令我愉快的诸多乐事之一。这部书的腹稿我打了整整十年,但真正动手写作只用了九十天。那是1995年的春天,我的母亲去世后不久,在高密东北乡一个狗在院子里大喊大叫、火在炉子里熊熊燃烧的地方,我夜以继日,醒着用手写,睡着用梦写,全身心投入三个月,中间除了去过两次教堂外,连大门都没迈出过,几乎是一鼓作气地写完了这部五十万字的小说。写完了这部书,我的体重竟然增加了十斤。许多人都感到不可思议,我自己也感到不可思议。从此后我知道自己与众不同:别的作家写作时变瘦,我却因为连续写作而变胖。

  1995年底,这部书由《大家》双月刊首发,不久即荣获首届"大家文学奖"。这个奖是迄今为止中国奖金额最高的文学奖。得奖之日,我就预感到麻烦即将来到。先此之前,报刊上已经开始了对这部小说的书名的批评。批评者在根本没看小说的情况下,就武断地判定,这个书名是作者为了商业目的进行的包装。在此情况下,我违心地写了一篇《丰乳肥臀解》为自己辩护。我知道我的辩护软弱无力,我的真实的想法很难表达出来。我是一个最怕自己跳出来解说自己作品的作家,我认为一个作家不可能把自己的作品解说清楚,作家跳出来解说其实是对读者的轻视。我的文章并没有平息对《丰乳肥臀》的批判,反而更激起了那些人的仇恨。他们为了整垮我,熟练地运用了政治斗争的手段。他们多是一些靠整人起家的人,是文坛上的打手。他们当中有的人尽管在中国的"文革"和"反右"斗争中受到了冲击,甚至还被划为"右派",但那是真正的误会。这些人其实正是"文革"和"反右"的推波助澜者,没有他们就没有"文革"和"反右",但他们却在"文革"和"反右"中受了冲击,这是一个"搬起石头砸了自己脚"的荒唐事例。这帮人娴熟地运用"文革"和"反右"的战术对付我和我的《丰乳肥臀》。他们的第一个战术就是向国家和军队的领导人写信诬告我,希望借助国家和军队领导人的力量置我于死地。他们的第二个战术就是化名成形形色色的人,一会儿以"八个老工人"名义、一会儿以"七个母亲"的名义,给我当时所在的部门和国家的宣传和公安部门写信,希望能把我逮捕法办。他们的第三个战术就是串联了一帮曾经当过大大小小官僚的"哥们",各自动用自己的关系,给他们老领导、老战友、老部下打电话、写信,甚至坐堂陈词,希望他们能出来说话或是动手收拾我。他们的第四个战术就是利用被他们把持的刊物,连篇累牍地发表对我的"大批判"文章。他们的文章与"文革"期间的大字报很是相似,其中充满了辱骂和恐吓,还有对我的人身攻击。他们的第五个战术就是在中国作协的第五次代表大会上向代表们散发他们的刊物和小报,试图在作协系统彻底把我搞臭。对他们的五大战术我一直没有反击,我知道我不是他们的对手,他们是搞政治的,我是写小说的,我与他们的关系是羊与狼的关系。面对着他们的攻击,我默默地忍受,我甚至做好了锒铛入狱的准备。但现在的中国毕竟不是三十年前的中国,现在的中国的公安部门更不会在几封匿名信的驱使下去逮捕一个作家。我保持沉默,我甚至违心地写了检查(我不写检查我的同事们就得彻夜不息地"帮助"我,其中还有一个怀孕七个月的女同事),但我的心里,始终坚信我写的是一部庄严的作品,我自信当那些辱骂《丰乳肥臀》的人化为灰烬之后,《丰乳肥臀》还会在读者中流传。我相信迟早会有人站出来为《丰乳肥臀》说话,迟早会有公正的读者发现《丰乳肥臀》的价值,事实上我的等待比我预期得要短暂得多。

即使在对《丰乳肥臀》的批判甚嚣尘上的时候,有很多读者还是给了我支持,尽管大多数报刊不敢再发表赞扬《丰乳肥臀》的文章,但东北的《书友周刊》还是用整版的篇幅刊登了吉林大学文学院现当代文学专业研究生们讨论《丰乳肥臀》的六篇文章。这群年轻人对《丰乳肥臀》的批评,让我非常感动,他们也没有一味地说好话,甚至还有尖锐的批评意见,但他们的批评是真正的文学批评,不是那种想把人整死的"大批判"。去年以来,我又在刊物和书上看到了几个大学中文系教授和哲学系教授的文章,他们对《丰乳肥臀》做了高度评价,让我既感动又惶恐。

> 《丰乳肥臀》最为典型地体现了新历史主义的小说观念,这部问世之初就以其"艳名"惊世骇俗的巨制同莫言的"红高粱系列"一样,是以历史和人类学的复调主题展开叙述的……他将一部近现代历史还原或缩微到一个家庭诸成员的经历和命运之中,把历史还原民间,以纯粹民间的视点,写民间的人生,写他们在近世诸多重大历史事件中的命运……以极大的气魄和包容性恢复了历史的整一性。同时,在叙述过程中,作家将官方的和民间的(国共不同政治力量的斗争和民间的古老不变的生活观念与方式)、东方的和西方的(以母亲为象征的民族精神和以马洛亚为代表的西方文明,当然混血儿上官金童就更具有中西结合的文化意义)、古老的传统和与现代文明的(鸟仙式的生活和美国飞行员所放的电

影)种种截然不同的文化情境与符码有意拼接在一起,打破了单线条的历时性叙事本身的局限,而产生出极为丰富的历史意蕴与鲜活生动的感性情景,从而生动地实现了中国近现代历史烟云动荡、沧桑变迁和五光十色的斑斓景象的隐喻性叙述。

——《钟山》1998年第4期,《十年新历史主义文学思潮回顾》张清华著

  莫言是个编故事的能手,他似乎怎么也控制不了他那脱缰野马般的想象力的狂奔,各种离奇古怪的情节在他的笔下如同亲眼所见、亲耳所闻。《丰乳肥臀》中的故事更是波澜壮阔、一泻千里。……他以象征的方式不断地使我们由上官金童的畸形心态联想到当今人们视为理所当然的和习惯成自然的各种论调,使整部小说成为一个巨大的反讽。他尽力解剖的是上官金童的精神畸变的合理性和可理解性(为此他坚持从降生的第一天起就用第一人称描写上官金童的心理活动),但这只是为了更加衬托出这种主观合理性与外部世界的客观现实之间的反差,从而具有一种强有力的震撼作用和启蒙效果。……莫言的大功劳,就在于惊醒了国人自我感觉良好的迷梦,他把"寻根文学"再往前引申了一小步,立刻揭开了一个骇人的真理:国民内在的灵魂、特别是男人内在的灵魂里,往往都有一个上官金童,一个永远长不大的婴儿,在渴望着母亲的拥抱和安抚,在向往着不负责任的"自由"和解脱。他做到了一个"寻根文学家"所可能做到的极限,他是第一个敢于自我否定的寻根文学家。他向当代思想者提出了建立自己精神上的反思机制、真正长大成人、拥有独立的自由意志的任务。

——《灵魂之旅》湖北人民出版社1998年9月版,邓晓芒著

迄今为止,我们在中国文坛上找不到在丰富的想象力与强烈的历史批判精神上可以与《丰乳肥臀》相匹敌的作品。莫言在"红高粱时代"就建立了他的历史哲学,即原欲是历史实现的真正动机。他用书面历史向欲望冲突的还原,解构了一个巨大的社会神话。莫言为他的发现亢奋不已,为此他有意选择的中立叙述视角时而受到情绪的干扰。然而莫言重构欲望历史的艺术写作,以与生俱来的高超的形象记忆能力与发达的感觉能力,创造了最有辩证法的、一部象征的中国现代革命史。

——《中国文化研究》1998年6期,《偏离与追逐:中国内地的新时期纯文学》,毕光明著。

张清华是创作颇丰的青年评论家、山东师范大学中文系副教授,邓晓芒是武汉大学哲学系教授、博士生导师,毕光明是琼州大学中文系主任。我与他们三人素不相识,在此引用他们的文章也没征求他们的同意,但我对他们满怀感谢之心和崇高的敬意,他们竟然敢公开地赞扬一部被泼满了污水的作品,除了艺术眼光之外,还有他们做人的勇气。当然,他们对《丰乳肥臀》的赞扬,不乏过誉之处,并不是对这部书的定论,但起码可以说明,给这部书下一个一棍子打死的结论还为时过早。

我认真地研究过那些"大批判家"的文章,发现了他们加给《丰乳肥臀》的罪名主要有两个:一是说我"反共产党",二是说我"性变态"。我想,时至二十世纪末,一个有良心有抱负的作家,不会再去为某个阶级充当吹鼓手或是枪手,他应该站得更高一些,看得更远一些。他应该站在人类的立场上进行他的写作,他应该为人类的前途焦虑或是担忧,他苦苦思索的应该是人类的命运,他应该把自己的创作提升到哲学的高度,只有这样的写作才是有价值的。我在创作《丰乳肥臀》时,尽管使用了"高密东北乡"这个地理名称,但我所关注的起码是中国的近现代历史,关注的起码是在近现代历史中的千百万中国人的命运,国民党也好,共产党也好,都是漫漫历史长河中的短暂现象,谁都不可能"万寿无疆"。我就像小说中的母亲那样,满怀着悲悯之心,看待分属于不同政党和集团的孩子们的生死搏斗。无论是谁的死去,都会让母亲痛心。在描写历史的悲剧时,我同时发现了历史的荒诞性和历史的寓言性。许多昨天还神圣得掉脑袋的事情,今天已经变成了人们口里的笑谈。许多当时似乎明白无误的事情,今天已经很难分出谁是谁非。一个作家,如果把自己的注意力放在研究政治的和经济的历史上,那势必会使自己的小说误入歧途,作家应该关注的,始终都是人的命运和遭际,以及在动荡的社会中人类感情的变异和人类理性的迷失。小说家并不负责再现历史,也不可能再现历史,所谓的历史事件只不过是小说家把历史寓言化和预言化的材料。历史学家是根据历史事件来思想,小说家是用思想来选择和改造历史事件,如果没有这样的历史事件,他就会虚构出这样的历史事件。所以,把小说中的历史与真实的历史进行比较的批评,是类似于堂吉诃德对着风车作战的行为,批评者自以为神圣无比,旁观者却在一边窃笑。

我在《丰乳肥臀》中的确写了性,也写了上官金童对乳房的痴迷,关于这一点,我认为邓晓芒的解读很符合我的原意。就像大多数中国人可以从自己的灵魂深处挖出一个阿Q一样,大多数中国人,是不是也能够从自己的灵魂深处挖出一个上官金童呢?推而广之,日本国的男人们,是不是也会从自己的灵魂深处挖出一个眷恋乳房的上官金童呢?是的,我发现了人类灵魂中丑陋的东西,但我也发现了丑陋中包含着的美好情愫。对乳房的眷恋到了痴迷的地步,这是一种病态,但病态的东西从某种意义上来说,往往也是美的极致。日本文学中对病态美的描写,我认为是世界最高的水平,从谷崎润一郎的作品中、川端康成的作品中、三岛由纪夫的作品中,都可以找到这种让人心醉神迷的例证。

  前面我已经写过,在创作《丰乳肥臀》时,我去过两次教堂。小说中的上官金童也去过两次教堂,他在走投无路时,投向了上帝的怀抱。我不是基督徒,但我对人类的前途满怀着忧虑,我盼望着自己的灵魂能够得到救赎。我尊重每一个有信仰的人,我鄙视把自己的信仰强加给别人的人。我希望用自己的书表现出一种寻求救赎的意识,人世充满痛苦和迷茫,犹如黑暗的大海,但理想犹如一线光明在黑暗中闪烁。其实每个人都在寻找自己的上帝,有的人的上帝在天上,有的人的上帝在心中。

一九九九年

解放军文艺版《师傅越来越幽默》后记

因为事关这套书的体例,虽然没有什么可"后记"的,也只好没话找话说。"为赋新诗强说愁",总还算个无聊的境界,这勉强的"后记",连无聊都算不上,只能是废话。

收到这本书里的小说,除了《怀抱鲜花的女人》之外,都是今年春节过后的新作,新作是否就比旧作好?不知道。但我知道从去年开始,我写作时的心境发生了很大的变化。过去我写得很努力,就像一个刚刚出师的工匠,铁匠或是木匠,动作夸张,炫耀技巧,活儿其实干得一般,但架子端得很足。新近的创作中,我比较轻松,似乎只使了八分劲儿。所以新近的作品看起来会不会像轻描淡写呢?我也不知道。

坦率地说,选进《怀抱鲜花的女人》是因为新作的数量不足以编成一本书。安慰自己的想法是让关注我的读者可以用这篇旧作和新作进行一些比较。那么多旧作,为什么偏偏选了这篇?当然是自认为这篇旧作比较好,当然是不是真的比较好,我说了不算数,那些跟我有仇的人说了也不算数,广大的读者说了算数。

《怀抱鲜花的女人》是九十年代初写成的,可能有的人把它当成了爱情小说,当成了爱情小说也不能说人家错,但我的本意是写一篇包含着一点点哲理的武侠小说,终究因为功力不逮,结果"画虎不成反类犬"。尽管如此,《怀抱鲜花的女人》还是我比较满意的作品,其余的五篇新作,也包含着爱情、武侠和一点点哲理,把它们放在一起,不敢说是一束花,但可以说是一小筐土豆,品种略有不同,但基本上是一路货色。

一九九九年九月十五日夜

猫头鹰的叫声

——浙江文艺版《莫言散文》自序

如果没有邹亮先生的鼓励和动员,我想我是没有胆量也没有兴趣把这些乱七八糟的文章搜集起来编成这个集子的。几年前出版第一本散文、随笔集子《会唱歌的墙》时,我还充满了自信,认为自己的文章写得不坏,起码不比那些自封为散文、随笔大家的人写得坏。但时至今日,我的自信已经不存在了。消灭了我的自信的,是网络的大发展和大普及。网络使全民写作这件只有在未来社会里才可能实现的事情,几乎在一夜之间变成了现实。过去被人们渲染得很高尚很神秘的写作活动,在网络上变成很简单的一件事。如果你愿意,你随时都可以写作,随时都可以发表。而且由于网络的特点,任何一个人,都可以去除伪装,以赤裸裸的姿态出现。网络上发表的文章,大概是世界上最真诚的文章,而真诚,恰恰是文章,尤其是散文、杂文的灵魂。当然,从另一个角度来看,网络上的文章又是极度的虚伪。在网上,一个颤颤巍巍的老祖母可以装成一个多情蔻妹与小伙子调情,一个德高望重的领导人也可能扮成一个对社会充满了仇恨的小痞子撒野,但老祖母扮蔻妹是说明她人老心不老,老领导装痞子说明他的本质也许就是一个痞子——这是一种更深层次的真实。对照网络上的文章和言论,我发现正像毛主席说的那样:"群众是真正的英雄,而我们往往是幼稚可笑的。"真正的大手笔是名不见经传的网民,而不是什么作家、诗人、学者、教授。

收入这集子的文章,其中有不少篇什是为网站写作的。为什么要给网站写作,有兴趣的读者可以参阅集子中的一篇文章。因为跟网沾了边,所以就不自觉地有些犯狂,所以就有意识地不拐弯抹角,所以就比较地具有了"战斗性",而"战斗性"恰好也是杂文的灵魂。也因为是受了网络文化的影响,敢于赤裸裸地说自己的好话,换句话说就是厚颜无耻地吹捧自己,所以收入本书的一些"演讲稿",就带上了许多自吹自擂的味道。这味道尽管臭不可闻,但这是眼下的时髦,也是在跟"西方接轨"。眼下的情况,你不好意思吹自己,还真是不行,你放胆地吹自己,尽管会有人骂,但也有人信。

有一句成语,怎么说忘记了,但意思还记得。好像是说一只鸟在树上叫,是为了寻求知音。一个写了文章发表的人,其实也是一只蹲在树上鸣叫的鸟。猫头鹰叫声凄凉,爱听的不多,但肯定还是有爱听的。画眉鸣声婉转优美,爱听的很多,但肯定还是有不愿听的。我的这本集子,基本上可以认定为是猫头鹰的叫声,喜欢我的就买,不喜欢我的,白送给你你也不会要。

二〇〇〇年七月十七日

笼中叙事的欢乐
——《笼中叙事》再版自序

一

《笼中叙事》是长篇小说《十三步》的原定题目,也是我创作这部小说时所保持的态度。那是1987年的严冬,在高密东北乡供销社的一间仓库里,寒冷冻僵了我的手指,墨水在瓶子里结成了冰,但我的思维却空前的活跃,记忆力也好到了今天重读这部小说时为书里边的细节的充分利用和前后呼应而吃惊的程度。在此之前,我的小说《红蝗》招致了诸多批评,比较集中的意见是说我的小说漫无节制,感觉泛滥。有一些朋友私下里也劝我要控制自己的感觉,不要浪费才华。对这些批评和忠告我做了认真的思考,并对自己的创作进行了反思。我承认批评家的批评和朋友的忠告都是有道理的,并决心改弦更张,写出一部与我自己已经写出的作品和别人已经写出的作品迥然有别的作品。于是就有了《笼中叙事》。

这部小说所反映的生活在当时是富有挑战性的,是切中时弊的,今天读起来已经疲软无力。事件是容易陈旧的,但技巧历久常新。

没有永远存在的炸药,但制造炸药的方法世代流传。我不得不猖狂地宣告:《笼中叙事》前无老师,后无徒弟,它像一块茅厕里的石头,又臭又硬地待在一个角落里,向我自己证明着我在小说技巧探索道路上曾经做出的努力。

关在笼子里的人与其说是一个故事叙述者,毋宁说是故事本身。故事的形态和故事的各个侧面,笼外的观众可以一览无余;故事的精神就像叙事人的声音一样穿越笼子飞进听众的耳鼓,并扩散在无边的空气里,让树木也听得到,让飞鸟也听得到,但故事无法冲破牢笼,就像叙述故事的人无法跳出牢笼一样。在虚构的笼子里,故事和叙述故事的人是自由的,你们可以在里边撒野、在里边撒欢、在里边做出各式各样的超出常规的动作,但你们不能越出笼子。你们的声音、你们的气味、你们的思想可以越出笼子,但你们的实体,必须老老实实地待在里边。只有如此,你们才能保持足够的强度和密度,才能够保持可以观赏、不至于涣散的形态。有一个伟大的人说过,"小说是关在笼子里的老虎",这话说得何等的好啊,这是我读到过的关于小说的最精彩的定义。十三年过去,当我重读旧作时,我更加深切地认识到当年围绕着《红蝗》的批评对我的创作所发生的积极意义,有意识地缩小宣泄的闸门、有意识地降低歌唱的调门,这看似简单的事,对我来说并不容易,就像要把一只生猛的老虎关进笼子一样不容易,但我毕竟把它关了进去,尽管我跟它同样地痛苦。

《笼中叙事》十二年前初版时名为《十三步》,这是因为书中一个关于麻雀的神奇故事中涉及了这个数字。现在,借着修订再版的机会,我恢复了它最初的名字。

二

收入本书的《欢乐》是创作于 1986 年夏天、发表于 1987 年春天的中篇小说,按照现在的流行样式,此书分行分段后,就可以当作一部小长篇出版。在将近七万字的篇幅里,我几乎没有分段,这就给读者阅读此书带来了困难,读《欢乐》,犹如进入藤蔓勾连、上牵下挂的原始森林。上海的一位批评家说《欢乐》通篇都像一些心电图的符号。但我还是保持了它的原貌。如果我把它分割了,就不是我的《欢乐》了。但鉴于许多的批评,我还是删去了书中一些过分刺眼的片段。《欢乐》是一部心绪如麻、感情沉痛的小说,我知道很少有人能够读完它。每部作品都有自己的命运,《欢乐》的命运是悲惨的。

二〇〇〇年十月二十四日深夜

作家的职业性悲剧
——《天堂蒜薹之歌》再版自序

十四年前,现实生活中发生的一件极具爆炸性的事件——数千农民因为切身利益受到了严重的侵害,自发地聚集起来,包围了县政府,砸了办公设备,酿成了震惊全国的"蒜薹事件"——促使我放下正在创作着的家族小说,用了三十五天的时间,写出了这部义愤填膺的长篇小说。在初版的卷首,我曾经杜撰了一段斯大林语录:

> 小说家总是想远离政治,小说却自己逼近了政治。小说家总是想关心"人的命运",却忘了关心自己的命运。这就是他们的悲剧所在。

小说发表后,许多人问我:这段话,是斯大林在什么时候、在什么地方说的?为什么查遍《斯大林全集》,也找不到出处?

我的回答是:这段话是斯大林在我的梦中、用他的烟斗指点着我的额头,语重心长地单独对我说的,还没来得及往他的全集里收,因此你们查不到——这是狡辩,也是抵赖。但我相信,斯大林是能够说出这些话的,他没说是他还没来得及说。

长期以来,社会主义阵营里的文学,总是在政治的漩涡里挣扎。为了逃避政治的迫害,作家们有的为政治大唱赞歌,有的则躲在黑屋子里,偷偷地写他们的《大师与玛格丽特》。

进入八十年代以来,文学终于渐渐地摆脱了沉重的政治枷锁的束缚,赢得了自己的相对独立的地位。但也许是基于对沉重的历史的恐惧和反感,当时的年轻作家,大都不屑于近距离地反映现实生活,而是把笔触伸向遥远的过去,尽量地淡化作品的时代背景。大家基本上都感到纤细的脖颈难以承受"人类灵魂工程师"的桂冠,瘦弱的肩膀难以担当"人民群众代言人"的重担。创作是个性化的劳动,是作家内心痛苦的宣泄,这样的认识,一时几乎成为大家的共识。如果谁还妄图用作家的身份干预政治、用文学作品疗治社会弊病,大概会成为被嘲笑的对象。但就在这样的情况下,我还是写了这部为农民鸣不平的急就章。

其实也没有想到要替农民说话,因为我本身就是农民。现实生活中发生的蒜薹事件,只不过是一根导火索,引爆了我心中郁积日久的激情。我并没有像人们传说的那样,秘密地去那个发生了蒜薹事件的县里调查采访。我所依据的素材就是一张粗略地报道了蒜薹事件过程的地方报纸。但当我拿起笔来,家乡的父老乡亲便争先恐后地挤进了蒜薹事件,扮演了他们各自最合适扮演的角色。

说起来还是陈词滥调——我写的还是我熟悉的人物,还是我熟悉的环境。书中那位惨死在乡镇小官僚车轮下的四叔,就是以我的四叔为原型的。也许正因为是人物和环境的亲切,才使得这部小说没有变成一部报告文学。当时在书的后记里我申明:这是一部小说,我不为对号入座者的健康负责。现在我还是要申明:这是一部小说,小说中的事件,只不过是悬挂小说中人物的钉子。蒜薹事件早已陈旧不堪,但我小说中的人物也许还有几丝活气。

在刚刚走上文学道路时,我常常向报界和朋友们预报我即将开始的创作计划,但《天堂蒜薹之歌》使我明白了,一个作家的创作,往往是身不由己的。在他向一个设定的目标前进时,常常会走到与设定的目标背道而驰的地方。这可以理解成作家的职业性悲剧,也可以看成是宿命。当然有一些意志如铁的作家能够战胜情感的驱使,目不斜视地奔向既定目标,可惜我做不到。在艺术的道路上,我甘愿受各种诱惑,到许多暗藏杀机的斜路上探险。

在新的世纪里,但愿再也没有这样的事件刺激着我写出这样的小说。

二〇〇〇年十二月二十九日夜

我抵抗成熟

——日文版中短篇小说集《幸福时光》后记

从1981年发表第一篇小说至今,我已经写了整整二十年。处女作发表后不久,我的女儿出生,如今她已是大学一年级的学生,但我感觉自己还是一个写小说的小学生。曾经有过一个短暂的时期,我狂妄地认为自己已经成了写小说的行家里手,但随着年龄的增长和阅读的增加,我越来越感到自己对小说这门博大精深的学问所知甚少。前人写出的小说已经为我们树立了无数难以超越的标杆,世界各国的年富力强的同行还在不断地创造出令我瞠目结舌的新作,而小说艺术的可能性依然像茫茫宇宙一样难以穷尽。尽管我知道无论多么伟大的作家也有自己的局限性——局限性就是风格——而一个作家的风格一旦形成,这个作家的创作实际上就到了山穷水尽的窘迫境地,尽管他还会继续甚至是大量地创作,但基本上都是在一个平面上滑行,很难再有别开生面的创造。这个问题十几年前我就清楚地意识到了,为了不过早形成自己的风格,变成熟练的小说工匠,我不断地舍弃自己运用起来得心应手的技巧和熟悉的题材,努力进行着多样化的探索,这是自己对自己的挑战,也是用自己的名声做抵押的冒险。收到这本书里的五篇小说可以部分地证明我在探索的道路上所做的努力。

中国的部分文学批评家喜欢把作家贴上标签分门别类，他们的划分不是建立在全面地阅读作家作品的基础上，而是建立在对作家的部分作品阅读后所形成的印象的基础上。在他们心目中，我是一个专写乡村题材的"乡土作家"，其实十几年前我已经写出了诸如《十三步》《酒国》等反映城镇生活的长篇小说。即便是我以"高密东北乡"为背景的长篇小说《丰乳肥臀》，其中也有相当篇幅的现代城市生活的描写。收到这本书里的五篇小说，基本上是以城市生活为背景，其中四篇《师傅越来越幽默》《长安大道上的骑驴美人》《沈园》《藏宝图》写于1998年，一篇《红蝗》写于1986年。

《师傅越来越幽默》已经被中国的电影导演张艺谋改编成了电影《幸福时光》，许多记者问我看了这部电影后的感想，我都用沉默和微笑来回答这个问题，相信日本的读者和观众会对我的小说和张艺谋的电影做出自己的判断。最早激发了我创作这部小说的灵感是我看到拉丁美洲一个作家的小说里写了这样一个细节：一对热恋的男女在疯狂的做爱过程中变成了蒸汽蒸发掉了。这个细节让我想起了几十年前在我的故乡的一个小镇上，路边有一个废弃的公共汽车的铁壳子，一个聪明的小商贩把这个废旧车壳子改造成一个售货亭。我每次路过这里时，总是感到在这个车壳子里应该发生一点事情，看到了拉美作家小说中的细节后，我明白了应该有一对男女在这个车壳子里变成蒸汽消逝得无影无踪。然后就有了这个小说。

《长安大道上的骑驴美人》是一篇带有荒诞色彩的小说。有一天我骑着单车在长安街上经过，突然想到，假如在这条车流如蚁、警察林立的严肃的大街上突然出现一个骑着毛驴的美人和一个身穿着古代盔甲的骑士，那会产生什么样的后果？——于是就有了这篇小说。台湾一个文学研究生写了一篇文章，用十八个理由证明了这篇小说中骑着毛驴和白马在长安大道上潇洒行走的美人和骑士是两个外星人,尽管这不是我的本意,但却让我十分高兴,我写信告诉他:你说得对极了,他们是外星人。

《沈园》是一篇用传统的笔法规规矩矩写成的爱情小说,小说谴责了男人的畏缩和逃避,歌颂了女人的执着和善良,女权主义者看了也许会喜欢。有人把这篇小说编进了中学生的课外教材,这让我感到惶惶不安,生怕误导了青年。

《藏宝图》是在没有任何构思的情况下开始写作的,我想试验一下,看看这样信马由缰的写作会写出一篇什么样的东西。故事写到一半时,我突然感到它非常有趣。它充满了戏谑,就像一个在严肃的课堂上捣乱的孩子。与其说它是一篇小说,还不如说它是一个对小说的玩笑。

《红蝗》是我的诸多遭受批判的小说中的一部,写它时我年轻气盛,当时又正遭受着深刻的精神痛苦,于是写作的过程也就成了宣泄痛苦的过程。当时我的痛苦真像小说中的蝗虫一样铺天盖地,虽用尽了千种方法,也难以排解。事情过去了十几年后,当我重读这篇小说时,不由得感慨万端:这篇小说真的是我写的吗?

也许再过几年之后,当我重读我的所有作品时,我都会吃惊地想:这些小说是我写的吗?我为什么要写这样的小说?我怎么会写出这样的小说?

二〇〇一年三月

大踏步撤退
——《檀香刑》后记

在本书创作的过程中,每当朋友们问起我在这本书里写了些什么时,我总是吞吞吐吐,感到很难回答。直到把修改后的稿子交到编辑部,如释重负地休息了两天之后,才突然明白,我在这部小说里写的其实是声音。小说的凤头部和豹尾部每章的标题,都是叙事主人公说话的方式,如"赵甲狂言""钱丁恨声""孙丙说戏"等等。猪肚部看似用客观的全知视角写成,但其实也是记录了在民间用口头传诵的方式或者用歌咏的方式诉说着的一段传奇历史——归根结底还是声音。而构思、创作这部小说的最早起因,也是因为声音。

二十年前当我走上写作的道路时,就有两种声音在我的意识里不时地出现,像两个迷人的狐狸精一样纠缠着我,使我经常地激动不安。

第一种声音节奏分明,铿铿锵锵,充满了力量,有黑与蓝混合在一起的严肃的颜色,有钢铁般的重量,有冰凉的温度,这就是火车的声音,这就是那在古老的胶济铁路上奔驰了一百年的火车的声音。从我有记忆力开始,每当天气阴沉的时候,就能听到火车鸣笛的声音像沉闷而悠长的牛叫,紧贴着地面,传到我们的村子里,钻进我们的房子,把我们从睡梦中惊醒。然后便传来火车驶过胶河大铁桥时发出的明亮如冰的声响。火车鸣笛的声音和火车驶过铁桥的声音与阴云密布的潮湿天气联系在一起,与我的饥饿孤独的童年联系在一起。每当我被这对比鲜明的声音从深夜里惊醒之后,许多从那些牙齿整齐的嘴巴里和牙齿破碎的嘴巴里听来的关于火车和铁道的传说就有声有色地出现在我的脑海里。它们首先是用声音的形式出现的,然后才是联翩的画面,画面是声音的补充和注释,或者说画面是声音的联想。

我听到了然后看到了在1900年前后,我的爷爷和奶奶还是吃奶的孩子时,在距离我们村庄二十里的田野上,德国的铁路技师搬着据说上边镶嵌了许多小镜子的仪器,在一群留着辫子、扛着槐木橛子的中国小工的簇拥下,勘定了胶济铁路的线路。然后便有德国的士兵把许多中国健壮男子的辫子剪去,铺在铁路的枕木下边,丢了辫子的男人就成了木头一样的废人。然后又有德国士兵把许多小男孩用骡子驮到青岛的一个秘密地方,用剪刀修剪了他们的舌头,让他们学习德语,为将来管理这条铁路准备人才。这肯定是一个荒诞的传说,因为后来我曾经咨询过德国歌德学院的院长:中国孩子学习德语,是不是真的需要修剪舌头?他一本正经地说:是的,需要。然后他用哈哈大笑证明了我提出的问题的荒谬。但是在漫长的岁月里,对于这个传说我们深信不疑。我们把那些能讲外语的人,统称为"修过舌头的"。在我的脑海里,驮着小男孩的骡子排成了一条漫长的队伍,行走在胶河岸边泥泞曲折的小道上。每头骡子背上驮着两个篓子,每个篓子里装着一个男孩。大队的德国士兵护送着骡队,骡队的后边跟随着母亲们的队伍,她们一个个泪流满面,悲痛的哭声震动四野。据说我们家族的一个远房亲戚,就是那些被送到青岛去学习德语的孩子中的一个,后来他当了胶济铁路的总会计师,每年的薪水是三万大洋,连在他家当过听差的张小六,也回家盖起了三进三出的深宅大院。在我的脑海里还出现了这样的声音和画面:一条潜藏在地下的巨龙痛苦地呻吟着,铁路压在它的脊背上,它艰难地把腰弓起来,铁路随着它的腰弓起来,然后就有一列火车翻到了路基下。如果不是德国人修建铁路,据说我们高密东北乡就是未来的京城,巨龙翻身,固然颠覆了火车,但也弄断了龙腰,高密东北乡的大风水就这样被破坏了。我还听到了这样的传说:铁路刚刚通车时,高密东北乡的几条好汉子以为火车是一匹巨大的动物,像马一样吃草吃料。他们异想天开地用谷草和黑豆铺设了一条岔道,想把火车引导到水塘中淹死,结果火车根本就不理他们的碴儿。后来他们从那些在火车站工作的"三毛子"口里知道了火车的一些原理,才知道浪费了那么多的谷草和黑豆实在是冤枉。但一个荒诞故事刚刚结束,另一个荒诞故事接踵而来。"三毛子"告诉他们,火车的锅炉是用一块巨大的金子锻造而成,否则怎么可能承受成年累月的烈火烧烤?他们对"三毛子"的说法深信不疑,因为他们都知道"真金不怕火炼"这条俗语。为了弥补上次浪费的谷草和黑豆,他们卸走了一根铁轨,使火车翻下了路基。当他们拿着家伙钻进火车头切割黄金时,才发现火车的锅炉里连半两金子也没有……

尽管我居住的那个小村子距离胶济铁路的直线距离不过二十里,但我十六岁时的一个深夜,才与几个小伙伴一起,第一次站在铁路边上,看到了火车这个令人生威的庞然大物从身边呼啸而过。火车头上那只亮得令人胆寒的独眼和火车排山倒海般的巨响,留给我惊心动魄的印象,至今难以忘怀。虽然我后来经常地坐着火车旅行,但我感到乘坐的火车与少年时期在高密东北乡看到的火车根本不是一种东西,与我童年时期听说过的火车更不是一种东西。我童年时听说的火车是有生命的动物,我后来乘坐的火车是没有生命的机器。

第二种声音就是流传在高密一带的地方小戏茂腔(小说里改名为"猫腔")。这个小戏唱腔悲凉,尤其是旦角的唱腔,简直就是受压迫妇女的泣血哭诉。高密东北乡无论是大人还是孩子,都能够哼唱茂腔,那婉转凄切的旋律,几乎可以说是通过遗传而不是通过学习让一辈辈的高密东北乡人掌握的。传说一个跟随着儿子闯了关东的高密东北乡老奶奶,在她生命垂危的时候,一个从老家来的乡亲,带来了一盘茂腔的磁带,她的儿子就用录音机放给她听,当那曲曲折折的旋律响起来时,命若游丝的老奶奶忽地坐了起来,脸上容光焕发,目光炯炯有神,一直听完了磁带,才躺倒死去。

  我小时候经常跟随着村里的大孩子追逐着闪闪烁烁的鬼火去邻村听戏,萤火虫满天飞舞,与地上的鬼火交相辉映。远处的草地上不时传来狐狸的鸣叫和火车的吼叫。经常能遇到身穿红衣或是白衣的漂亮女人坐在路边哭泣,哭声千回百转,与茂腔唱腔无异。我们认为她们是狐狸变的,不敢招惹她们,敬而远之地绕过去。听戏多了,许多戏文都能背诵,背不过的地方就随口添词加句。年龄稍大之后,就在村子里的业余剧团里跑龙套,扮演一些反派小角,那时演的是革命戏,我的角色不是特务甲就是匪兵乙。"文革"后期,形势有些宽松,在那几个样板戏之外,允许自己编演新戏。我们的茂腔《檀香刑》应运而生。其实,在清末民初,关于孙丙抗德的故事就已经被当时的茂腔艺人搬上了戏台。民间一些老艺人还能记住一些唱词。我发挥了从小就喜欢编顺口溜制造流言蜚语的特长,与一个会拉琴会唱戏出口成章但一个大字不识的邻居叔叔编写了九场的大戏《檀香刑》,小学校里一个爱好文艺的右派老师帮了我们许多忙。我与小伙伴们第一次去看火车,就是为了编戏"体验生活"。小说中引用的《檀香刑》戏文,是后来经过了县里许多职业编剧加工整理过的剧本。

  后来我离开家乡到外地工作,对茂腔的爱好被繁忙的工作和艰辛的生活压抑住了,而茂腔这个曾经教化了高密东北乡人民心灵的小戏也日渐式微,专业剧团虽然还有一个,但演出活动很少,后起的年轻人对茂腔不感兴趣。1986年春节,我回家探亲,当我从火车站的检票口出来,突然听到从车站广场边上的一家小饭馆里,传出了茂腔的凄婉动人的唱腔。正是红日初升的时刻,广场上空无一人,茂腔的悲凉旋律与离站的火车拉响的尖锐汽笛声交织在一起,使我的心中百感交集,我感觉到,火车和茂腔,这两种与我的青少年时期交织在一起的声音,就像两颗种子,在我的心田里,总有一天会发育成大树,成为我的一部重要作品。

1996年秋天,我开始写《檀香刑》。围绕着有关火车和铁路的神奇传说,写了大概有五万字,放了一段时间回头看,明显地带着魔幻现实主义的味道,于是推倒重来,许多精彩的细节,因为很容易魔幻气,也就舍弃不用。最后决定把铁路和火车的声音减弱,突出了茂腔的声音,尽管这样会使作品的丰富性减弱,但为了保持比较多的民间气息,为了比较纯粹的中国风格,我毫不犹豫地做出了牺牲。

就像茂腔不可能进入辉煌的殿堂与意大利的歌剧、俄罗斯的芭蕾同台演出一样,我的这部小说也不大可能被钟爱西方文艺、特别阳春白雪的读者欣赏。就像茂腔只能在广场上为劳苦大众演出一样,我的这部小说也只能被对民间文化持比较亲和态度的读者阅读。也许,这部小说更合适在广场上由一个嗓音嘶哑的人来高声朗诵,在他的周围围绕着听众,这是一种用耳朵的阅读,是一种全身心的参与。为了适合广场化的、用耳朵的阅读,我有意地大量使用了韵文,有意地使用了戏剧化的叙事手段,制造出了流畅、浅显、夸张、华丽的叙事效果。民间说唱艺术,曾经是小说的基础。在小说这种原本是民间的俗艺渐渐地成为庙堂里的雅言的今天,在对西方文学的借鉴压倒了对民间文学的继承的今天,《檀香刑》大概是一本不合时尚的书。《檀香刑》是我的创作过程中的一次有意识的大踏步撤退,可惜我撤退得还不够到位。

二〇〇一年

"飞蚊症"与旧小说
——《旧作新编》自序

收到这本书里的,大部分是我的旧作。按说不应该重复出版自己的书,但一是难却朋友的盛情,二是的确也存在着这样的情况——一方面是书店里没有我的书,而有权加印我的书的出版社却懒得加印;另一方面非法图书市场上充斥着粗制滥造的、甚至是冒名顶替的我的书——为我编选这本书提供了借口。

编选旧作,对一个作者来说,有那么一点凭吊古战场的意味,几分沧桑,几分苍凉。想当年我曾经那样写过,那时候我还比较年轻,那时候我胸中多少还有几分狂傲之气,那时候我不拘成规,敢跟权威叫板,因此也就有了这些文章。不一定是好文章,但字里行间有我的"青春年华",有我的难以言表的苦涩感情,当然也有对未来的向往。我一向认为,所有的自传和他人写的传记都是靠不住的,都难免掩盖和矫饰,唯有小说是真的性情的流露。一个作家,如果真的进入了创作的状态,那确实是心中有什么就会写出什么,就像俗言所说:狐狸尾巴是藏不住的。这也就归拢到了一句话——忘记了是谁说的——作家的作品就是作家的自传。

我现在已经写不出这样的文章了。因为我已经不是当年那个青年了。我尽管还没老得咬不动菜根,但也头上渐渐少毛,眼睛渐渐昏花,去年又得了一个颇有魔幻色彩的"飞蚊症"——眼前总像有几只黑色的蚊子在飞舞,双掌拍去,啪的一声脆响,拍到的总是虚空。真是无独有偶,今年我在江南某市的湖边行走,看到一个美貌的女子,迎着我走来,而且也是一边走一边举起双手在眼前拍巴掌。那一刻真有他乡遇故知的感觉,刚要上前问候,她却一转身遁入了花丛,渐渐不见,但那啪啪的拍手声却让我激动了好久。这很像一部小说的开篇,这个细节为我提供了广阔的想象余地。由此我想,一个作家的写作,是必然地带有阶段性的。想象力当然重要,但如果是建设在真实体验的基础上的想象,那会成为更加辉煌美丽的作品。

二〇〇二年四月四日

我与《收获》
——小说集《司令的女人》自序

不知道该说什么好。但事关丛书体例,还是要说。

首先要说,《收获》经过几代人几十年的努力,已经在作者和读者心中赢得了尊敬。其次要说,作为一个作者,对《收获》的敬业精神和严谨的作风,我满怀敬佩和感动。

《球状闪电》是我1984年冬天的作品,当时我在"军艺"文学系学习,写完了《透明的红萝卜》之后紧接着写了这部中篇。《收获》在我的心目中,是高不可攀的殿堂。我把这部自己也不知道好坏的作品托我的一个同学带去,并没有抱多大的希望,心中甚至有些忐忑不安。但寒假过后,我的同学带回了消息,说李小林看了稿子,尽管她感到还有些不满意(她认为我还应该写到更好),但还是决定用。得到这个消息后,我心中的兴奋是难以言表的。那个时候是文学的黄金时代,成名比现在似乎要容易些,一个无名的作者,如果能在《收获》这样的刊物上发表一部中篇,就会给读者和文坛中人留下印象,甚至可以借此成名。

1986年冬天,我写完了《红蝗》,再次寄给《收获》。李小林老师很快就给我回了信。她并没有具体地提什么意见,她只是抄了一段话给我(我忘记了是哪个外国作家的话):大意是说,一个人只有在冷静的、心平气和的状态下,才能听到上帝的声音。这段话对我的触动很大。那时候我正在高密东北乡休寒假,在乡供销社一个有炉子的房间里写作。我反复地读那段话,努力地使自己冷静下来,然后修改作品。但由于作品通篇洋溢着那样一种愤世的情绪,要脱胎换骨地修改很不容易,只是做了一些局部的改动就寄回去了。李小林老师回信说,稿子就这样发了,但是希望我在今后的创作中,能够聆听到上帝的声音。《红蝗》发表之后,受到了很多批评,尽管有一些批评意见我不能完全接受,但我确实认识到了这部作品存在的最大的问题,就是因为一些世俗的烦恼,使我的心胸变得狭隘,因之也使这部作品充满了嘈杂的声音。《红蝗》因为后来收入了《食草家族》变成了这部长篇的一个部分,因此这次结集就不再收入。但是我必须提到这部作品,因为这部作品,我领悟到了一个优秀的作家,应该从自己的心狱里尽力地跳出去,站得更高些,看得更远些,想得更深些。也因为这部作品,使我感到《收获》是我的良师益友。

《红蝗》发表于1987年的《收获》,之后十年间,我一直没在《收获》发表作品。其原因,一个是我写得比较少,最主要的原因,是我感到没有写出满意的作品值得往《收获》寄。

到了1998年,我开始往《收获》寄稿子。我依然觉得写得不满意,依然没有胆量往《收获》投稿,只是在《收获》的编辑们的约稿下才敢一试。他们大概是要鼓励我,在一年多的时间里,发表了我的《三十年前的一次长跑比赛》《野骡子》《师傅越来越幽默》《司令的女人》四部中篇。《收获》的肖元敏肖老师、程永新程老师、廖增湖廖老师,都给我很大的帮助,他们提了很多非常具体的修改意见,使这四部作品增色不少。我发自内心地感谢他们,发自内心地佩服他们。能为《收获》写稿子的确是一件愉快的事情。

又是好几年没有在《收获》发表作品了,原因还是那两条:一是我写得很少,二是我感到没有写出满意的作品值得往《收获》寄。

这算什么?但也只能这样了。幸好是为了自己的作品集写的"序"或者是"前言",无论好坏,都是木匠戴枷了。

二〇〇二年八月十八日夜

语言的优美和故事的象征意义
——英文版小说集《师傅越来越幽默》序

西方的对中国当代文学感兴趣的读者,经过葛浩文教授卓越的译笔,已经读过我的长篇小说《红高粱家族》《天堂蒜薹之歌》《酒国》,对我在长篇小说这一文学样式上所做的努力已经有了相当程度的了解。现在,摆在你们面前的是依然由葛浩文教授翻译的我的短篇小说集。

在中国,短篇小说没有地位,作家和评论家心中存在着一个观念,认为只有写出了长篇巨著的作家才是大作家,而短篇小说是雕虫小技。我认为这是一个错误的看法。一个作家的大小,不是由他的作品的长度决定的,而是由他的作品中所包含的思想决定的。一个作家在本民族文学史上的地位,更不在于他是否写出了比砖头还要厚重的长篇小说,而在于他使用的文学语言是否对丰富和发展本民族的语言做出了贡献。

可以毫不谦虚地说,我的长篇小说创作在中国当代文学中是有一点点地位的。但我自鸣得意的是我在中短篇小说创作中取得的成绩。在长篇创作中,我追求的是力量,是冲击力;在中短篇创作中,我追求的是语言的优美和故事的象征意义。

截止到目前,我已经创作了八十个短篇小说和二十多个中篇小说,收到这本书里的八个,是葛浩文教授用他独到的眼光精选出来的。我不得不承认,他选得非常好。如果读者能把这本书读完,就会对我的中短篇小说创作有一个比较全面的了解。

《师傅越来越幽默》是最近的作品,故事看起来是反映了困扰中国社会的工人"下岗"问题,但"醉翁之意不在酒",我更想表现的是一对苦恋中的男女为什么会神秘地销声匿迹。《弃婴》是1980年代中期的作品,反映了一个重大的社会问题——计划生育和普遍存在于老百姓意识中的重男轻女观念。经过了政府数十年的努力,一对夫妻只允许生一个孩子的政策,在城市中已经得到了实施,重男轻女的观念在城市人心中也基本改变,但在农村人口中,超计划生育依然普遍存在,对女孩的轻视也没有得到根本的纠正。人口问题依然是中国面临着的最为严重的问题,而由独生子女政策导致的社会问题在不久的将来就会显示出来。《人与兽》写于1980年代末,故事与《红高粱家族》有一些联系,描写了在非常的环境下,残存的人性也能放射出灿烂的光芒。《爱情故事》也是1980年代末的作品,这篇小说描写了一个少年的初恋,故事的背景是"文革"期间的城市知识青年上山下乡运动,少年恋爱的对象是一个比他的年龄大很多的女知青。这样的恋爱自然是病态的,但正因为它的病态,所以才具有了伤感而优美的意境。《灵药》《铁孩》《翱翔》是我在1990年代初期集中创作的一组短篇小说中的三个。《灵药》写了人的残酷,《铁孩》和《翱翔》可以当成童话来读。《沈园》是1990年代末的作品,我想表现的是一个中年男人对旧日爱情的背叛和与现实的妥协。在今日的中国社会中,许多"功成名就"的男人,其实是虚伪地生活着,他们的心中已经是一片废墟。

我是一个没有多少理论修养但是有一些奇思妙想的作家,我继承的是民间的传统。我不懂小说理论,但我知道怎样把一个故事讲得引人入胜。这种才能是我童年时从我的祖父、祖母和我的那些善于讲故事的乡亲们那里学到的。那些能够把小说理论讲述得头头是道的人瞧不起我,我瞧不起那些可以把小说理论讲述得头头是道但写不出引人入胜小说的人。

这样狂妄地为自己的小说集写序是一种冒险,因为读者马上就可以做出自己的判断。我希望读者读完了这本书,沉思片刻后说:尽管这小子有点吹牛,但还多少有点沾边。

二〇〇二年

感谢那条秋田狗

——日文版小说集《白狗秋千架》序

1984年寒冬里的一个夜晚,我在灯下阅读川端康成的名作《雪国》。当我读到"一条壮硕的黑色秋田狗蹲在那里的一块踏石上,久久地舔着热水"时,脑海中犹如电光石火一闪烁,一个想法浮上心头。我随机抓起笔,在稿纸上写下这样的句子:"高密东北乡原产白色温驯的大狗,绵延数代之后,很难再见一匹纯种。"这个句子就是收入本集中的《白狗秋千架》的开头。

这是我的小说中第一次出现"高密东北乡"的字样,从此之后,"高密东北乡"就成了我专属的"文学领地"。我也由一个四处漂流的文学乞丐,变成了这块领地上的"王"。

"高密东北乡"这个文学地理名称的确立,在我的文学历程中,是一个重要的转折点。在此之前,我总是感到头脑空空,找不到要写的故事。在此之后,故事就纷至沓来。常常出现这样的情况,当我写着一篇小说时,几个新的小说构思,就如焦灼的狗一样,在我的身后狂叫不止,等待着我去写它们。

自从创建了"高密东北乡"这个文学王国之后,刻苦经营近二十年,矗立在这片土地上的建筑已经颇为可观,我心中偶尔也感到欢喜,但我知道这点成绩还远远不够。我感到创作的激情在胸中涌动,还有许多精彩的故事要讲,还有许多激情的话要说。在"高密东北乡"这片文学土地上,还缺少一栋标志性的建筑。这栋建筑的蓝图在我的脑海中已经越来越清晰。在今后的几年内,我将用最好的语言材料把它建筑起来。

在这部即将写出的书中的一个章节里,有一条由人投胎转世的狗。通过它的眼睛,读者可以发现许多被遮蔽的事实真相。这条狗虽然神奇不凡,高傲无比,但它对那条雪国里的秋田狗满怀敬意。它将蹲在高密东北乡一棵大树的梢头,对着在岁月的那边、在大海的那边的秋田狗高声地鸣叫,期待着得到回应。

二〇〇三年八月八日

诉说就是一切
——《四十一炮》后记

有许多的人,在许多的时刻,心中都会或明或暗地浮现出拒绝长大的念头。这样一个富有意味的文学命题,几十年前,就被德国的君特·格拉斯表现过了。事情总是这样,别人表现过的东西,你看了知道好,但如果再要去表现,就成了模仿。君特·格拉斯《铁皮鼓》里那个奥斯卡,目睹了人间太多的丑恶,三岁那年自己跌下酒窖,从此不再长大。不再长大的只是他的身体,而他的精神,却以近乎邪恶的方式,不断地长大,长得比一般人还要大,还要复杂。现实生活中,不大可能有这样的事情,但正因为现实生活中不大可能有这样的事情,所以出现在小说里才那么意味深长,才那么发人深思。

《四十一炮》只能反其道而行之。主人公罗小通在那座五通神庙里对兰大和尚诉说他的童年往事时,身体已经长得很大,但他的精神还没有长大。或者说,他的身体已经成年,但他的精神还停留在少年。这样的人,很像一个白痴,但罗小通不是白痴,否则这部小说就失去了存在的价值。

拒绝长大的心理动机,源于对成人世界的恐惧,源于对衰老的恐惧,源于对死亡的恐惧,源于对时间流逝的恐惧。罗小通试图用喋喋不休的诉说来挽留逝去的少年时光。本书的作者,企图用写作挽住时间的车轮。仿佛一个溺水的人,死死地抓住一根稻草,想借此阻止身体的下沉。尽管这是徒劳的,但不失为一种自我安慰的方式。

看起来是小说的主人公在诉说自己的少年时光,但其实是小说作者让小说的主人公用诉说创造自己的少年时光,也是用写作挽留自己的少年时光。借小说中的主人公之口,再造少年岁月,与苍白的人生抗衡,与失败的奋斗抗衡,与流逝的时光抗衡,这是写作这个职业的惟一可以骄傲之处。所有在生活中没有得到满足的,都可以在诉说中得到满足。这也是写作者的自我救赎之道。用叙述的华美和丰盛,来弥补生活的苍白和性格的缺陷,这是一个恒久的创作现象。

在这样的创作动机下,《四十一炮》所展示的故事,就没有太大的意义。在这本书中,诉说就是目的,诉说就是主题,诉说就是思想。诉说的目的就是诉说。如果非要给这部小说确定一个故事,那么,这个故事就是一个少年滔滔不绝地讲故事。

所谓作家,就是在诉说中求生存,并在诉说中得到满足和解脱的过程。与任何事物一样,作家也是一个过程。

许多作家,终其一生,都是一个长不大的孩子,或者说是一个生怕长大的孩子。当然也有许多作家不是这样。生怕长大,但又不可避免地要长大,这个矛盾,就是一块小说的酵母,可以由此生发出很多的小说。

罗小通是一个满口谎言的孩子,一个信口开河的孩子,一个在诉说中得到了满足的孩子。诉说就是他的最终目的。在这样的语言浊流中,故事既是语言的载体,又是语言的副产品。思想呢?思想就说不上了,我向来以没有思想为荣,尤其是在写小说的时候。

罗小通讲述的故事,刚开始还有几分"真实",但越到后来,越成为一种亦真亦幻的随机创作。诉说一旦开始,就获得了一种惯性,自己推动着自己前进。在这个过程中,诉说者逐渐变成诉说的工具。与其说是他在讲故事,不如说故事在讲他。

诉说者煞有介事的腔调,能让一切不真实都变得"真实"起来。一个写小说的,只要找到了这种"煞有介事"的腔调,就等于找到了那把开启小说圣殿之门的钥匙。当然这只是我的一种感悟,无论是浅薄,抑或是偏执,也还是说出来。其实这也不是我的发明,许多作家都感悟到了,只是说法不同罢了。

这部小说中的部分情节,曾经作为一部中篇小说发表过。但这丝毫不影响这部小说的"新",因为那三万字,相对于这三十多万字,也是一块酵母。当我准备了足够的"面粉""水分",提供了合适的"温度"之后,它便猛烈地膨胀开来。

罗小通在讲述自己的故事时,从年龄上看已经不是孩子,但实际上他还是一个孩子。他是我的诸多"儿童视角"小说中的儿童的一个首领,他用语言的浊流冲决了儿童和成人之间的堤坝,也使我的所有类型的小说,在这部小说之后,彼此贯通,成为一个整体。

在写作这本书的过程中,罗小通就是我。但他现在已经不是我了。

二〇〇三年五月

我写作的态度是真诚的
——《莫言短篇小说全集》前言

  这是迄今为止我公开发表的短篇小说的全集,将由上海文艺出版社出版。从1981年9月发表在河北保定市刊物《莲池》第五期上的《春夜雨霏霏》开始,到2005年1月发表在《上海文学》第一期上的《小说九段》为止,时间跨度为二十四年。

  过去虽多次出过短篇集子,但都羞于拿出全部少作示人。这次则和盘托出,不避浅陋,为的是让那些对我的创作比较关注的读者,了解我的短篇小说创作的发展轨迹。也让那些对我的创作了解不多的读者,通过阅读这部合集,可以看到一个作者,是怎样随着时代的变化和自身的变化,使自己的小说不断地改换着面貌。当然,有可能越变越好,也有可能越变越坏,这就要靠读者朋友们自己判断了。任何一个作者都希望自己能越变越好,但希望是一回事,事实又是一回事。我对自己的写作,一向缺少自信,唯一自信的是:我写作的态度是真诚的。

二〇〇五年四月

小说是手工活儿
——《生死疲劳》新版后记

去年七八月间,我用四十三天的时间,写完了长篇小说《生死疲劳》。媒体报道我用四十三天写了五十五万字,这是误传。准确地说,我是用四十三天写了四十三万字(稿纸字数),版面字数是四十九万。写得不算慢,也可以说很快。当众多批评家批评作家急功近利、粗制滥造时,我写得这样快,有些大逆不道。当然我也可以说,虽然写了四十三天,但我积累了四十三年,因为小说中的主人公——那个顽固不化的单干户的原型——推着吱哑作响的木轮车在我们小学校门前的道路上走来走去时,还是上个世纪六十年代的初期。用四十三天写出来的长篇,会是一个什么样的怪物?这不是我在这里想讨论的问题。我想说的是为什么写得这么快。

为什么写得这样快?因为抛弃了电脑,重新拿起了笔。一种性能在毛笔和钢笔之间的软毛笔。它比钢笔有弹性,又省却了毛笔须不断地吸墨的麻烦,写出的字迹有钢笔的硬朗和毛笔的风度,每支五元,可写八千多字,一部《生死疲劳》用了五十支。与电脑相比,价廉许多。

我不能说电脑不好，因为电脑给我们带来了无数的便利。电脑使许多梦中的情景变成了现实，电脑改变了我们的生活。我从1995年买了第一台电脑，但放到1996年才开始学习使用。在很长一段时间里，我怀疑自己永远学不会使用电脑，但最终我还是学会了用电脑写作。我的第一台电脑只写了几部中篇小说便报了废，然后我购买了第二台电脑。那是1999年春天，15英寸液晶显示屏，奔三，要价二万八千余元，找到朋友说情打折后还二万三千余元。当时我曾经自吹：虽然我玩电脑的水平不高，但我的电脑价钱很高。不久我又买了一台东芝笔记本电脑。我去参加联想集团一个活动，他们又赠我一台电脑。我用电脑写出了《檀香刑》《四十一炮》《三十年前的长跑比赛》《拇指铐》等小说，写出了《霸王别姬》《我们的荆轲》等剧本，还写了一大堆杂七拉八的散文、随笔。我用电脑收发了无数的邮件，获取了大量信息。我成了一个不习惯用笔的人，但我总是怀念用笔写作的日子。

这次，我终于下定决心抛开了电脑，重新拿起笔面对稿纸，仿佛是一个裁缝扔掉了缝纫机重新拿起了针和线。这仿佛是一个仪式，仿佛是一个与时代对抗的姿态。感觉好极了。又听了笔尖与稿纸摩擦时的声音，又看到了一行行仿佛自动出现在稿纸上的实实在在的文字。不必再去想那些拼音字母，不必再眼花缭乱地去选字，不必再为字库里找不到的字而用别的字代替而遗憾，只想着小说，只想着小说中的人和物，只想着那些连绵不断地出现的句子，不必去想单个的字儿。用电脑写作，只要一关机，我就产生一种怀疑，好像什么也没干，那些文字，好像写在云上。用笔和纸写出来的，就摆在我的桌子上，伸手就可触摸。当我结束一天的工作，放下笔清点稿纸的页数时，那种快感是实实在在的。

我用四十三天写完一部长篇，并不是一件光荣的事情，抛弃电脑也不是什么高尚的行为。我用纸笔写作的乐趣，也只是我一己的乐趣。别人用键盘敲击,也许可以得到弹奏钢琴般的乐趣呢。电脑是好东西,用电脑写作是写作方式的进步。用纸笔写作,就像我小说中那个宁死也不加入人民公社的单干户一样,是逆潮流而动,不值得提倡。前几年写《檀香刑》时,我说是一次"大踏步的撤退"。那次"撤退",并不彻底。这又是一次"撤退"。这次"撤退"得更不彻底。真要彻底应该找一把刀往竹简上刻。再后退一步就往甲骨上刻。再后退就没有文字了,坐在窝棚里望着星月结绳记事。书写的工具,与语言的简繁似乎有一定的关系。有人说,文言文之所以简洁,书写不便是重要原因。用刀子往竹简上刻,多么麻烦,能省一个字,绝不多用一个字。这说法似乎有道理。古人往简上刻字时,有没有快乐的感觉,我不知道。

在当今这个时代,所谓的怀旧,所谓的回归,都很难彻底。怀念简朴生活,回到乡下,盖一栋房子,房顶苫草、墙上糊泥巴,但房间里还是有电视、冰箱、电话、电脑等现代生活设施。用笔写作,还是用电灯照明,还是在夏有空调、冬有暖气的房间里。而且,写完之后,还是请人录入电脑。我修改这部小说也是在电脑上进行的,发往出版社稿子,也是用电子邮件"E"了过去。这种快捷的方便不可阻挡。对我来说,电脑依然是好东西。

我的这行为,只不过是个人的小打小闹。我自己认为用纸笔写作会使小说质量提高,别人尽可以当作梦呓。好作家在状态好时,面对着电脑口述照样可以吐金嗽玉,坏作家在状态不好时,即便是用钻石刀往金板上刻,也刻不出好文章。随笔随笔,诸君一笑置之。

二〇〇六年三月

人老了，书还年轻
——《红高粱家族》再版序言

台北洪范书店的叶步荣先生来信说，《红高粱家族》近期拟再版，当初因时空因素删改多处，再版应予还原。叶先生问我愿不愿为再版写几句话，我说愿意。

《红高粱家族》全书完成于 1986 年，至今恰好二十年。那时我还是一个血气方刚的青年，如今已经是个双鬓斑白的准老头了。这二十年，大陆文坛发生了许许多多的事，新的浪潮掩盖旧的浪潮，新的主义替代旧的主义，似乎热闹非凡，但泡沫散尽之后，留下的实绩并不多。这其实也是正常现象。从古至今，诸多的艺术创作，都随着时间而湮灭，留下的少数作品，大半是因其思想艺术价值经得起大浪淘沙的考验，但也不排除幸运的成分。

二十年光阴，在时间的长河中，几乎可以忽略不计，但在个人的一生中，却是非同小可的一段。三十岁到五十岁，可谓人生的黄金时代，我本来可以在这段时间里干出一点大事，但终究是画虎不成，蹉跎了岁月。所幸在这二十年中，还是写出了几本书。再过二十年后，这些书还有无可能像《红高粱家族》一样再版？现在还很难说。《红高粱家族》虽是少作,技术上有诸多粗疏之处,但文中那股子英雄豪杰加流氓的气魄,那股子向经典文本挑战的勇气,却正是借助了那股子初生牛犊之蛮劲儿才喷发出来。前年编文集时,我又把这本书读了一遍,分明地感觉到:人老了,书还年轻。

二〇〇六年八月三十一日

《红高粱家族》的命运
——韩文版《红高粱家族》序

  《红高粱家族》是我写作的第一部长篇小说,也是我的最有影响的小说。很多人在提到莫言的时候,往往代之以"《红高粱》的作者";不知道莫言的人很多,但不知道《红高粱》这部电影的人很少。

  《红高粱家族》完成于1985年的秋天,当时我还在解放军艺术学院文学系学习。最初的灵感产生带有一些偶然性。那是在一次文学创作讨论会上,几位老作家提出了这样一个问题:老一辈作家亲身经历过战争,拥有很多的素材,但他们已经没有精力创作了;而年轻一代有精力却没有亲身体验,因此战争小说在中国没有前途了。

  当时我就站起来说:"我们可以通过别的方式来弥补这个缺陷。没有听过放枪放炮但我们听过放鞭炮;没有见过杀人但我们见过杀猪杀鸡;何况,小说家的创作不是要复制历史,复制历史是历史学家的任务。小说家要表现的是战争对人的灵魂扭曲或者人性在战争中的变异。从这个意义上讲,即便没有经历过战争的人,也可以写战争。"

  有了这样一个出发点,我开始构思。首先想到的是自己的家乡。

我小时候，气候和现在不同，经常下雨，每到夏秋季节，洪水泛滥，种矮秆庄稼会淹死，只能种高粱。那时人口稀少，土地宽广，每到秋天，一出村庄就是一眼望不到边缘的高粱地。在"我爷爷"和"我奶奶"那个时代，雨水更大，人口更少，高粱更多，许多高粱秆冬天也不收割，为绿林好汉们提供了屏障。于是我决定把高粱地作为舞台，把抗日的故事和爱情的故事放到这里上演。后来很多评论家认为，在我的小说里，红高粱已经不仅仅是一种植物，而是具有了某种象征意义，象征了民族精神。确定了这个框架后，我只用一个星期的时间就完成了这部在新时期中国文坛产生过极大影响的作品的第一部的初稿。

《红高粱家族》源自一个真实的故事，发生在我所住的村庄的邻村。先是游击队在胶莱河桥头上打了一场伏击战，消灭了日本兵一个小队，烧毁了三辆军车；这在当时可是了不起的胜利。过了几天，日本军队回来报复，游击队早就逃得没了踪影，日军就把那个村庄的老百姓杀了一百多口，村子里的房屋全部烧毁。

《红高粱家族》塑造了"我奶奶"这个丰满鲜活的女性形象，并造就了电影《红高粱》中的扮演者巩俐。但我在现实中并不了解女性，我描写的是自己想象中的女性，"我奶奶"是个幻想中的人物。我小说中的女性与我们现在所看到的女性是有区别的，虽然她们吃苦耐劳的品格是一致的，但那种浪漫精神是独特的。

我一向认为，好的作家必须具有独创性，好的小说当然也要有独创性。《红高粱家族》这部作品之所以引起轰动，其原因就在于它有那么一点独创性。将近二十年过去后，我对《红高粱家族》仍然比较满意的地方是小说的叙述视角。过去的小说里有第一人称、第二人称、第三人称，而《红高粱家族》一开头就是"我奶奶""我爷爷"，既是第一人称视角又是全知的视角。写到"我"的时候是第一人称；一写到"我奶奶"，就站到了"我奶奶"的角度，她的内心世界可以很直接地表达出来，叙述起来非常方便。这就比简单的第一人称视角要丰富得多，开阔得多；这在当时是一个创新。

为什么这样一部写历史写战争的小说引起了这么大的反响？我认为这部作品恰好表达了当时中国人一种共同的心态，在个人自由长时期地受到压抑之后，《红高粱家族》张扬了敢想、敢说、敢做的个性解放的精神——但我当时并没有意识到这一创作的社会意义，也没有想到老百姓会需要这样一种东西。如果现在写一部《红高粱家族》，哪怕写得再"野"几倍，也不会有什么反响。现在的读者，还有什么没有读过？所以，就像每个人都有自己的命运一样，每部作品也都有自己的命运。《红高粱家族》是一部命运很好、福星高照的小说。

现在，《红高粱家族》即将在韩国出版，我感到十分高兴。我借此机会感谢此书的翻译者朴明爱女士，感谢她的富有创造性的劳动，并借此机会感谢韩国读者，希望你们能喜欢我的书。

二〇〇七年

知恶方能向善
——麦田新版《檀香刑》序

麦田出版社要改版《檀香刑》,我既高兴,又担忧。高兴的是书能再版说明我在台湾知音甚多,担忧的是年轻人未必能完全理解我意,万一误导了青年,则我罪大焉,故而写一个序言,简单地诉说一下我写这部小说的初衷,这很笨拙,但没有办法。

《檀香刑》看起来是一部历史题材的小说,主人公赵甲是晚清的最后一个刽子手,因为执刑有功,被慈禧太后赏赐七品顶戴和龙椅告老还乡。他的儿女亲家孙丙,原是猫腔戏班班主,后解散戏班娶妻生子开茶馆谋生。因家庭突遭变故,他成为抗德领袖,从义和团处学来法术,召集民众和旧日班底,与修建胶济铁路的德军对抗,兵败被捕。为杀一儆百,德军首领与山东巡抚袁世凯让县令钱丁搬请赵甲出山,设计一种能使人受刑但数日不死的刑罚,惩处孙丙,借以警示民众。赵甲设计了"檀香刑"。孙丙本来有逃跑的机会,但他没有逃跑。他是唱戏出身,已经形成了戏剧化的思维习惯,每遇大事,他第一想到如果是戏中人物,遇到这事会怎么做;第二想到,一旦这样做了,会不会被人编到戏里演唱而流传千古。

鲁迅先生在他的作品里，批评了那些冷漠无情的看客，侧面也表现了受刑人的表演心理。我是在他的这个主题上的进一步延伸和拓展。我认为刽子手、死刑犯和看客，是三位一体的关系。在这场轰轰烈烈的大戏中，刽子手与死刑犯是同台演出，要求心领神会，配合默契。刽子手技艺不精，看客不满意；受刑人表现不豪，看客也不满意。所以这是一场丧失了是非观念的杀人大秀。只要受刑者能面不改色，视死如归，口吐豪言，慷慨悲歌，哪怕这个人杀人如麻血债累累，看客们也会发自内心地对他表示钦佩，并毫不吝啬地把喝彩献给他。

　　我在这本小说里，重点刻画的是赵甲这个刽子手的奇特心理，当然也是变态心理。他不奇特不变态就活不下去。其实，变态心理人人皆有，那些斥责别人变态的人，他自己已经非常变态。所有心态，基本上都是环境产物，只是人人都在看别人，很少闭目看自心。

　　这部小说的内容，除了孙文抗德这个真实的故事内核之外，其余的全是虚构。这样的刑法，这样的刽子手，从来没有出现过。我一直悄悄地认为，这其实是一部现代小说，看上去写的是长袍马褂、辫子小脚，实际上写的是现代心态。1980年代初期，当张志新事迹披露后，我受到了极大的震撼。我当时就在想，那个在执刑前奉命切断了张志新喉咙的人，那些以革命的名义，以人民的名义对张志新施以酷刑的人，他们当时怎么想？当他们看到了张志新彻底平反，并被追认为革命烈士时又会怎么想？他们想忏悔吗？如果他们想忏悔，我们的社会允许他们忏悔吗？——后来，到了1990年代，我又知道了北京大学大才女林昭的故事，知道了林昭故事中那个惊心动魄的五分钱子弹费的细节。我又在想同样的问题，那些当年残酷折磨林昭的人，那个发明了那种塞进林昭嘴里、随着她的喊叫会不断膨胀的橡皮球的人，到底是怎么想的？而更进一步，我又想，如果当时我就是看守林昭或者张志新的狱卒，上级下令让我给他们施刑,我是执行命令呢还是反抗命令?更进一步想的结果使我大吃一惊,我觉得,从某种意义上,或在某些特殊情况下,我们大多数人,都会做刽子手,也都会成为麻木的看客。几乎每个人的灵魂深处,都藏着一个刽子手赵甲。

接下来我考虑的问题,就是用什么样的结构来写这部小说,用什么样的语言来写这部小说。

在结构问题上,我想起了当年听北京大学叶朗教授讲《中国古典小说美学》时提到过的凤头——猪肚——豹尾的小说结构模式。这种模式,为我的叙述,带来了极大的便利,我认为也便利了读者的阅读。

语言问题,我想到民间戏曲,想到了我们高密特有的濒临灭绝的剧种——茂腔——在小说里我把它改成"猫腔"——同时我也想到了我少年时在集市上听书的那些难忘的场景。

一想到戏曲,想到把小说和"猫腔"嫁接,便感到茅塞顿开。这不仅仅是个语言问题,同时也解决了小说的内在的戏剧性的结构和强烈的戏剧化情节设置和矛盾冲突。一切都是夸张的,一切都推到了极致,大奸大恶,大忠大孝,人物都是脸谱化了的。譬如孙丙,譬如钱丁,譬如孙眉娘;但唯有赵甲这个刽子手,是独特的"这一个",是《檀香刑》中唯一一个可以立得住,可以称得上是典型的人物。当然,这有点王婆卖瓜。

《檀香刑》一书,从出版到现在,争议很大。说好者认为是杰作,是伟大之作,说坏者贬为垃圾。其中的几段残酷描写,更是饱受诟病。我之所以允许自己在小说中有这些残酷描写,是因为这部小说是一个独特的文本。这是一部戏剧化的小说,或者说是一个小说化的戏剧。戏剧中的表演,假定性很强,有间离效果,这样就为观众准备了心理空间,不至于过分投入。另外,我们人类,既是酷刑的执行者,也是酷刑的观赏者,更是酷刑的忍受者,我觉得没有理由隐瞒。

只有知道人在特殊环境下会变得多么残酷，只有知道人心是多么复杂，人才可能警惕他人和自我警戒。我期望着在未来的社会里，人人具有宽容精神，个个心存慈悲情怀，但这一切，必以知道人类曾经犯过的罪恶为前提。

听取蛙声一片
——麦田版《蛙》序言

题目是辛弃疾《西江月·夜行黄沙道中》中的一句。这是我孩提时代就知晓的一句宋词。知晓并且牢记不忘,就因为这其中的"蛙声一片"与我童年的记忆密切关联。读过我的小说的人,应该记得我曾经多次描写过蛙声,但不一定知道我对青蛙的恐惧。人们有理由对毒蛇猛兽产生畏惧之心,但对有益于人并任人捕食的青蛙似乎没理由害怕。但我确实怕极了青蛙。我一想到它们那鼓凸的眼睛和潮湿的皮肤便感到不寒而栗。为什么怕?我不知道。这也许就是我以《蛙》来做这部小说题目的原因之一吧。

正如小说中所写的一样,我确有一个姑姑,是一位从业多年的妇科医生。我们高密东北乡数千名婴儿,都是在她的帮助下来到人间。当然,也有为数不少的婴儿,在未见天日之前,夭折在她的手下。小说中的姑姑,与生活中的姑姑,自然有巨大的差别。真实的姑姑,只是触发我创作灵感的一个原型。她如今生活在乡下,子孙满堂,过着平安宁静的生活。

2002 年夏天我动笔写这部小说,当时的题目叫《蝌蚪丸》。这题目的灵感得之于1958年的报纸上的一条新闻:男女行房前生吞十四只蝌蚪便可避孕。稍有常识的人都会从这条新闻中读出荒谬,但在当时,此法竟大为盛行。这情形与几十年后风靡大江南北的"打鸡血"、"喝红茶菌"十分相似。我沿着这条思路写了足有十五万字,但忽觉这写法无意中又在重复荒诞夸张之旧套路,况且,所用的结构方法(以一个剧作者在剧场中观看舞台上正在演出自己所写话剧时的诸多回忆联想为经纬)也有过分刻意之嫌,因此,便将此稿放下,开始构思并创作《生死疲劳》。直到2007年,又重起炉灶写这部书,结构改为书信体,并易题为《蛙》。当然,我是不满足于平铺直叙地讲述一个故事的,因此,小说的第五部分就成了一部可与正文部分相互补充的带有某些灵幻色彩的话剧,希望读者能从这两种文体的转换中理解我的良苦用心。

大陆的计划生育,实行三十年来,的确减缓了人口增长的速度,但在执行这"基本国策"的过程中,确也发生了许多触目惊心的事件。中国的问题非常复杂,中国的计划生育问题尤其复杂,它涉及到政治、经济、人伦、道德等诸多方面。尽管不敢说搞明白了中国的计划生育问题就等于搞明白了中国,但如果不搞明白中国的计划生育问题,那就休要妄言自己明白了中国。

近年来,关于独生子女政策是否继续执行的问题,已有相当激烈的争论。争鸣文章的作者有很多都是有头有脸的人物,发表这些争鸣文章的,也都是主流媒体。互联网上有关这问题的讨论更是铺天盖地。由此可见,对计划生育政策的反思和研究,已经成为一个万众关注的热点问题。而随着改革开放的深入,随着集体经济向私有经济的转化,随着数亿农民获得了流动和就业的自由,独生子女政策在很多地方已经难以落实。农民们可以流动着生,偷着生,而富人和贪官们也以甘愿被罚款和"包二奶"等方式,公然地、随意地超计划生育,满足他们传宗接代或继承亿万家产的愿望。大概只有那些工资微薄的小公务员，依然在遵守着"独生子女"政策，他们一是不敢拿饭碗冒险，二是负担不起在攀比中日益高升的教育费用，即便让他们生二胎也不敢生。

我的《蛙》，通过描述姑姑的一生，既展示了几十年来的乡村生育史，又毫不避讳地揭露了当下中国生育问题上的混乱景象。直面社会敏感问题是我写作以来的一贯坚持，因为文学的精魂还是要关注人的问题，关注人的痛苦，人的命运。而敏感问题，总是能最集中地表现出人的本性，总是更能让人物丰富立体。

在良心的指引下，选择能激发创作灵感的素材；在我的小说美学的指导下，决定小说的形式；在一种强烈的自我剖析的意识引导下，在揭示人物内心的同时也将自己的内心袒露给读者。这是我在写《蛙》时遵循的并将在今后的创作中继续坚持的三项基本原则。

写完这部书后，有八个大字沉重地压着我的心头，那就是：他人有罪，我亦有罪。

二〇〇九年十一月二十二日
于北京平安里

《丰乳肥臀》新版自序

1995年初春,在故乡一间小屋里,当我在稿纸上写下"此书献给母亲在天之灵"时,我的眼睛里已经饱含泪水。我知道这样写会被某些人耻笑甚至是辱骂,那就请吧。

我心里想,此书不仅是献给我的母亲的,也是献给天下母亲的。我知道这样写更会被某些人耻笑甚至是辱骂,那就请吧。书中的母亲,因为封建道德的压迫做了很多违背封建道德的事,政治上也不正确,但她的爱犹如澎湃的大海与广阔的大地。尽管这样一个母亲与以往小说中的母亲形象差别甚大,但我认为,这样的母亲依然是伟大的,甚至,是更具代表性的、超越了某些畛域的伟大母亲。

书中的另一个重要人物,母亲与传教士所生混血儿上官金童,是一个"恋乳癖",他身高体健,仪表堂堂,但性格懦弱,是一个一辈子离不开母亲乳房的精神侏儒。这样的人物注定了是要被误读和争议的。十几年来,我听到和看到了许多对这个人物的解读,我认为读者的看法都是正确的。文学的魅力之一,也许就是可以被误读。当然,作为著者,我比较同意把上官金童看成当代中国某类知识分子的化身。我毫不避讳地承认,上官金童是我的精神写照,而一位我敬佩的哲学家也曾说过：中国当代知识分子灵魂深处，似乎都藏着一个小小的上官金童。

  十五年弹指过去，重校此书，自然有诸多感慨。尽管有许多粗疏草率之处，但我不得不承认，我已经写不出这样的书了。这次再版，除了对一些累赘重复之处略作整饬外，基本上保持了原貌。有友人建议我将书名改为《金童玉女》，说这样也许更能被大众所接受。但既然已经《丰乳肥臀》了十五年，就没有必要再改了吧？何况，这"丰乳肥臀"原本就不是洪水猛兽，当今之世，谁还能被这样一个书名吓退呢？

二〇〇九年十一月二十八日

《我的高密》自序

我的朋友李亚,与我一样,都是从军艺文学系毕业出来的。他一直称呼我"莫言老师",但其实,他在很多问题上,足可以当我的老师。我每次和他谈话,都会从他那里得到许多的信息,让我知道了很多值得一读的新书,让我了解了在旧书的收藏和流通过程中发生的趣事。

小申是李亚的太太,在中国青年出版社当编辑,是那种十分敬业十分执着的编辑。她很早就要编我的书,但我一直没书让她编。后来她说要从我的旧作中选编一部与我的故乡高密有关的散文集,我说都已经出过了,不要再出了。但小申坚持要出,她说她要用自己的角度编一本与众不同的书。我答应了,但是一直没提供给她稿子,潜意识里还是希望她忘记这事。

今年春天,我跟父亲通话,父亲说北京来了一个编辑,满腿都是泥巴,好像是刚从河里摸鱼上来的,看样子不像个编辑。我一时也猜不到是谁。上网看到了小申的邮件,知道她去了高密,那几天高密下雨,她一个人到河沟里、田野里找感觉,弄得浑身是泥。为编一本书,要风里来雨里去,到作家的故乡去考察体验,这种敬业法,着实让人感动。我如果再不同意她编我的书那就太不像话了。我给父亲打电话,说那个浑身泥巴的人,的确是个编辑。

　　小申拍了很多高密的照片,河,桥,池塘,麦苗,羊和放羊的人,等等,在我眼里都是毫无美感的东西,但小申认为很美。近年来经常有人到高密去找红高粱和我笔下所写的景物,但都是满怀希望而来,满心失望而去。那里几乎可以说"什么都没有",只有处处可见的平凡景物。我不知道小申是不是失望,但我希望她失望,她失望了,就会明白作家和他的故乡以及他的故乡与他的作品的关系。

　　这本书编选的角度很好,题目叫《我的高密》也很好。这本书是我与这对夫妻的友谊的见证,当然这本书里也有我的童年、梦想以及我半生的足迹。

二〇一〇年八月二十三日

中篇小说集三序

一、《欢乐》

收入本集的八部中篇,皆作于八十年代。《流水》最早,大约完成于1983年。此作遭遇数次退稿后,即丧失信心,掷之箱底,羞于拿出示人。后因《透明的红萝卜》等作走红,登门约稿者络绎不绝,遂从箱底取出,竟被故乡刊物《风流》发表在1985年第二期上。此作可以明显看出我早期所受"白洋淀派"的影响,以及主题先行创作观念的痕迹。

《野种》原题《父亲在民夫连里》,此篇原系构思中的《红高粱家族》系列长篇中的一个章节,但因为现实生活中发生的事件屡屡打乱我的创作计划,这个野心勃勃的构思就瓦解了。另外一个原因就是,写完《丰乳肥臀》后,我对盛行一时的家族历史小说不再感兴趣,此篇也就无法找到它应有的位置。

《你的行为使我们恐惧》写成最晚,起笔于1988年秋,完成于大约年底吧,记不清楚了。时在北京师范大学与鲁迅文学院合办的作家研究生班学习。之所以刚出军艺又去鲁院,是想去学点英语。但前来约稿的编辑不断地给我泼冷水。是学英语还是写小说？当时颇费思忖。最终还是选择了写小说而弃学英语。其实,对很多人来说,二者可以兼顾,但我如果要写小说,就无法干别的事情,于是,此生唯一可以改变"土包子"形象的机会就这样错过了。可惜可惜！其实,少写几部小说又有什么关系呢？

《你的行为使我们恐惧》与本集中的《欢乐》一样,使用了第二人称和集体叙事视角"我们"。"我们"是我们这个社会中最盛行的叙事或表达角度,安全并隐含着霸权。我们总是喜欢将"我"的观点用"我们"表述出来。这里有很多微妙之处值得研究。

此次上海文艺出版社将我全部的中篇重新编排出版,分为三集,此为其一。

二、《怀抱鲜花的女人》

本集中除《筑路》外,其余七篇,均为九十年代初期之作。《怀抱鲜花的女人》看似写男女情事,实则写人生窘境,象征的意味远大于对生活的描摹。

《红耳朵》则以故乡传奇人物为模特,赞赏一种看破的境界,讽喻时下膨胀的物欲。钱财是身外之物的道理人人皆知,但要落到实处,则大不易也。

《战友重逢》一篇,是我整个创作中仅有的一部军旅题材中篇小说,完成于1990年春节期间,时在高密县城自家新建的一个院子里。为建这处房子,我搬砖和泥,四处联络,费尽心力和体力,但只住了五年,就以很低的价格转让给了一个朋友。而今年春天,我这朋友又将这处价值百万的房产,捐给了政府。捐献文件签署不久,这个朋友就撒手西去了。想到当初建设过程中,为了一些枝节的质量问题,我与建筑队的纠葛,为了能够保证建筑质量,我对每一个工匠的巴结和奉承,实在是感慨系之。《战友重逢》前年被翻译成越南文,出版之后,据说曾引起长达数月的争论,令我欣慰的是越南的作家同行们对我的理解和支持。文学确实离不开政治,但好的文学大于政治。越南作家之所以读懂了我的书,是因为他们从文学的角度而不是从政治的或国族的立场来读这本书。

《筑路》曾被很多人誉为我最好的中篇,但我自己认为,此作应与《透明的红萝卜》《爆炸》等篇水平相齐,写作时间上也属同期。

此次上海文艺出版社将我的所有中篇重新编排出版,此为其二。

三、《师傅越来越幽默》

本集所选是九十年代末至新千年以来的作品。

最早的一篇是《牛》,发表于1998年《东海》第三期。最晚的一篇是《变》,发表于2009年第十期《人民文学》。

《牛》曾经获得过浙江省的一个文学奖,我发表的获奖感言中,将牛在1949年之后的中国的地位变迁与1949年后作家在中国的地位变迁做了一个比较,我觉得二者很像。此篇是《丰乳肥臀》短暂歇笔之后的第二个作品,第一个是短篇小说《拇指铐》。这两个作品都是用儿童视角写童年记忆,不炫技巧,几乎是平铺直叙,以当年经历为核,演绎成乡野悲喜剧。文中所写的那几头牛,都是我的童年好友。八十年代初,人民公社解体,其中一牛,分给我家。我每次探家,必与此牛对话,拍肩摩角,如对老友。牛虽无语,但目光中流露出的情谊可以感受。我大哥是大学中文系毕业,当过多年中学语文教师,是我的忠实读者,他说《牛》是我写得最好的中篇。文坛中几位青年朋友竟也这样说,这倒让我颇为讶异。

《变》是自传体小说,它的出现,似乎是个终结,但也含有开端的意思。我当然希望能于混乱纠结中变出一个新的局面。

此次上海文艺出版社将我所有的中篇重新编排出版,此为其三。

二〇一〇年七月

文集序言

1981年10月,在《莲池》双月刊第五期上发表处女作短篇小说《春夜雨霏霏》,至今已是三十年。发表处女作后不久我的女儿出生,今秋,女儿的女儿也出生了。尽管往事历历如在眼前,但外孙女粉红的笑脸告诉我,三十年,对一个人来说,是相当漫长的一段时光。

我一直羞于编文集,因为编文集,就如同回头检点走过的道路。走十里八里,可以努着劲儿,保持良好的姿态,做到一步也不歪斜,但走三百里,就任凭是铁打的汉子,也难确保没有一个歪脚印。写几年文章,可以抖擞着精神,保证篇篇都是精品,但写三十年,就难免泥沙俱下,良莠不齐了。因此,编选这种总结性的文集,最大的羞愧就是面对着那些当初草率付梓、如今不堪入目的文章。当然也可以将这类文章剔除出去,但既是阶段性的全集,剔出去又名实不副;当然也可以将不满意的文章大加删改,但如此又有不忠实自己的写作历史之弊。因此,三十年中发表的文字,凡能搜集到的,还是统统编进来;除了技术方面的错误,其余的尽量保持原貌。以前改动过的,以最后一次定稿为准。

通读旧稿,感慨良多。一万多个日日夜夜,凝固在其中,每一部作品，都有自己的故事，每一行文字，都能引发美好或痛苦的记忆。实事求是地说，我为年轻时的探索热情和挑战传统的勇气而自豪，同时也为因用力过猛所造成的偏差而遗憾。我本来是能够也应该写得更多更好一些的，但我虚掷了许多大好时光，浪费了许多才华，现在后悔也晚矣。

当然也可以说现在觉悟也不晚，毕竟我还能写。我知道已经写了一些什么，因此也就大概地知道还有可能写些什么。

我用台湾一位老作家送我的自来水笔写了上述这些字。笔好，书写便成为一件乐事，接下来的小说，也用这支笔写。

二〇一一年十二月十四日

说不完的话
——我的《四十一炮》

　　小时候,因为我喜欢在人前说话,曾让我的父母十分担忧。他们对我的所有教育中让我最难忘记的,就是在人前不要说话,尤其是不要说实话。但我总是一出家门就把父母的教育弃置脑后,总是忍不住地把自己看到的新奇事儿和自己头脑中萌生的奇怪念头对人说。为此,我给父母带来过很多麻烦,也直接影响了我自己的前途。我之所以小学未毕业即被赶出校门,就是因为我说了一些不该说的实话。

　　等我拿起笔来开始写作时,首先想到的就是应该向那些伟大作家学习,为自己起一个笔名。我回忆起父母对我的教导。于是就为自己起了"莫言"这样一个笔名。如今,莫言已经成为我正式的名字,我的原名已经很少有人知道了。

　　中国人是很讲究名字的,从人名上可以感受到很多时代的和文化的信息。近年来,许多人更是把名字看成是一个能够决定自己命运的重要原因,许多专为人起名字的小店也应运而生。我不相信一个名字能有那么大的作用,但还是相信名字对人有一定的心理暗示作用。我每当想起自己的这个名字,就会回忆起故乡和童年,就会产生一种急于诉说的强烈愿望。事实也是这样,虽名为"莫言",但却成为一个滔滔不绝的诉说者。用笔来诉说,也用嘴巴诉说。仿佛我童年时期因为被压制而没有说完的话,终于得到了尽情倾吐的机会。

《四十一炮》就是这样一部诉说之书。我把看到的、听到的、想到的,全部说了出来。这里边自然包括着我对社会生活中丑恶现象的批判,对人的贪婪欲望的批评,对人性之软弱的理解和同情,也有对美好情感的赞美和向往。小说中写到了中国的现实,也涉及了中国的历史,但我最想让读者知道的是人在混乱的时代里的堕落与升华。这本书的英译本由印度的出版社出版,这让我感到很满意。不管印度人是否同意,我觉得,在这个地球上,最像印度的国家是中国,而最像中国人的是印度人。

从1981年发表第一篇小说到现在,我的写作已经持续了三十年。有很多朋友问过我:你的故事讲完了没有?——我的故事永远讲不完,因为旧的故事还没讲完,新的故事又产生了。我心中的话更没讲完,因为说与写的速度永远赶不上思想的速度。因此,我也只能像小说中那个罗小通一样,不停顿地说下去。

二〇一一年三月

韩文新版《红高粱家族》序

1984年初冬,我在解放军艺术学院文学系学习时,完成了《红高粱家族》的第一部《红高粱》,1986年第三期《人民文学》头条发表。小说发表之后,造成轰动之大,超出了我的想象。接下来我又一鼓作气完成了后边四个部分,并分别以《高粱酒》《高粱殡》《狗道》《奇死》为题发表。1987年,完整的《红高粱家族》由解放军文艺社出版。

经常有人说是因为张艺谋的电影《红高粱》才使我的小说《红高粱家族》赢得了广泛的知名度。这样说当然有一定道理,因为电影的受众确实多于小说的读者,但依据小说改编的电影,无论怎么精彩,也比不上原著更加丰富多彩。电影是影像的艺术,小说是语言的艺术,讲故事的艺术。电影可以把小说的故事用自己的方式重述,但小说的语言,是电影或其他的艺术永远无法重述的。

《红高粱家族》发表至今已近三十年,我回顾当时情景,更明确地意识到,这部小说之所以能引发轰动效应,主要有三个方面。一是我在《红高粱家族》中创造了一种激情澎湃、离经叛道的语言,这种语言是中国当代的小说中从来没有出现过的,它让读者感到陌生,感到新奇,感到刺激。一个作家语言风格的形成,也是他的文学风格形成的鲜明标志。语言不仅仅是小说的载体,更是小说的内容。二是我在小说中讲述了一个在中国的文学中,从来没有人讲述过的故事。三是我在小说中塑造了"我爷爷""我奶奶"这样一些个性鲜明的典型人物形象。

《红高粱家族》发表至今,一直伴随着争议,有人赞扬,有人批评,但这也恰好证明了这部小说在当代中国文学中的不可忽略的独特地位,很多作家,都或多或少地从这部小说中受到过启发。

很早之前,这部小说的第一章就被翻译成韩文,后来又有全部的译本出版。现在,一个全新的重译本即将出版,因此我感到特别高兴。我认为一部小说是需要有不同的译本的,这样可以让读者从不同的角度去领略原著的风貌。

我多次访问过韩国,对韩国的读者持有亲近的感情。我总是一厢情愿地认为你们能够读懂我的小说,总是希望你们能够喜欢我的小说,因为我的小说中所描述的历史和现实,是与韩国的历史与现实息息相关的。

借这个机会,向你们致敬,致谢。也借这个机会,表达我对韩国作家同行们的敬意。

二〇一四年八月十日

《透明的红萝卜》杂忆

打油诗曰:

> 萝卜原本不透明,
> 恩师妙笔点龙睛。
> 学习先贤写梦幻,
> 不才因此得虚名。

《透明的红萝卜》是我 1984 年冬天在军艺文学系读书时所写的中篇小说。三天写出草稿,四天改抄完毕,此事同室同学可证也。

小说原题《金色的红萝卜》,时任文学系主任、著名作家徐怀中先生挥笔改"金色"为"透明",其时我意怏怏,后始悟先生改得高明。因此作发表后,"透明"几成热词,似乎成为一个美学境界,这种效应,"金色"何能达也!

此作之灵感源于一梦境,但最终还是依赖着我童年时在桥梁工地上为老铁匠当学徒那段生活积累。若无亲身体验,肯定写不出那些打铁的段落。

《透明的红萝卜》是我的成名之作,也是我第一部中短篇小说集的书名。这本书是作家出版社编辑的"二十一世纪文学新星丛书"第二辑中的第三册。李陀作序。序中谈到小说营造意象的问题。这是当时的热门话题,如今已经少有人提及了。

　　该书第三页上作者漫画像系阿城所作,寥寥数笔,形神兼备,确有功力,我很喜欢。阿城是"三王"作者,在新时期小说界标新立异,成为领袖人物。他是小说高人,丹青妙手,著名编剧。据说他还会很多手艺,但终是耳闻,不敢妄认也。

　　当时,出一本书还是件很令人兴奋的事,尤其是第一本书。我至今还记得拿到样书后的那种心情。

　　此书我当时逮着谁送谁,很快就把二十本样书和自购的一百本送光了。当时根本没有保留版本的意识。后来,还是文学系的一位小师弟帮我淘来一本。

　　成名作,很多人为此付出了劳动,第一本书的第一版,敝帚自珍,何况三十多年过去,岁月在此书上留下了痕迹,可堪回忆之事多矣。人一上年纪就爱唠叨,就此打住吧!

　　谢谢各位!

二〇一七年二月二十一日夜

第三辑

蟾宫折桂
——《刘步蟾画册》序言

至今我也没有见过这位年轻的、会画画的刘步蟾先生。但我竟然给一个连面都没见过的人写起序来,而且还是画册的序。一个对绘事几乎一窍不通的人,竟然给一个不认识的画家的画册作序,世上的荒唐事情很多,这大概算得上一件了。

这位刘步蟾先生与我是老乡,这是我答应给他写序的主要原因。我们的故乡高密在过去是个比较贫穷的地方,但在艺术方面却有很多值得骄傲的成就。这些艺术当然都是民间的艺术。近年来一些弄艺术的人把高密的民间艺术总结为"高密三绝":一是剪纸,二是泥塑,三是扑灰年画。在我小的时候,根本就没把"三绝"当成什么东西,寒冬腊月里,农闲,临近春节时,到集市上去,花花绿绿的、吱吱哇哇的,全是这些玩意。那时候我们把这些当成玩具,根本想不到过了几十年后,它们摇身一变就成了艺术,而且还漂洋过海到国外去办展览。那时候我们把帮助大人制作泥塑、给扑灰年画上色当作令人厌烦的苦差,根本想不到那就是艺术创造。但毫无疑问的是这些从小就耳濡目染的东西对我的小说创作产生了深刻的影响,对从事美术创作的刘步蟾产生的影响会更加深刻,尽管比我年轻许多的刘步蟾小的时候这些东西已经不像我小时那样兴隆了。

刘步蟾的朋友有好几个也是我当兵时的战友,从他们的口里我对这位小老乡有了很多的了解,虽然没见其人,也跟见到过差不多了。知道他出身贫寒之家,知道他在艺术探索的道路上吃了很多苦,当然也知道他已经取得了很好的成绩,还知道他正在钻研佛学。世界三大宗教中,我感到与佛比较有缘,因为我迷醉佛教那种天花乱坠般的辉煌。这样一扯,我与刘步蟾好像有点子心有灵犀的意思了。佛是大知识,从那里能够汲取到真正的灵泉,相信刘步蟾会在求佛的过程中得到一支生花妙笔。

第一次听到了他的名字,就想到了电影《甲午风云》,在电影里,刘步蟾被写成了一个反派人物,但后来我在一篇文章中看到,那个刘步蟾其实是个很英勇的人。我估计今朝的画家刘步蟾的父母给他命名时,不会知道大清国那位海军军官。我估计他们受了我们家乡那出小戏《刘海戏金蟾》的影响,或者,他们知道蟾宫折桂是高中状元的一种说法,他们期望自己的孩子步入蟾宫折桂枝。这是一个多么美好的祝愿啊!

一九九六年十月

都有一口洁白的牙
——《张璋散文集》序言

胶州人张璋在她的一篇文章里,提到了她刚参加工作时的一个偏僻的小镇,她说那里因为地下水含氟太高,导致了大人小孩张口就露出一嘴黄牙。这情节唤起了我一阵乡愁。我们那里,也像她写的那样,大人小孩都是一口黄牙,不仅仅是黄,年纪大了,还要变黑。虽然我知道她写的不是我的故乡,但我知道她写的那地方,离我的故乡肯定不远。出了山东,山东人都是老乡,所以张璋笔下的那个地方,基本上也就是我的故乡了。

其实在我的印象里,胶州人——我们习惯把他们叫作"南岭人"——都有一口洁白的好牙。那里盛产花生、地瓜,南岭的花生好吃自不必说,南岭的地瓜也格外好吃。南岭的地瓜个头不大,红皮,圆形,有面,煮熟了能炸开,香甜如栗子、如蛋黄,须小口慢慢吃,吃急了噎人。南岭不仅盛产好花生好地瓜,南岭还盛产好姑娘。因为水好牙白,所以南岭的姑娘比较爱笑,张口一笑,露出满口洁白的牙齿,平添了三分姿色!我的故乡高密东北乡与胶州的北乡在一个泊里种地。人民公社时期,干活大拨轰,到了地头总要休息半点钟,抽几袋地头烟,干上个把小时又要休歇半点钟,休歇时大家又说又笑,又打又闹,所以那时虽然贫困,老百姓却欢天喜地。在劳动歇息时,我们村的小伙子经常向胶州的小伙子骂阵,然后就在两县交界的那块草地上摔跤,两边的姑娘小孩子呐喊助威,场面很是热烈,好像两个国家开战。胶州的姑娘喊声清脆,笑声迷人,一片白牙闪烁;我们这边喊声沙哑,笑声瘆人,一片黄牙闪烁。战了几年,就有我们村的姑娘嫁给南岭的小伙子做了媳妇,慢慢地,也有南岭的姑娘嫁给我们村的小伙子做了媳妇。我们村嫁到南岭的姑娘都是好样的,缺点就是牙黄一点;南岭嫁到我们村的姑娘模样都不怎么样,但值得欣慰的是都有一口白牙。南岭人说话声调轻柔,尾音上扬,好像唱歌一样,很是好听。同样一首革命歌曲,从我们嘴里唱出来,火药味很浓很浓,但从南岭人嘴里唱出来——尤其是从南岭姑娘嘴里唱出来,就变成完全的抒情小调了。春节期间,我们村的业余剧团和南岭的业余剧团还互相进行访问演出,唱的都是茂腔,演出的剧目都是《红灯记》,但由于南岭人腔调柔软,牙齿雪白,演出的效果比我们村的剧团好得多。我们那时还没有登台演出的资格,在下边憋得慌,就放胆地篡改戏里的唱词。譬如我们把"临行喝妈一碗酒,浑身是胆雄赳赳"篡改成"临行喝妈一碗酒,浑身是汗打抖擞",把"他们和爹爹都一样,都有一颗红亮的心"篡改成"她们的模样不一样,都有一口洁白的牙"。

  读着张璋的散文,青少年时期的若干往事涌上心头,于是就写下了上边这些文字。我猜想着、我希望着、我确凿地认为,张璋曾经是那些南岭白牙姑娘中的一员,读她的文章,如同跟一个多年前的故交叙旧。尽管张璋的文章里还保留着很多属于乡土的淳朴感情,但她的精神境界已经超越了乡土,她的文章里甚至透露出了一种很"中产阶级"的优雅情调。在农人的眼里,葵花就是葵花,但在张璋的眼里,葵花变成了美学;在农人的心中,葵花是一种可以食用的种子的花朵,但在张璋的心目中,葵花变成了精神。我们这个年龄的人,从小受到的是斗与杀的教育,我们不缺恨的能力,但缺乏爱的能力。所以我认为张璋的充满了爱精神的散文很有价值。她爱自然、爱家庭、爱美,她写的是爱的美文。从她的文章里不难看出,她具有很好的古典文学功底,同时又吸收了现代美学精神,再加上她那像南岭小地瓜一样的淳朴乡土意识,这就使她的散文底蕴丰厚、温婉多情,我喜欢这种像地瓜、像葵花的文章。

胶州的宋方金和高密的张志孝多次向我推荐张璋的文章,并希望我为她的散文集写序。我第一不是德高望重之辈,不具备为人作序的资格;第二不是饱学之士,不具备为人作序的能力,但读了张璋的文章,感慨很多,涂鸦出来,基本上是自说自话,不能算序。如果张璋不厌烦,就滥语充序吧!

一九九七年

徐成东和法制题材文学
——《徐成东作品集》序言

按说我没有资格给老徐写序。老徐年龄比我长,资历也比我老得多。我在小学里胡闹时,老徐就是人民解放军里的一个革命战士了。等我也到了部队当兵时,老徐已经是政治机关的宣传干部了。虽然今年的上半年我才认识老徐,但听说他就是我在那儿当过几年兵的蓬莱人,而且他也在那个部队当过兵,马上就感到一种格外的亲切。既是山东老乡,又是蓬莱战友,现在又同在检察机关工作,所以老徐让我给他的作品集写序我就答应了。我把这当作向他学习的机会。

老徐在部队时就笔耕不辍,发表过一些有影响的新闻。转业到检察机关后,更是捉笔如刀枪,创作了数十万字的法制题材文学作品。他曾经出版过一本题名《蓝鲸行动》的中短篇小说集,并且在我们初次见面时就送给我一本。坦率地说如果不是前面所说的那些关系,我不会、起码不会很快就把这本书读完。我是检察战线的一个新兵,老徐的书让我很形象地了解了检察战线的惊心动魄和检察干部的无私奉献,当然我在阅读老徐的书时首先还是得到了艺术享受。

收进这本新集子的九篇作品,几乎都是纪实性的。我保持着很浓厚的兴趣把它们读完,掩卷玄想,首先是作品中讲述的事件在脑海里闪现,这些事件,有的是大案奇案,有的是怪事异闻,每一件都让人震惊、甚至战栗,记叙这些事件的文章也就具有了很大的认识意义。这些作品暴露出了人性的另一面,让人对社会的复杂性有了警悟般的了解。只有认识罪恶,才能制止罪恶;只有了解黑暗,才能走向光明;只有洞察了人性的弱点,才能培养性格的健全和完美。仅就从这个意义上,老徐的这本集子也就是很有价值的了。

　　我很少涉足法制题材的作品,看得少,写得更少,但我深知法制题材的作品是很难写好的。仅就我阅读过的作品来看,称得上杰作的法制题材作品的确不多,但可读性很强的法制题材作品的确很多。我想,法制题材作品很可能因为它要叙述的故事的复杂和曲折而抑制了作者的想象力,作者沉溺于对事件的叙述而忽视了对人物内心世界的深究,因此作品便缺少那种震撼灵魂的力量。这一点我们都应该向陀思妥耶夫斯基学习,他的《罪与罚》其实也可以看成是一部法制题材的小说,他对小说中那个犯罪主人公的内心世界的揭示,达到犯罪心理学的深度。这种对灵魂的毫不留情的拷问,变成了全人类的残酷的镜子。但法制题材的文学作品的确又离不开对案件过程的描述,离不开对犯罪过程和犯罪场面的展示,而且它之所以吸引读者,也部分地有赖于此。这就向从事法制题材文学创作的同行们提出了一个艰难的要求:既要使作品保有法制文学的特点,惊险、紧张、悬念迭出,又要使作品达到触及灵魂的深度。

　　纪实性的法制文学作品也许就避免了这种困难,因为说到底,纪实文学首先是纪实,然后才是文学。读者从纪实文学中首先要看的是事件,而对于文学性并不寄予太高的期望。当然并不是说纪实文学就可以不要文学性。如果这样,那还不如让读者看案卷。我想,法制题材的纪实文学,其成功的主要因素就是作者所写的事件是否是大案要案,是否是"独家新闻";作者掌握的素材越大越新越奇,成功的可能性也就越大。老徐在检察院工作,在素材方面是近水楼台;老徐经过了几十年的磨炼,有很好的文笔,所以我认为老徐在法制题材的纪实文学创作上是有优势的,这本集子也说明了这一点。

但老徐是完全可以用另一种文笔写法制题材的文学的,有他的《蓝鲸行动》为证。我期望着老徐同志在创作纪实性的法制文学的同时,挣脱真实事件的束缚,写出既有可读性又有思想性的更高层次的法制文学。这也是今后相当一段时间内我要做的工作,我与老徐同志共勉。

最后还是谈谈这本新书,老徐的新书。这本书因为写了很多惊世骇俗的事件而具有了很强的可读性;这本书因为老徐的较高的文学素养而超出了现在流行于市面的大量的所谓纪实文学。这是一本值得一读的书,我向读者朋友们热诚推荐。

一九九八年二月

自古英才出少年
——《十六岁遭遇边缘》序言

尽管我偶尔还产生自己依然是个"青年作家"的错觉,但事实上已经是个十足的中年小说作者了。尤其是近年来批量涌现的少年作家以他们的充满了青春气息的小说在文坛上掀起一阵阵热浪后,我不得不承认,我们这茬人,不管嘴上怎样强硬,事实上已经面临着成为明日黄花的境地,或者说已经成了明日黄花。

尽管对这批少年作家有许多不同的看法,但就像谁也压抑不住春苗出土一样,他们还是齐搭伙地冒了出来。他们发扬着初生牛犊不怕虎的精神,依仗着良好的语文技能,凭借着对现代生活的亲切感受,调动着现代科技知识,发挥着异想天开的想象力,高举着挑战的旗帜,生龙活虎地闯入了被神秘化了的文坛。在他们的大力冲击下,作家这个职业的神秘化被彻底瓦解,人人都可成为作家,似乎正在由梦想变为现实。

尽管这批少年作家的作品用我这样的中年作者的眼光来看还有着许多稚嫩和粗浅,但他们已经赢得了大量的读者。在喜欢他们的读者眼里,他们是最好的作家。这就让我们不得不反思:我们的小说标准难道是唯一的吗?

不管你喜欢还是不喜欢,成群结队的少年作家杀上文坛,已经成为二十一世纪的一道"亮丽的风景"。苏涛就是这群少年作家中的一个。他的经历与其他的少年作家几乎相似,他的长篇处女作写的也是被众多少年作家们写来写去的中学校园生活,用我的陈旧的眼光来看,他的这部小说也具有同类小说的同样的缺憾,譬如:他们都在小说里玩"酷"——反叛、另类,对现行的教育制度挑战并质疑;弄"炫"——不自觉地炫耀他们所掌握的、多半是书本上和唱片上得来的、缺乏个人独特体验的流行知识。但苏涛让我看重的是他在玩"酷"、弄"炫"的同时,不自觉地——或许是自觉地向我认为的成熟作家逼近了一步。这就是他的《十六岁遭遇边缘》中表现出来的思想性和典型性。

苏涛的这部校园小说并没有把过多的笔墨用在描写学生和学校以及学生和老师的紧张关系上,而是通过着力描述几个学生的命运,对现行教育制度的弊端进行了深层次的批判。他不仅仅揭露了不合理的教育对学生肉体的伤害,而且还揭示了制度对个性的压抑和扭曲。读罢他的书,首先想到的就是鲁迅先生在上个世纪初叶发出的那声令人灵魂战栗的呐喊:救救孩子。

与我读到过的几部中学校园小说不同的是,苏涛在这部小说中比较成功地塑造了诸如生性活泼、幽默风趣、为人热心、擅长调侃的魏海;孤僻内向、沉默寡言的刘霄;家庭条件优越、玩世不恭、放荡消极,但敢作敢当、讲究义气的高菁英;循规蹈矩、心地善良、心理脆弱的严仲英等众多能给人留下深刻印象的人物。他的笔始终贴着人物写,没有在神侃穷贫的文字游戏中迷失方向,表现出一种比较冷静和节制的叙事态度,这对于才华横溢的少年作家们来说是比较难能可贵的。

苏涛现在是大学一年级学生,尽管他在小学时就开始写作,在中学时就开始发表作品，尽管他对数理化从心眼里不感兴趣，但他还是强迫着自己学习它们，并且用它们敲开了大学的校门。在与苏涛的短暂接触中，我感到这是一个比较实事求是的孩子。他没有像某些人那样把过去的所有文学贬得一钱不值，他对古今中外的许多被我认为的优秀作品表示了由衷的敬佩，并且有独到的见解。他的这种态度我很欣赏。我认为文学与其他的学问一样，是有源头的，无论多么大的天才，也不能不受到前人的影响。苏涛敢于承认前人的文学成就，能够认识到自己的不足，我想这是他继续前进、不断进步的一个重要前提。其实，我也明白，把古今中外的所有作家全部骂倒，多半是一种表演，是为了表示自己的不同凡响，他们的案头上，也许就摆着被他们痛骂过的作家的作品。

尽管我对个别少年作家的狂妄态度不欣赏，但我也不反对。少年得志，狂一点也是应该的。十几二十岁，就写出了一部部的长篇小说，真让人羡慕。他们的起点比我们——起码比我高得多，就像我们的前领袖毛主席说的："世界是我们的，也是你们的，但归根结底是你们的。"其实，少年作家们的小说用不着任何人写序，苏涛的小说也用不着我来写序，但苏涛执意让我写，我就姑且写了这些，不足为凭，不足为序，还是读他的小说吧。

一九九八年十月

一部热爱男人的小说
——茅野裕城子小说《韩素音的月亮》序

茅野女士的小说,大概可以归类到女性私人小说里去。九十年代以来,这种样式的小说很流行。好像还有一个响亮的口号:用身体写作。但话是可以这样说,真要写起来,光用身体还不行,还得用心。如果真要用身体写作,那就是"写真集"。但大多数女作家还没有出一本裸体影集的勇气,即便有勇气,大概也找不到出版社。所以对作家们提出的口号不能太认真,作家们大多是一些口是心非的人,你不要听他们说了什么,而是要看他们写了些什么。

近年来我读了一批这样的私人化小说,感觉到自己已经被抛到了边缘,就像在一个灯光闪烁的大舞厅里,年轻人在场子里狂舞,我心中充满了羞怯和羡慕,也许还有一丝丝嫉妒,但只能坐在角落上喝茶。

不久前我读了法国一个名叫玛丽·达里厄塞克的姑娘写的《母猪女郎》,据说此书在法国很畅销。她比中国的女作家走得远,《母猪女郎》可以看作一个"用身体写作的"的样板。茅野女士的小说比《母猪女郎》温柔得多。如果说达里厄塞克的小说是一头母猪,那茅野女士的小说就是一只蝴蝶,一只妖冶的蝴蝶。

中国的年轻女作家的小说里,充满了对男人的不信任、嘲弄、甚至是仇恨,但茅野的小说里有许多对男人的宽容和温情,她起码没把男女关系写成一种交易。她的小说充满了一种傻乎乎的爱心,这样的爱心会让男人感动。

对这种流行世界的女性私人化小说说法不一,但好像是贬多于褒,我认为不能太匆忙地做价值判断,也许过上几十年,用文学史的眼光来看会更准确一些。

读这样的小说,往往容易或者说人们喜欢将作者与书中的主人公划等号,人们总是一厢情愿地把圆子当成茅野、把母猪女郎当成达里厄塞克,这是不科学的,但确是合情合理的。作为一个读者,我也在想:那个住在友谊宾馆里的占了日本姑娘许多便宜的混蛋导演是谁呢?这样的好事怎么就让他给碰上了呢?我知道我这样想恰好中了作家的圈套,用一句流行的话说:这正是作家的叙述策略。其实,这种虚拟的自传体小说古来就有,只要写得好,总是能收获很多爱情和同情,收获几个殉情者也不是不可能的。但这种技术,男性作家运用得向来不如女作家成功。很多女作家的小说其实是写给男人看的,她一边写一边窃笑,但男人总是执迷不悟。前不久有人批评三毛,说她的撒哈拉大沙漠与她的荷西都是捏造的,好像她的家人还出来为三毛辩护,说三毛写的全是真的。我觉得三毛一定在暗中冷笑。我想三毛是无可厚非的,谁告诉你随笔就不能虚构?谁能把小说和随笔分清楚?茅野女士把她的《韩素音的月亮》改成《北京散记》我看完全可以,不过那样我对那个住友谊宾馆的小子就会更加嫉妒了。

我觉得进入九十年代以来,散文和随笔已经小说化,而小说已经变成了虚伪的家史和情史,而诸如传记、自传、日记、书信、调查笔记等等文体,都变成了真正的小说。世界正在小说化,茅野女士的《韩素音的月亮》,正是这股把世界小说化浪潮里的一朵小小的明亮而亲切的浪花。

一九九八年

文学应该成为人民的共同爱好
——《琥珀集》序

做了这《琥珀集》的张怡珀,是个什么样的女子,我已经全无印象。她在电话里告诉我她是我们《检察日报》驻温州通联站的记者,而且在一次会议上我还为她颁过奖,于是我想起了这件事,但这个做了《琥珀集》的张怡珀是个什么样的女子,我还是全无印象。所以下面的文字根本就算不上什么序,只能是一些凌乱的读后感想。

首先我想到的也是我亲身体会到的是这《琥珀集》是一本很好读的书,是一本可以轻轻松松地阅读的书,书里没有曲折的文字,也没有复杂的故事,更没有深奥的思想,有一些家长里短,有一些怀乡念旧,有一些小儿小女,有一些小情小趣,但是很有意思,很亲切很清爽很温馨,有一些篇章还很感人,譬如那些写儿子的篇章,譬如那篇《雨季里的故事》。

其次这《琥珀集》让我很感慨的是作者的丈夫和儿子的文章竟然也那么自然地收编了进来,一点也不牵强,半点也不附会,宛如天成地是整体里的一个有机构成部分,这有点像制作一件器物,妻子主做,丈夫帮一手,儿子也帮一手。

再次的感想是这《琥珀集》里浓厚的生活气息,很像一本家庭相册,依次展现着作者的童年,作者的爷爷奶奶、父亲母亲、叔叔阿姨、兄弟姐妹、亲朋好友,然后丈夫进入,然后儿子出生并立即就成了主角……这个小家庭与中国的千千万万个小家庭是多么相似,这个小家庭的历史实际上也就是中国当代民间生活的一个缩影,从这个意义上来看,《琥珀集》是以小见大的,是张怡珀的《琥珀集》,也是我们的《琥珀集》。

我一向认为文学应该成为人民的共同爱好,不应该被少数人垄断并当成什么"事业",有许多事情可以成为事业,但文学不应该成为事业。文学首先是自娱然后才是娱人,更然后才是育人,把文学神秘化既不科学也不诚实。每个人,在他愿意、在他方便的时候,都可以像张怡珀一样,拿起笔来,写写自己的琥珀集,纸媒体的狂扩和网络的方兴未艾更提供了这种可能。

张怡珀是个什么样子的女子我全无印象,但读完了她的《琥珀集》就感到熟识日久,似乎能在人群中把她一眼认出来。

一九九九年三月

鲜明的法律之美
——《刑场翻供》评点

  《刑场翻供》是一本小说集,作者王炼峰的正业是海军检察院的副检察长,写小说是他的副业。他写的是那种引人入胜的侦探小说。侦探小说与法律有着千丝万缕的联系,因此,窃以为王炼峰的这个业余爱好就带上了不业余的色彩,他的副业和他的正业就有了相辅相成的关系。
  王炼峰是执法者,受过科班训练,天天运用着法律和犯罪分子打交道,他的小说具有鲜明的法律之美。女人美,鲜花美,法律也美吗?是的,法律也美。任何事物进入了它的高级境界之后,就摆脱了枯燥和乏味,获得了自己独特的美感。数学公式在数学家眼里是美的,武器在士兵眼里是美的;甚至,一个成功的大手术在外科医生眼里也是美的。在优秀的法学家和司法者的眼里,法律和案例就不仅仅是刻板的条文和枯燥的案卷,而是精彩的艺术。我不懂法律,但是我猜想到,法律条文应该具有严谨之美,推理的过程应该具有逻辑之美,破案的过程具有惊险之美,审判的过程具有庄严之美。但王炼峰写的毕竟是小说,他的小说的法律之美是通过精彩的故事、典型的人物和流畅的语言体现出来的。他写的是小说,但是我在阅读他的小说的过程中,时时刻刻能够感觉到作者的法学造诣和法律的神圣光辉在字里行间闪烁。

　　大约十几年前,文坛上曾经有过一阵小说要不要讲故事的争论,许多比较前卫的小说家也进行过淡化小说的故事要素的实验。这些争论和实验,对于丰富小说的表现方法、拓宽小说的理论界定,毫无疑问发挥了积极的作用。但这种不讲故事的小说,就像试验田里的一个不成熟的农作物品种一样,始终也没获得大面积推广的资质。而讲述故事的小说还是小说的大多数,那些获得了普遍认同、引起读者关注的小说,无一例外都是用精彩的方式讲述了精彩故事的小说。王炼峰的小说是讲故事的小说。就我的阅读范围,他的小说中的故事还比较精彩,可读性很强。他的作品能够在《检察日报》和《法制日报》的小说栏目里连载就部分地证明了我的判断。譬如那部在《检察日报》连载过的《靳同村奇案》,故事情节就编织得非同凡响。所谓非同凡响就是不落俗套。所谓不落俗套就是言人所未言,讲人所未讲,就是让读者读到一个奇特但又合情合理的故事。而这样的故事,就是拴住读者的绳套。

　　与小说要不要讲故事一样,小说要不要塑造"典型环境里的典型人物",也一度被先锋作家们质疑,当然也有一批没有典型环境没有典型人物的小说出笼。与不讲故事的小说一样,这样的"两无"小说也没有成为气候。一部小说之所以不被读者忘记,多半取决于小说中的人物形象。没有贾宝玉、林黛玉,几乎就没有《红楼梦》;没有阿Q就没有《阿Q正传》,甚至就没有鲁迅在文学史上的地位。这些都是老生常谈、班门弄斧,还是说王炼峰的小说。他的小说中的主要人物都生活在一个法律的环境里,要么是执法者,要么是犯法者,这个典型环境既决定了他的小说的紧张性,又决定了他小说中的人物鲜明的个性特征。譬如那个技艺非凡、冷艳照人、诡谲颖黠的女神探逯迦飞,譬如那个执法如山、大义灭亲的检察官栾西沛,都给人留下了深刻的印象。

大概是高尔基说过,"语言是文学的第一要素"。这个说法认真地推敲起来就会变得复杂。"语言"如果是指的语言学意义上的,那么岂止是"文学的第一要素",没有语言甚至可以说就没有人类社会。如果从文学的角度来理解,那么我认为这话的意思是说,即便你有了好的故事、好的人物,但如果你没有掌握一套纯熟的叙述语言,就不会有一部完美的作品。王炼峰的叙述语言基本上达到了纯熟、流畅的标准,他的语言在大量的法制、侦探类作品中已经是上乘的,但如果用更高的标准来要求,那么就引出了我对他的小说的不满之处。

我希望王炼峰在保持着他的鲜明特点的同时,还应在锻炼出自己的独特的语言风格方面下功夫。这个希望有点过分,因为在成千上万的作家当中,真正形成了自己的独特语言风格的作家并不是很多,谁能做到这一点,就几乎可以进入大师的行列。因此,这个对于王炼峰的希望,其实更是我自己的一个梦想。记得从前有人说过:语言是思想的外衣。这种说法太华丽了。其实,语言是思想的材料。对于小说家来说,掌握了或者说是创造了一种个性化的叙述语言,就等于掌握了点石成金的法宝。

一九九九年

豪迈的战歌
——《太阳花》读后感

　　七十年代初期,曾有一个响亮的口号在神州大地上回荡:工人阶级领导一切。那时,我是一个半大不小的农村少年,对这个口号的含义并不理解,但却能从这个口号里感受到一种力量、一种气势,当然还有一个农村孩子对工人阶级的羡慕。后来,我进了一家县办的集体所有制企业当了合同工,算是半个工人,每天可挣一元三角五分钱,交队一半,自己留下一半,每月可剩余十元左右,这在当时,已经是一笔大款。年轻人手头有了钱,身上的衣裳很快就光鲜起来,嘴边也经常地叼起了烟卷。随着生活的好转,我的心中产生了一个巨大的困惑:这个工人阶级实在是太幸福了,月月发工资,旱涝保收,吃得好穿得好,退休后吃劳保,还要领导一切,包括领导我们这些吃不饱穿不暖、面朝着黄土背朝着天的农民阶级,这个社会公道吗?后来我当了兵,正赶上批判资产阶级法权,就把心中的困惑讲给领导听,领导批评我脑子里有农民意识,而农民意识就是小资产阶级的意识,而小资产阶级意识稍微一发展就是资产阶级意识。领导的话吓得我浑身冒汗,从此再也不敢对工人阶级有看法。再后来就改革开放了,农民阶级的日子渐渐好过起来,而工人阶级的日子却渐渐地不好过起来。再后来乡镇企业遍地开花,农民阶级和工人阶级的界限越来越模糊,而"工人阶级领导一切"这个口号也渐渐地被忘记了。近年来工人阶级大量下岗,全民所有制大工厂里的工人阶级的日子更加难过,许多在大街上摆小摊的人都是当年自豪得有点趾高气扬的工人阶级,在人们的心目中,"工人阶级"已经变成了一个历史名词,"领导一切"的荣耀也早就烟消云散。表现在文学领域,工人老大哥也丧失了那种高大的形象和豪迈的气势,一个个苦哈哈的。有的跑到酒吧间去坐台,有的坐在市政府前请愿。但当我读完了湖北一电建公司工人作家孙进同志的长篇报告文学《太阳花》之后,仿佛就有一面大红旗在我的眼前招展,红旗上绣着金黄的大字:工人阶级。仿佛就有一首熟悉的歌曲在耳边轰鸣:咱们工人有力量,嗨,咱们工人有力量!在国营大中型企业普遍举步维艰、工人阶级这面大旗光彩日渐暗淡的日子里,湖北一电建公司的英雄们率先杀出国门,在二十多个国家和地区艰苦奋斗,用自己高超的技术和奋斗的精神,为祖国挣来了光荣,为企业挣来了利润,也为中国的工人阶级保住了往日的荣耀和自豪!这种精气神儿,对弥漫着颓废气息的社会,实在是一声振聋发聩的响亮的号角!

用铿锵有力的文笔记录了这段光荣历程的孙进是转业军人,直到现在他还是一个业余作家。他曾经是湖北-电建海外兵团的一员,不是以旁观者的身份,而是以战斗者的身份,亲身参加了许多重大的战役。他的汗水和工人的汗水流淌在一起,他的喜怒哀乐和工人们的喜怒哀乐交织在一起,正因为如此,翻开他的书,就仿佛听到了钢铁撞击的铿锵之声,读着他的书,就仿佛嗅到了汗水和金属的气味。他的书洋溢着澎湃的激情,这激情,既是他自己的,也是这个战斗集体的,甚至是中国的工人阶级的。

孙进有黄钟大吕的一面,也有柔情似水的一面。从书中可以看出，他既有古典文学功底，又熟知当今的流行文化；他熟知中国的国情，又对他们工作着的国家的风土人情有相当深入的了解。这些因素就使这本书具有了回肠荡气、跌宕起伏、时而如奔腾江河、时而如涓涓溪流的丰富姿态。孙进用他的多彩文笔写出的不仅仅是湖北一电建十七年奋斗的历史，从某种意义上也是中国工人阶级在新的历史条件下顽强拼搏、再造辉煌的缩影。

我以一个前军人、前合同工的身份，祝贺孙进的《太阳花》出版；我以一个读者的身份，感谢孙进为我们贡献了一本好书。

一九九九年

写作就是回故乡
——《交错的彼岸》序言

  地球上有鸟儿飞不到的地方，但没有温州人到不了的地方；世界上有许多艰苦的工作，但似乎没有温州人干不了的工作。能吃苦、能耐劳、敢想敢闯、永远不满足现状、充满了幻想力和冒险精神，这就是温州人的性格。张翎女士是温州人，名牌大学毕业后分配到国家机关工作——这已经是十几年前的旧话，如果她耐着性子"熬"到如今，大概也局长处长的当当了。但她却抛弃了既四平八稳又有着光明前途的职位，一展翅膀飞到西洋，先是在加拿大读英国文学硕士，然后又到美国去读听力康复硕士，毕业后到加拿大一家医院主管听力诊所。现在，她在主管着她的听力诊所的同时又写起小说来了。我想这就是典型的温州人的作为了。

  近年来国内的刊物上经常可以看到张翎女士的小说，但遗憾的是我一篇也没读。因为我一看到在作者的名字后边一个括号里出现一个外国的国名，心中就生出些许厌恶。因为我想既然是用中文写作用中文发表，就没有必要特别强调作者是在英国还是在美国，特别地强调就有点卖洋味的意思。这也许是个偏见，但这个偏见就使我少读了许多所谓的"留学生小说",当然也就错过了张翎的小说。

我在十几年前就与张翎有过通信联系,但真正见面是在今年的三月。三月里我应加拿大多伦多一个读书会的邀请,去那里参加了一个活动,在那里见到了张翎和她的一群热爱着文学并坚持着创作的朋友们。他们的创作热情是那样地高涨,他们对文学的追求是那样地执着,他们对国内的文学创作是那样地关注和了解,这一切让我感到十分的感动和惭愧。在那次热热闹闹的酒吧闲聊中,张翎的朋友们频频谈到在海外从事文学创作时那种"无根"的感觉,样子都有些痛苦,对此我不以为然。我觉得这也是一种流行的说法,什么作家不能离开自己的祖国啦,不能脱离熟悉的生活啦,听起来似乎蛮有道理,但并不一定准确,尤其是并不一定对每一个人都准确。文学史上有许多名著都是作家在祖国之外的地方写出来的,为什么到了交通如此发达、通讯如此便捷的现代,离开了祖国反而不能写作了呢?我说其实决定一个作家能不能写作,能不能写出好的作品的根本不是看他住在什么地方,最根本的是看他有没有足够强大的想象力。如果你具有足够强大的想象力,你待在多伦多完全可以写你的温州,我说你的想象力比互联网要快得多嘛!我感觉到张翎是同意我的看法的,因为我感觉到张翎对自己的创作充满了信心,既然对自己的创作充满信心,自然也就不存在"无根"的问题。果然,几个月后,《交错的彼岸》就摆在了我的面前。简单地说这是一个身在加拿大的温州女子写的两个温州女子在加拿大的故事,复杂地说就很是复杂了。

可以说这是一部侦探小说,因为它具备了侦探小说的一切条件。小说一开始就是女主人公黄惠宁神秘地失踪,然后就有一个才华出众的女记者介入了此案。随着调查的深入,女主人公黄惠宁的出身、家世与个人命运被抽丝剥茧般地呈现在读者的面前;而在调查的过程中,女记者与警官的感情似乎也到了瓜熟蒂落的程度,这时,黄惠宁失踪之谜也揭开了;但这个结果大出读者之外,有点令人啼笑皆非的意味。这时,也就看出了作者仅仅是借用了侦探小说的技术形式来讲述她想讲述的故事。

也可以说这是一部家族小说,因为事实上作者用多重的视角讲述了中国南方的金氏家族和美国加州酿酒业大亨汉福雷家族的故事。这两个家族的故事通过女记者的个人生活和她的调查紧密地串联在一起。

当然还可以说这是一部地道的情爱小说。这里有散发着江南梅雨气息的古典爱情,有澎湃着革命时期浪漫激情的政治爱情,有在当时显得大逆不道的涉外爱情,有姊妹易嫁的三角爱情……令人扼腕叹息的是,作者在书中描写了这么多爱情故事,但几乎都是悲剧,从老一代到新一代,从国内到国外,有情人总是难成眷属。

说这是一部寻根的小说也没有错,首先是作家用写作在寻找自己的根,或者说她把写作当作了回归故乡和进入故乡历史之旅。不敢说书中的女主人公身上有作者的影子,但作者起码是调动了许多的亲身经验塑造了自己的主人公。我想起码是在她创作这部小说的日子里,她的身体生活在加拿大,她的精神却漫游在她的故乡温州和温州的历史里。

毫无疑问这也是一部留学生小说。凡是在海外的人写的小说,都算留学生小说,这种划分的方式其实并不科学。因为事实上许多在海外写小说的人并不是什么留学生,即便是确凿的留学生身份,写出来的小说内容还是他们在国内时所经历过的或是听说的那点事。像张翎这样能够把中国的故事和外国的故事天衣无缝地缀连在一起的作家并不是很多。我想这也是张翎作为一个作家的价值和她的小说的价值。

十几年前我在学校里混世时,听老师说:好小说的一个重要标准就是它的丰富和多解,一部小说让人读后感到非驴非马,让人感到难以言说,这部小说就是有价值的。反过来,如果一部小说主题鲜明得让人一目了然,而且没有任何的争议,这部小说的价值就要大打折扣。我一直认为这种说法是有道理的。《交错的彼岸》是一部复杂的书,用上边的逻辑来推论,《交错的彼岸》就是一部有价值的书。

  最后应该提到张翎的语言。张翎的语言细腻而准确,尤其是写到女人内心感觉的地方,大有张爱玲之风;当然,张翎不是张爱玲,张翎有自己的独到之处。我相信,在海外这些坚持着用汉语写作的作家中,张翎终究会成为其中的一个杰出人物,当然,现在要这样说,也不是不可以,因为张翎已经写出了《交错的彼岸》这样的小说和许多我没读过的好小说。

二〇〇〇年六月

潘阳在写诗
——《潘阳诗集》序言

我一直想做一次试验。走到马路上,随便拦住一个人,然后悄悄地问他:"知道吗?潘阳在写诗!"

我想象不出接下来到底会发生什么事情,但我想象出了接下来可能发生的事情。

那个被我拦住的人可能会困惑地反问我:"潘阳是谁?"

潘阳在被我认识之前已经是好几位作家、诗人的朋友。余华啦,陈虹啦,杨争光啦,刘毅然啦——这些人也都是我的朋友。从他们的嘴里我知道了潘阳具有高超的文学鉴赏力,对作家与作品的评价和分析往往能切中肯綮,一针见血。我感到既然他们都认识潘阳我也要认识,否则我就像比他们矮了半截似的,于是我就抓住余华让他带我去认识了潘阳。余华带我去见潘阳之前,我心中默念着两句诗:"生不愿封万户侯,但愿一识韩荆州。"到了约会地点,见到了一个衣着朴素、貌不惊人的汉子,心中略感失望,但一番交谈之后,知道此人果然不俗。潘阳是陕西人,打小接受的是汉唐文化的熏陶,又豪气,又大气,但他的豪气和大气被包裹在厚重的憨拙之中,不交往日久,难以感觉得到。潘阳当过知青,曾经手持羊鞭在峁上高唱信天游;也曾经为帮同学打抱不平,以一个小个子挑战两个大个子;后来他考上了大学,学哲学;后来又考上了研究生,毕业后分配到国家机关当了公务员。在北京这个大熔炉里,人容易趋同化,不管是山东人还是湖北人,几年下来,无论是说话的腔调还是做人的风格,就都差不多了。但潘阳从黄土高原带来的那种汉唐气始终内蕴着没有泄露,他随和、自然,甚至有些土气,但汉赋唐诗的灵光经常地闪射出来,然后又突然地封闭了。窃以为陕西是中国最有文化的一个省,北京不能与它相比,上海也不能与它相比,唯有山东可以和它比一比,但近年来黄河频频断流,山东也不能与它比了。陕西好出大智若愚的才子,潘阳算一个。

  我想经过这样一番解说之后,那位被我拦住发问的人也许就会怒冲冲地说:"人家娃本来就是一个诗人嘛!"

  我拦住又一个人,悄悄地问他:"知道吗?潘阳在写诗!"
  那人也许会说:"潘阳,我知道,但他写的是什么诗?"
  我说你仅仅知道潘阳但不知道潘阳写了什么诗还不算真正地知道潘阳。
  潘阳的诗是那种可以站在天安门城楼上高声朗诵的诗:

  我和一些朋友合谋/几十双手用力/把太阳撕成/无数个碎片撒向天空/然后齐声大叫/我们热—爱——/你的光辉……

潘阳的诗是那种可以在教师节上含着眼泪朗诵的诗:

  第一次见到你的时候/不知怎么搞的/我总是想躲/慢慢地/我觉得我是你的孩子/需要你的照料/需要你的抚摸……

潘阳的诗是那种可以站在美貌少女窗前,弹着吉他低声吟唱的诗:

　　我站在风雪中/像一棵枯树/我的梦里没有色彩/我的梦里没有寒冬/你甚至认为我从来没有梦/我只好抬头望望天空/天空没有星星/天空/空空洞洞……

那人也许会点头感叹:"真是看不出,这娃,竟然是如此内秀!"

我再拦住一个人,悄悄地问他:"知道吗?潘阳在写诗!"
那人也许会白我一眼,道:"神经病!"连潘阳写诗这样重大的事件你都不知道,竟然还敢骂我是神经病。潘阳是学有专长的国家公务员,写诗仅仅是他的业余爱好。他的业余爱好不仅仅是写诗,他还写散文、练书法、搞考证(他考证出写作《岳阳楼记》的范仲淹根本就没到过岳阳楼),他对小说、话剧、电影、电视剧都有研究,自称是文学票友,但我们一干搞文学的人都谑称他"潘导",导演之"导"、导师之"导"也。

也许你们认为潘阳写诗是不务正业,但我认为,正因为这个社会上还有着潘阳这种业余时间写诗、写散文、练书法、读小说、研究影视的人,这个社会才没有变得铜臭熏天、乌烟瘴气;生活在这个社会里的人,才能在悲凉的迷雾中,看到爱与美的一线光明。

马克思认为,到了共产主义社会,每个人都会最大限度地完善自己,都不会为了吃饭,而是根据自己的爱好不断地变换自己的工作,每个人都具有多方面的才能,一个农民同时也是一个钢琴家,一个作家同时也是一个卓越的鞋匠,一个行政管理人员也同时是一个诗人。因此,潘阳的写诗符合马克思主义基本原理,这不仅仅是他的个人爱好,而且是社会主义初级阶段里的共产主义事件。

二〇〇〇年七月十八日

轻轻地说

——《童庆炳大书》序言

这本大书的雏形,是十几年前童老师在鲁迅文学院给我们讲授创作心理学时的讲义。那时我经常逃课,逃童老师的课尤其多。十几年的光景转眼过去,回头一想,遗憾良多,逃童老师的课当然是一个重大的遗憾。童老师在课堂下是蔼然长者,端重慈祥;在课堂上却是青春生动,神采飞扬。他讲课时的样子经常地浮现在我的脑海里。

一般地来说,研究创作心理的书与作家的创作不会发生什么关系,作家更不会用创作心理学来指导自己的创作。当年我之所以逃课大概也是存有这种心理。但在我毕业之后十几年的创作生涯中,逐渐地感到当初的认识是肤浅的。作家固然不是在学了创作心理学之后才会创作,但一个已经有了一定的创作实践的作家了解一点创作心理学,对于他今后的创作肯定是很有帮助的。我记得童老师在讲授"形式情感和内容情感的互相冲突和征服"时,曾经举俄国作家蒲宁的小说《轻轻的呼吸》为例,来说明文学的内容和文学的形式之间的对抗所产生的审美愉悦。当时我就很兴奋,似乎感受到了一种伟大的东西,但朦朦胧胧,很难表述清楚。

十几年来我经常地回忆起这堂课,经常地想起蒲宁这篇小说,每次想起来就产生一种跃跃欲试的创作冲动。我一直也弄不明白这堂课为什么让我如此难忘,直到近两年来,在我又一次进入了一个创作的旺盛期后,我才省悟到,童老师这堂课里,实际上包含了一个小说秘诀,那就是:轻轻地说。

二〇〇〇年

写出自己心中的历史
——《中国历代著名帝王书系》序

山东潍坊的十几位作家——多半是我的朋友——几年前就告诉我,要联手搞一部《中国历代著名帝王书系》,我对他们说,此类的书,坊间已经汗牛,希望他们把创作精力转移到别的方面去。但他们发扬了潍坊人那种韧劲和拗劲儿,爬翰墨,钻故纸,硬是把这样一部洋洋百万言的大系搞了出来。成果可喜,精神可敬。他们是我学习的榜样,嘱我写序,是抬举我,是激励我,尽管我不配为任何人作序,但他们的吩咐,岂敢不从?

从中国的第一个皇帝嬴政算起,到最后一个皇帝——清朝末年的溥仪,历经十二朝代,共有三百五十多个皇帝走马灯似的"你方唱罢我登场",期间不知道上演了多少出悲剧、喜剧和闹剧。好皇帝,坏皇帝;贤明的皇帝,昏庸的皇帝;雄才大略的皇帝,鼠目寸光的皇帝;克勤克俭的皇帝,荒淫无耻的皇帝;长寿的皇帝,短命的皇帝……形形色色,亦庄亦谐,史家有曲笔,民间有野史,孰真孰假,莫衷一是。

后人写前人,老百姓写帝王,到底该用一种什么态度?是戏说还是正传?是根据野史演义还是以正史为鉴?我想,每一个作家都有自己选择的权力。这两种态度实际上从司马迁写《史记》时已经并存,因为完全客观的历史学家其实是不存在的,完全客观的作家更是不存在的。即便是那些食着皇家的俸禄为皇家修史的官员,也遮遮掩掩地表现出自己对人物的臧否;即便严肃如太史公,在他的《史记》里,也添加了大量的文学描写和大胆想象。时至今日,我认为每一个以历史为题材的作家,都可以在遵从基本历史事实的前提下,展开自由想象的翅膀,用自己的笔,写出自己心中的历史,写出自己心中的人物。即便是完全违背了历史真实的虚构,只要能自圆其说,只要是能写得有趣、有味,也是可以的。

我用走马观花的速度,浏览了这套大书,感到朋友们几年的努力,起码具有了这样的价值:那就是他们用丰沛的想象力把正史和野史中的材料编织起来,用丰富生动的细节把历史和野史中的空白填充起来,塑造出了几十个栩栩如生、性格鲜明的皇帝形象,他们的存在不仅仅是因为他们的皇帝身份,而是因为他们作为文学典型的魅力。当然,这套书的另外的价值,读者自会有自己的发现。

潍坊是我的故乡,是苏轼、欧阳修、范仲淹、郑板桥做过官的地方,也是李清照居住生活过的地方。苏、欧、范、郑在这里做官时,都留下了显赫的政绩,当然更重要的是都留下了脍炙人口的诗篇。在这批先贤的倡导表率下,潍坊代有才人出,而且每个时期都形成了一个同声唱和的文人集体,尽管这些文人集体中的人并不一定人人都能登上文学的凌烟阁,但他们的存在和他们的努力,营造出了一个地方的浓厚的文化氛围,而一个地方的文化氛围,正是大家巨匠产生的基本条件。参加了这套书系写作工程的韩忠亮兄、高志辰兄、魏金永兄、王汝凯兄、秦景林兄、李英明兄、董云青兄、郭建华兄、冯亦汉兄……正是用他们的才华和情趣营造着今日潍坊文化氛围的人,我期盼着在他们中间产生大家和巨匠,我期望着在他们营造出的文化氛围里产生出潍坊的、中国的,乃至世界的大家和巨匠。

潍坊的朋友们对我十分的友好,让我给他们写序。这是他们对我的抬举。其实,像我这样的资历,是没有资格给任何人写序的。也许大家以为我是在谦虚,其实我说的都是真心话。

二〇〇一年三月

这简直像个童话
——《乞丐囝仔》序言

最早知道赖东进先生的事迹，是读了据说发行四百万份的《读者》上的一篇文章。那篇文章描述了赖东进先生在某地的一次演讲。文章说当赖先生对听众讲述了他的悲惨家境和他非比寻常的个人奋斗过程之后，全场竟然静默了几分钟，然后才是持续良久的热烈的掌声。那是篇鼓励人敢于与命运抗争、敢于从逆境中奋进的文章，文中列举了好几个例子，但唯有赖东进先生这个例子让我难以忘却。

后来，我偶然地对台北城邦出版集团大陆事业部经理刘惠芳小姐提起这件事，并询问赖东进先生的情况。刘小姐很快地就特快专递给我一本赖东进先生的自传体大著《乞丐囝仔》。不久，我又收到了赖东进先生亲笔签名的书。我并不是像阅读文学作品那样，而是像看一个朋友介绍他的人生遭际的长信那样，似乎是与书中的人物同呼吸共命运着，读完了《乞丐囝仔》。这是一次难忘的阅读，仿佛听到了那凄凉的琴声，那嘶哑的演唱；仿佛看到了他们无助的身影，那脏污的面孔；仿佛嗅到了那些难闻的气味……仿佛感受到了他们所遭受的一切痛苦，仿佛走进了他们往昔的生活。

读完《乞丐囝仔》，我的第一个感想是：常常听人说自己的出身苦——我也曾经认为自己出身苦——但与赖先生的出身相比较，那些惯常被我们认为的苦出身，简直就是幸福了。

赖东进先生的父亲是盲人，母亲是智障，他是这对畸零夫妻的长子，在他前面有一个姐姐，后边又有十个弟妹。他们一家四处流浪，白日沿街卖唱、乞讨，夜宿坟墓，与死者为伍。世上人所能遭受的耻辱和苦难，他们都遭受了。说实话，刚开始我甚至怀疑赖先生夸大了自己的苦难生活，但我读了书中那些惊心动魄的细节后，我相信了赖先生的叙述。因为，这些细节如非亲历，是难以想象出来的。

我的第二个感想也是我的疑虑，赖先生出生在这样一个贫困到极点、不正常到极点的家庭环境中，母亲智障，对他的教育是根本谈不上的。父亲年轻时致盲，饱经人生苦难，因为要生存，因为受欺凌，也因为残障人特有的不平衡心理，其实已经是个有几分变态的人。他动辄给赖先生以毒打，甚至用麻绳拴着他的拇指将他吊在梁头上——这已经几近虐待狂了——他对赖先生的教育也是谈不上的。至于社会，因为赖先生一家的状况，积极的影响也是谈不上的。在这样的家庭环境和社会环境中成长起来的人，如果不变态、不对社会持一种敌对的态度、不对人生持一种绝望的态度、不对他人乃至亲人取一种仇视的心理，那是很难的。如果从这样的家庭里孵化出来一只危害社会的大鳄或者是滚爬出来一个社会边缘的恶人，那是十分正常的。但何以从这样的家庭里和环境里修出了赖东进这样的精神健康、品德高尚、在家为孝子贤兄、出门为社会栋梁的人物呢？他在四岁时就能克制食欲，把分给自己的食物省出来给弟妹，这样的行为，没有人教他，也没有可以借鉴的榜样，只能用"天生善良"来解释了。"百日床头无孝子"，这是人之常情，但赖先生侍奉痴母几十年，连她的下衣和妇人之事都是他一手料理，这样的行为，也只能用"天生孝悌"来解释了。赖先生十岁后，从泥污和粪水中爬起来，走进学校，在歧视和嘲笑中，以惊人的毅力和大度的胸怀，忍辱负重，刻苦学习，赢来了一连串的荣誉，这样的行为，也只能用"天生俊才"来解释了。赖先生用人生的奇迹证明了他是一个人性的奇迹。

第三个感想是：这虽然不是一本文学的书，但其中有强烈的文学性。这是因为，赖先生的人生经历比文学还要文学。赖先生的父亲，其实就是一个文学人物。他集机警、暴戾、残酷、善良于一身，集强大的生命力和不幸的残障于一身，可以将他比喻为社会最底层的泥淖中盛开的一株罂粟，也可以将他视为一个最集中地表现了社会最底层边缘人物的标本。我感到遗憾的是赖东进先生没能把他的父亲演唱的那些唱词记录下来，也没能对他们父子在卖艺乞讨时的一些场景予以细致的刻画。

最后，我想说，《乞丐团仔》是一本值得一读的书。赖东进先生的经历简直像一个有几分凌厉色彩的童话。赖东进先生是一个难以模仿的榜样，但正因为世上有不可模仿的榜样，才使我们的凡俗生活偶尔被超凡脱俗的光芒所照亮。

二〇〇一年十二月二日

个人的隐秘
——《小小职员》序言

对于巴尔扎克来说,小说是一个民族的秘史;但对于温琴佐·切拉米来说,小说只是一个人的隐秘。

坦率地说,温琴切·切拉米这部在中国也许只能算作一部中篇小说的《小小职员》,在叙述技术上既不前卫又不先锋,既没有颠倒时空也没有魔幻变形,它只是按部就班地、老老实实地、有条不紊地、安安静静地讲述了一个故事,一个普普通通的小公务员的故事。这个普通人名叫乔万尼,是某机关办公室里几十年如一日埋头工作着的小公务员。临近退休前夕,为了让儿子能够顺利地通过考试而被国家机关录用,他煞费苦心,甚至为此加入了他其实并不相信的宗教组织"共济会",费尽了周折,终于在考试的前夕,从自己的上司那里,搞到了考试的试题。他陪同儿子去参加考试,但儿子不幸被歹徒误击身亡。他的妻子因承受不了如此沉重的打击而导致半身不遂。他在痛苦中苦熬岁月,渐渐变得麻木不仁。后来他发现了杀死儿子的凶手,用自己的方式复了仇。不久,妻子死去,他也退了休,过上了日复一日的平静生活……

但就是这样一部故事并不离奇、情节也不紧张的小说,却有着很强的可读性,吸引着我一口气读完了它。这久违了的阅读感受让我掩卷沉思:究竟是什么力量,抓住了我的目光?也就是说,我为什么会对这样一个看起来几近陈旧的故事产生强烈的兴趣?我想,原因就在于,温琴切·切拉米使小说回到了小说最初的出发点,那就是用小说揭示个人的隐秘,而且是普通人的个人生活隐秘。

在我们的日常生活中,在我们的身边,完全可以找到像乔万尼这样的人,甚至可以说,连我们自己都是这样的人。他们或者我们,生前寂寂无名,死后也无声无息。但读完《小小职员》之后,我想应该修改这种对乔万尼式普通人的看法了,或者说是需要修正对我们自己的认识了。

一方面,一个人无论看起来是多么样的平庸无能,多么样的个性模糊,多么样的让人感到司空见惯,但他的个人生活中,必有不为我们所了解的隐秘,他的内心深处,也必有不为我们所理解的思想。

另一方面,一个看似庸常的人,也许曾经做出过惊心动魄的事情,也许即将做出非同寻常的事情,在特殊的诱因下,每个人都不知道自己到底能干出什么事情。

而这些我们所不了解的东西,这些被我们忽视的方面,才是最为真实的、最能触动心灵的、最是意味深长的,当然也是最为文学的。作家当然可以描写人物暴露在公众面前的一面,但读者感兴趣的,却永远是人物没有暴露在公众面前的另一面。毫无疑问,除了极个别的圣人,大多数人都对他人的隐秘生活怀有兴趣,而小说,在某种程度上,正可以满足人们这种需要。

温琴切·切拉米是一个很会讲故事的人,他知道在哪些地方故事应该延宕,而在哪些地方,叙述应该跨越故事的细枝末节大步前进。譬如他写乔万尼带着儿子去参加考试的那个早晨,从起床到吃饭,从乘车到走路,一路下来,一丝不苟,精雕细琢,处处留情,然后突然转笔,用最简捷的笔触和最平静的腔调,写出了马里奥中弹身亡的过程。至此,前面的几乎整整一章的工笔描写的意义才凸现出来,使悲剧的力量更加深刻。儿子死后,时间在叙述中又像水一样流淌,直到他发现了凶手,时间又在叙述中凝滞起来。

总之,我虽然只读了温琴切·切拉米一部作品,对他的其他作品和他本人的情况概不了解,但我分明地感觉到,他是一个实力雄厚、对人生有深刻洞察的作家。他虽然写得只是个人的隐秘,但众多的个人隐秘,就合成了民族的秘史。而与其说小说的任务是揭示或编撰一个民族的秘史,毋宁说小说的任务是偷窥人类心灵的秘史。温琴切·切拉米的《小小职员》正是这浩瀚工作中的一个部分。

二〇〇一年十二月三十日

既有历史性又有文学性
——《凤城三贤》序

我的故乡高密,古称夷维,西汉时用今名。县境内曾经有一条河名密水,据地名专家考证,高者上也,高密者,密水上游之谓也。但密水何以称密水,就不得而知了。这地方设县治已两千余年,历史可谓悠久。在数千年的历史中,涌现出众多的名流俊彦,其中名声最著者,当数晏婴、郑玄、刘墉。刘墉的名声起初仅限在民间和野史,不能与晏、郑相提并论。但因为电视连续剧《宰相刘罗锅》,使他声名鹊起。我少时曾经读过《刘公案》,是一本没有多少文学性的公案小说,后来的电视剧从中取材颇多。现在老百姓所了解的刘墉事迹,其中多有戏说成分。但刘的书法名重当时,现存真迹颇多,即便作为一个书法家,他也应该是一个杰出的人物。

晏婴、郑玄、刘墉三位先贤的名声远远地超出了高密,他们被高密人民引为自豪,他们同时也是中华民族的骄傲。多少年来,他们的治国之术、思想方法、学术成就,一直是专家学者关注、研究的对象。在三位先贤的故乡,更有许多关于他们的故事被老百姓口口相传。高密市文化局组织力量,从众多的传说中,整理编写了这本既有历史性又有文学性的《凤城三贤》,不仅为三位先贤再竖了丰碑,也为宣传高密、提高高密的知名度做了卓有成效的工作。

三贤中最具传奇色彩者,当数晏子。晏子名婴,字平仲,高密南乡人,有《晏子春秋》记其事迹,多寓言色彩,难辨真伪。《凤城三贤》中关于晏子的章节,多采民间传说,弥补了正史不足,会让读者更加全面地了解这个身材矮小、容貌丑陋但才华横溢、智慧超群的天才。

郑玄汉史有纪,罗贯中《三国演义》中也简略地写了他的事迹。他的老师是著名经学大师马融。马融是有风格的怪才,设帐授徒,两边罗列美女。郑玄从马融学习数年,始终目不斜视,可见此人定力之强与品格之高。《三国演义》说蜀国开国皇帝刘备曾经拜郑玄为师,可惜一笔带过,没有细节描述。郑玄是高密西南乡人,字康成,他遍注六经,建树宏伟,影响深远,是真正的大师。现该乡有小庙一座祀之,县城内新建康成中学,校舍豪华,环境优美,名声日著,这大概是高密人对这位伟大的乡党的最好的纪念了。

刘墉的诸多故事我在家乡务农时即耳熟能详,电视剧《宰相刘罗锅》热播后,曾有一个刘姓老人捧着他搜集多年的刘墉墨宝的复制件和他耗费半生精力写作的《刘墉传》登门向我"求教",我很想帮他把书出版,但询问了几家出版社和几个书商,都不感兴趣。此事已经过去了十几年,听说老人已经作古,我感到不但愧对老者,也愧对了传说、加工了这些故事的父老乡亲。现在,《凤城三贤》几乎囊括了这些故事,看过电视剧《宰相刘罗锅》的人,不妨再读读这本书,或许会对刘大人有新的认识。

受高密市文化局局长范锡宝之约,斗胆为《凤城三贤》作序。才疏学浅而指点圣明,贻笑大方在所难免。但我为故乡历史上出过这样的杰出人物而自豪的感情却是真实的。真情总有感人处,这大概是这篇文字惟一的价值所在。

二〇〇一年

东方的梦想
——《诗意磨坊》序言

　　东方涂钦,一个在沂蒙山里吃过烧蚂蚱、喝过山泉水、能与树木对话、能与鸟儿问答的放羊娃,十几年前,穿着补丁衣裳,背着铺盖卷,身上散发着石头的味道、植物的气息,进入山东大学学习。在校期间,即开始写诗作文,使用笔名郁东方。今年我客座山大,与文学院师长谈起他,无不交口称誉,谓之山大才子,学校骄傲。

　　几年前我有幸成为他的同事,当时只从报纸上看到过他许多辞采华美、精辟干练的文章,还不知道他在山大读书时即小有诗名,更不知道他还是一个锐意创新、风格独具的画家。现在,他的诗画合集出版,嘱我作序,深感荣幸,但我一不懂诗,二不懂画,只能用外行的眼光,从外行的角度,随便说几句。相信读者会从他的诗和画里,感悟到我感悟不到的东西。

　　他的诗,有童心、有画意,与大自然息息相关,具有沉思的品格和忧郁的气质。像许多乡村成长起来的才子一样,东方涂钦血液里流动着的是民间文化素养,在学习艺术之前,首先学会的是"在大地上播种衷情/学会诚实和劳动",然后,"故事、谣曲以及老人慈爱的灵魂/它们融入了我的血管/我艰难地成长/那份忧伤在流淌/就像浸润着时间的河流"。但乡村贫困孤寂的生活，显然已经不能满足一颗天性活泼的灵魂，羽毛渐丰的鹏鸟，祈望着到更加广阔的天地里去飞翔。"我的思想/我的土地看起来已经十分荒凉/等待另一个季节的精心播种/时令的夹缝中充满了清冷的花香/只有童心跳动/为跟随而来的季节捡拾残断的温暖和光芒。"但进入城市之后的任何一个乡村天才，都面临着相似的结局："我发觉我瘫倒在这个城市/最初的脚步左顾右盼/我摸着高楼的墙壁行走/背伏蜗牛的灵魂/每一步都清泪纷纷"，生存的窘境转化为愤怒的情感，"被城市围困的夜晚/我忍无可忍/用刀子切断城市的血管/想放掉这恶棍的血/但我立刻听见我自己血管的呻吟/它和另一条血管在共同呼吸/我恐怖地扔掉凶器/为我自己的沉沦/哀叹不已。"要逃脱城市对不羁灵魂的压迫，出路只有一条，就像一代代的乡村天才所做过的那样：你可以身居闹市，但你的灵魂必须回到故乡，与山在一起，与水在一起，与树木和牛羊在一起，与你的童年在一起，与你童年时代的所有梦幻在一起。"我落地是青草/随地扎根的语言极其明晰/我贯通叶脉，柔韧的力量/早晨的每一份清新都在开放/完成那最初的死亡。"漂泊的游魂重返土地，创作便出现崭新的气象，于是"在金黄色的背景面前/是谁惊醒了你/……许多蜂环绕纷飞/构成你终生的童话天地/回望脚印斑驳的来路/那蚂蚁失落的头、腹和爪子/无处不在/我的影子无处不在"。诗人的想象，也宛如"借助鸟的翅膀飞行/那些纷乱的痕迹/在天空中我们写字作画/甚至走路/一生中的图案色彩斑斓"——这已经不仅仅是诗，同时也是色彩斑斓的图画和如何画出色彩斑斓的图画的构想。仅仅使用语言，显然已经不能充分地表达他心中涌动着的狂涛巨澜，他要直接地诉诸颜色，诉诸形象，由诗人而画家，仿佛是他命定的道路。

十几年前的一个上午，诗人郁东方抓起画笔，向纸上涂抹，画的是他心中的花与树、阳光和月光、炽烈的情与爱。画完了,他在画面的一角,签上了"Tuqin"。东方涂钦,一个新画家,用新的思维、新的技术,开始了他独具特色的美术的创作。这些,都是在不久前的那个下午之后我才知道的。

不久前的那个下午,东方涂钦拉我去了一间办公室,在地板上,展开了数十幅画,他说:"这是一个朋友的信笔涂鸦,你看看,有没有意思。"展开在我面前的,是匪夷所思的线条和绚丽夺目的色彩,让我想起童年时,在故乡的傍晚,看过的瞬息万变着形状和色彩的火烧云。是花,是草,是鸟的眼睛,是人的胚胎,是相拥抱的男女,是步履蹒跚的老人,是太阳,是月亮,是灿烂的星斗,是层层叠叠的文字,是碰撞成碎片的诗句……但也可以说什么都不是。我从来没有见过这样的画,但毫无疑问这是画。面对着它们,我感到眼花缭乱,思维如同奔马,也像翻卷的流云。这些画是活的,仿佛要溢出纸张和木框。说它们非常稚拙可以,说它们十分老辣也没有错。像恶作剧,也像老谋深算。我抬头看着他,问:"这是什么人画的?"他不好意思地说:"我。"我大吃一惊,打量着这个瘦弱的、生着两只孩童一样清纯眼睛的小兄弟,心中涌起十分的感动。

2002年的夏天,东方涂钦便以他独具个性的现代水墨系列艺术展(电梯展、地铁展、网上展评等等)搅动了中国画坛。此后不久,他的多幅画,便被十几个国家的要人和名流所收藏。

东方涂钦,政务繁忙,业余时间,用诗作画,用画写诗,短短数年,成绩斐然。他在沂蒙山放羊时,就有一个梦想。他的梦想是什么?在他的诗里,在他的画里。沂蒙山出了这样的青年才俊,乃沂蒙山之光;有这样的好兄弟,是我一生之幸。

画门外汉,诗门外汉,东拉西扯,敷衍成篇,权为序。

二○○二年十二月二十八日夜

独特的文化趣味

——谭金土随笔《那些》序言

金土兄：

深圳别后,我即去了台湾。随身带了你的文稿和《法言与法相》。原本想在台逗留期间抽空写好序言,但邀请方安排了十几次"演讲"与访谈,更兼有那些应付不完的冗长饭局,再加上彼处正闹着台北、高雄两市长的选举,还有十二万农、渔民的大游行,载着高音喇叭的宣传车不时从我的窗下经过,锣鼓喧天,彩旗飞扬,跟我们的"文化大革命"十分相似。我生性又是个好看热闹、懒于俯案的人,所以,尽管在那里待了一个月,但连您的文稿和书都没有打开过,更甭说写文章了。回京后随即又去了厦门、杭州、苏州,前日方回。想到了在深圳时答应下的为兄新书作序之事,是无论如何也不能拖延了。这几日匆匆读了兄厚厚的文稿,并重读了《法言与法相》,心中感想很多,但要摆开架势作序,却连一个完整的句子也写不出来。于是,只好采用通信的方式,借以获得一种语言的动力,不拘格式地漫谈一些看法。如兄满意,即为序;如不满意,那就还是一封信。

近年来找我作序的人多了起来,起初还以为自己已经成了个"人物"，但渐渐地感觉到了悲哀。一个人如果到了频繁为人作序的年龄，那就说明，他已经进入了老朽之列，离那个黄土馒头已经不远了。因此曾发誓不再为人作序，但每每总是盛情难却，而更有甚者，不待作者开口，而主动请缨。兄这篇序，就是我主动要求的啊。这一是因为你的文章好，我喜欢；二是因为你人憨厚，羞于开言。

兄之《法言与法相》，贯通古今，博引中外，于爬梳故纸搜求得可靠材料之外，又有自己的卓见，既是很好的法言，更是优美的文章。其中对刽子手行当的考据和配文发表的珍贵照片，更使我获益匪浅。我想，假如我在写《檀香刑》之前即读过兄之大作，那《檀香刑》就会有另外一番气象。侥幸的是，我基本上凭借想象臆造出来的细节，竟然在兄的文章中部分地得到了证实。这就骗得兄"莫言对古代酷刑的描述是建立在对史实的考证和研究基础之上的"之赞誉。兄的《法言与法相》是一本惊心动魄的书，尤其书中那些照片，更令人毛发倒竖。我读之恨晚，但从另外的角度想，永远不读也是幸事。

兄对古旧照片的搜集、整理、研究，是真正的雅趣，是文化的也是文学的活动，大有益于社会，亦大有益于读者。记得去年检察日报社文艺部主任孙丽转给我一幅您赠送给我的民国初年我的故乡高密县城东关的老照片，观之感触良多。仿佛透过那发黄的图片，进入了故乡的历史。我之写作，脑子里总要先有了画面才敢动笔，你提供的照片，几可以生发三万文字。何时再到苏州，一定要求兄打开万宝囊，让我开开眼界。

在这本题名《那些》的新集里，兄又将展示许多珍贵历史照片，其中有关于老苏州地形、建筑的，还有关于老苏州人物的。正如兄之所言，古典的苏州美女，在一般人心目中，只是个抽象的概念，相信随着兄这些宝贝照片的付梓，众人便可借此一睹芳容，化抽象为具体了。兄虽然不是苏州生长，但对老苏州的了解，是许多土生土长的苏州人也无法相比的。兄借助旧照片，进入了一个城市的历史，并与其中的人物建立了一种特殊的对话方式。

兄是大学中文系毕业,又曾在大学里教过写作,真正的科班出身,文字上的功夫,自不必说。让我佩服并自知不如的是,兄之文章中,处处可见考据的功夫。你总是要在也总是能在司空见惯的事物中,寻出个根本源头来,因之你的文章也就具有了独特的文化趣味。这种文章,上个世纪三十年代的文人多能为之,但到了当代,则鲜见矣。眼下那些走红的散文、随笔写家,多是在不断地反刍自家那点阿狗阿猫的滥事,如兄这样的文章,不是他们不想作,是作不了也。

好话不必多说,因为读者自有慧眼。兄这本集子,如还没有付印,我建议将那些过于零碎的诗及游戏文章删去,文章贵精不贵多。兄这本集子,重点还是"读片咏叹",相信读者的兴趣也大都在此,如果可能,再补充一些更好。

前几天去厦门,是去参加我们高检文化处和厦门检察院联合举办的检察系统业余作者笔会,我原以为能遇到你,但你没去。尽管你没去,但大家还是提到了你和你的创作。在我们这批作者中,你有自己的一套"刀法",是不可替代的。愿我们互相切磋,共同提高。苏州我已去过四次,这次去本想与你联系,但日程安排得太满,更兼没有完成"作序"的任务,所以就没敢打扰。等我第五次去苏州,你做东道请我喝碧螺春看旧照片吧。这应该是快乐的事啊。

二〇〇二年十二月二十九日

胡说"胡乱写作"
——《中国当代作家面面观》序

林建法主编《中国当代作家面面观》由来日久,已经出过三辑,这是第四辑。每一辑都找一两个人作序。第一辑找了汪曾祺汪先生,老爷子为人和蔼多情,多才多艺,口碑甚好,他作序,行。第二辑找了韩少功和李庆西,韩是小说家中的理论家,李是理论家中的小说家,这样两个人联手作序,自然行。第三辑找了王晓明王教授,大批评家,上海滩的腕儿,桃李满天下,他来作序,当然行。第四辑竟然让我作序,简直是发了昏。他找我是他发昏,我答应是我发昏。推托至今,他还是不动摇。他请我吃过饭,在我很饿的时候,吃人家的嘴短,没有办法。我写,但没有好话说,胡说,文责我自负,后果他负。

我对自己配不配"作家"这个称号经常信心不足。我对这个被某些先生恨不得写在额头上招摇过市的称号经常地感到恶心。我对这个暗含了贵族气味的称号经常地感到反感。你可以说我是作秀,也可以说我是虚伪,但我还是要说,在我的笔下出现的"作家",没有特权的含义,没有贵族的含义,没有人民代言人的含义,更没有知识分子的含义。我在此文中使用的"作家",就是一个职业的名称。那些自以为写了几篇小说就成了知识分子的人,是我的敌人。那些动不动就以思想者自居的人(幸亏我没有思想,否则我会多么痛苦),也是我的敌人。当少数人成了我的敌人的时候,也许我就成了多数人的朋友。

不久前,在首届"二十一世纪鼎钧双年文学奖"颁奖会上,我曾经就一个朋友说我的创作除了《红高粱家族》之外都是胡乱写作的话发表过意见(其实《红高粱家族》也是胡乱写作),我认为,当以"高雅"的姿态写作、以"优雅"的姿态写作、以"庄严"的姿态写作变成一种时尚的时候,像我这样胡乱的写作就具有了革命的意义或者反革命的意义。在这之前,我在苏州大学"小说家讲坛"上也说过,我崇尚"作为老百姓写作",而不是"为老百姓写作"。我对自己的胡乱写作的解释是:所谓胡乱的写作就是直面自己灵魂的写作,就是不向流行的道德观念、价值观念妥协的写作,也就是写出了自己心里想说的话而不是自己嘴里想说出的话的写作。这样的写作,我认为是有价值的。如果说我有什么文学观的话,这些就是我的基本想法。当然,以高雅的、优雅的、庄严的姿态写作,也不是不好,关键的是要真高雅、真优雅、真庄严。"为老百姓写作"也不是不好,关键的是你要真正了解老百姓的痛苦,你要知道老百姓的想法。你要有一腿支地一腿骑跨在自行车上无奈地等待着那些警车开道的漫长车队从你的面前耀武扬威地开过去的经验。你要有尽管没有任何违法行为但是见了警察莫名其妙地害怕的心理。你要知道最近蔬菜为什么涨价,不法商贩用什么方式往肉里注水,以及他们往肉里注水时心中的想法。即使你身在繁华闹市,你也应该有几个亲人在乡下生活,你可以从他们那里听到老百姓的心里话。你要相信那些真正的老百姓说的话。即使这些你都没有,那你起码也要痛恨贪官污吏,而不是与他们同流合污。如果连这点你也做不到,那么,最起码的,你在写作时,应该忘记你的"级别"和"职称"。如果你连这点都做不到,那就不要说"为老百姓写作"这样的话了。

  以我自己的体会,批评界对我这种和其他作家的胡乱写作还是给予了宽容和肯定,即使是苛刻和挑剔,只要是出于学术动机,也应该举双手欢迎。我对非学术的批评给作家带来的创伤是刻骨铭心的,所以非常珍惜那些直面自己灵魂的文学批评,不向流行的道德观念、价值观念妥协的文学批评,写出了自己心里想说而不是嘴里想说出的话的文学批评。这或许有点偏见,我还是胡乱说出来。理论批评可能比创作要循规蹈矩,但在我看来,富有创造力的批评也应当是一种胡乱的写作。新时期文学的发展与创新通常都是由"胡乱"开始的。"胡"者,封建地主阶级对西北地区少数民族兄弟的蔑称也。"乱"者,对既定秩序的颠覆也。没有"胡乱",哪有今日的中国?没有"胡乱",哪有今日的艺术?当一门艺术有了诸多的清规戒律,成了被少数人垄断的"庙堂艺术"之后,"胡乱"就是革命的开始。胡琴多么好听啊,胡桃多么好吃啊,胡萝卜多有营养啊,用"胡服骑射"的小说冲击一下小说的"汉官威仪"多么需要啊!"胡乱"好,"胡闹"好,"胡折腾"好。用生气勃勃之"胡"、野性难驯之"胡"、来自民间之"胡"、平民视角之"胡"、非知识分子之"胡"、原创性之"胡",乱一乱、闹一闹、折腾折腾香烟缭绕的小说庙,神灵们不愉快,但小说的新气象也许就出来了。

  以上全是胡说,非胡者,掩口胡卢即可,不必当真。

二〇〇三年六月

我 的 先 驱
——新版《旱魃》序

上个世纪八十年代中,我的小说《红高粱》发表后不久,有一次遇到阿城,他对我说:"你一定要读读朱西宁。"我听了,也没太往心里去。过了两年,我的小说《白狗秋千架》获得联合报小说奖,那奖座上刻着的决选委员的名字,第一位就是朱西宁先生。但我还是没有读他的书。后来,在新加坡见到天心小姐,温良恭俭让,有大家闺秀风范,又知祖籍是山东临朐,与我的故乡高密百里之距,于是更感亲切。后数次赴台,均见过天心小姐,但我一直没敢提出见见朱先生或是讨要一本朱先生著作的请求,这是一个巨大的遗憾。

2002年冬,应台北艺术村的邀请做驻市作家一月,期间又见天心,并见天文,得其赠送朱先生大作三本,一为《铁浆》,一为《旱魃》,一为《华太平家传》。当晚就读了《铁浆》,颇为震撼,也就明白了阿城让我读朱西宁的原因。在台的数次演讲中,都提到读朱先生作品引发我的深切感慨。

回北京后曾接受《诚品好读》编者电话采访,让我谈谈对朱先生小说的看法。我说:《铁浆》虽是短篇,但内涵的能量足可以扩展成波澜壮阔的长篇巨著。小说中两家人为争夺盐槽对身体的伤害和铁路这个西方怪物对乡村自然经济的破坏让我震惊。而《华太平家传》则是编年史式的浩瀚巨制,小说中的故事、传说、风俗习惯以及富有地方色彩的语言,都让我倍感亲切……朱先生上个世纪六十年代就写出来这样优秀的作品,可惜我读得太晚。若能早些读到他这几本书,我的《檀香刑》将更加丰富,甚至会是另外一番气象……

在台期间因为忙乱,没来得及读《旱魃》。今年春天,天文小姐来信,问我能不能为新版《旱魃》作序。为朱西宁先生作序?诚惶诚恐。我上世纪八十年代那些在大陆引起轰动的作品,无论在思想上和艺术上,都没有超过朱先生早我二十多年写的那批作品。朱先生是我真正的先驱。作序不敢,但写一些读后的感想还是可以的。于是就读《旱魃》。当我刚读到三三丛刊版《旱魃》的第十八页,小儿八福对他的母亲说"林爷爷还讲,那家坟土上要是湿的话,坟里就有了旱魃"时,我就猜到了这小说的结局。这并不是说我高明,而是说明我与朱先生使用的小说资源是那样相同。我在家乡听说过的故事,朱先生早我几十年就听说了。我使用的素材,朱先生早我几十年就使用过了。上世纪七十年代,我在故乡务农,连续十几年大旱,春播秋种,都要挖井、担水、浇灌,美其名目"抗旱"。在艰苦的劳动间隙里,我们像朱先生《旱魃》中的老农那样仰望着播火的太阳,传播着某地出了旱魃的谣言。说得有鼻子有眼,不由你不信。我曾经动过把旱魃写成小说的念头,现在看来,幸亏没写,因为我还没听到这些传说的时候,朱先生的《旱魃》已经像一座丰碑,屹立在那里了。

《旱魃》是一部洋溢着现代精神的伟大小说,至今读来,依然是那样的朝气蓬勃,那样的活力充沛,那样的震撼灵魂。作者使用的素材虽然是乡土的,但作者注入到小说中的思想,却大大地超越了乡土。小说着力塑造的人物尽管是上个世纪初叶的人,但他们的精神,至今值得我们敬仰。作者使用的语言,尽管具有故乡的方言色彩,但由于精雕细琢,剪裁得当,并不会造成异地读者阅读时的障碍。

我看到一些台湾的论者注意到了《华太平家传》中的宗教思想,其实,早在《旱魃》中,朱先生的宗教思想已经表现得淋漓尽致。这个问题激起我很大的兴趣。在大陆五十多年的小说中,一直没有宗教信仰。近年来有西北地区的少数作家开始在小说中贯注他们的宗教,为此我多次表示赞赏。我认为没有宗教精神的小说,很难成为经典。上世纪九十年代中,我在《丰乳肥臀》中,曾经写了一个瑞典籍传教士和一个中国女子的深挚爱情,并借此宣扬了基督教的救赎精神。对此我颇为得意,但看了《华太平家传》和《旱魃》后,我只能感叹自己的肤浅。基督教对于我,是传说和资料,但对于朱先生,则是家传、是亲历。差距之远,何异天壤。写成小说,又怎可同日而语。《旱魃》这部小说,从表面上看是一个土匪头子和一个女人的故事,但从深层里看,却是基督拯救两个迷途羔羊的神迹。朱先生想用这部书,传播基督的精神,也彰显信仰着基督精神的他的先人们在那个愚昧黑暗的时代里建立的功勋。这样的书写不好就成了赤裸裸的说教,这是大陆文学几十年的痼疾。但朱先生的生活积累实在是深厚无比,对他所要描写的人物和事件感同身受。我想朱先生对他笔下的每棵树木、每块石头都怀有深情。形象牢牢地控制着他,人物按照自己的逻辑发展。朱先生就像一个高明的骑手,顺着他的人物走。因此,他的思想就不是说出来的,而是人物表现出来的。因此他就避免了借小说说教,而是让小说自己表现出来原本就包含着的宗教精神。世界上所有的宗教都是圆满的,但都不是完美的。因此对宗教的质疑就成了小说现代性的重要表现。这有时候并非是作家的本意。我猜想朱先生作为一个虔诚的基督徒,是不会对他的宗教提出质问的,但因为他顺从了小说中的人物,顺从了小说的根本定律,所以他的小说中也就出现了尖锐的质疑。当皈依了基督、散尽了财宝、收束了身心、勤恳地劳动着的唐铁脸被他的仇家打死在油坊的榨槽上时,他的妻子佟秋香,撕毁了那幅"宽窄路途"的立轴中堂,"好像撕毁了半个天,把上帝的裤子撕了下来"。然后,对着她们的引路人金长老大发雷霆:"难道说,主就不长眼睛?人也悔改了,什么都舍掉不要了。做了多少好事,行了多少善,还要他怎么样?天呐,作恶不得恶报,行善倒得了恶报。哪里还有天理!就这么个公道吗?叫人寒心呐……"当然,笃信基督的朱先生让金长老把佟秋香说服,并让她为自己与主讨价还价的行为感到了羞愧。但她在激愤之时喊出的质问,并不因此而失去意义。一般的读者,也不会轻易地被金长老说服。这大概是朱先生料想不到的。这是一个基督徒与一个小说家的矛盾,而这矛盾,恰也是小说的福音。

《旱魃》之所以能如窖藏的美酒,历久弥香,还在于小说中塑造的人物,几乎个个鲜活地表现出来自己鲜明的个性。那个寄托了朱先生全部理想的金长老,那杀人如麻而又能迷途知返的土匪头子唐铁脸,那勇敢泼辣、有胆有识的佟秋香,那虽然穷困落魄但依然顽强地保持着自己的尊严的杂耍班主佟老爹,连杂耍班子里的皮二爷和油坊里的把式林爷爷、犟老宋这样的次要人物,也是栩栩如生、呼之欲出。从塑造人物的功力上看,《旱魃》又是一部继承了中国古典小说宝贵的白描传统的杰作。人物的话语,都是闻其声如见其人。这样的功力,不是那些所谓的"先锋派"作家具备的。这样的功力,建立在饱经沧桑的人生阅历的基础上,建立在对生活的丰富占有上,建立在对所写人物极端熟悉的基础上。

《旱魃》还展示了朱先生强悍、饱满、意象丰富犹如激流飞瀑的语言风格。我大概地可以想象出朱先生用这样的语言,在上个世纪六十年代的台湾文坛上造成的震荡。他的语言犹如乱石砌成的墙壁,布满了尖锐的锋芒。他的语言如光滑的卵石投掷到铜盘上发出铿锵的回声。这样的语言需要奔跑着阅读,这样的语言扔到水中会沉底。朱先生善用比喻,而且是他独创的比喻,别人无法重复。他异想天开,视万物皆有灵。正像加西亚·马尔克斯所说:"所有的事物皆有生命,问题是如何唤起它们的灵性。"

"饕餮了整一个长夏的馋老阳,仍然不知还有多渴,所有的绿都被唖尽了,一直就这么嗞嗞嗞嗞地吮吸着河两岸被上天丢开不要了的这片土地","唐家宅子前的大水塘已涸得板硬。黑深的裂纹,该已裂进阴间去了。塘底上卷翘起干鱼鳞一样的土皮。那里残留着冬腊天里暖鱼用的枯辣椒秧子,草草乱乱,团团的狼藉,脏黑里翘起白骨一样嶙嶙的老茎子,倒像整堆子腐烂的鱼尸骨","屋草苫得切糕样整齐,叫春的猫儿都不曾到那上边踢蹬过","那一对松当当的眼皮,不知断了哪根吊筋,低垂着,脸要仰得很高,才能看得到天","可天是死了。天是石女,生不出一朵云,一滴水,决计不给人一点回生的指望。庄稼人认命的一再退让,一直退让出一百个火毒的太阳","坚韧的盼望是一根愈漕愈细的生丝,临到不曾断绝的边口儿上"……不需列举了,这样的语言在书中比比皆是。这样的语言是诸多小说家梦寐以求的,这样的语言与温文尔雅的朱先生形成了多么巨大的反差啊,由此可见,朱先生的内心世界是多么瑰丽而丰富。我感到朱先生的语言是从李长吉那些石破天惊逗秋雨的诗里化出来的。对一个少小离家、浪迹天涯的小说家来说,他用语言寻找故乡,他用语言创造故乡,语言就是他的故乡。

《旱魃》的结构,也显示了朱先生不愿意按部就班地、轻车熟路地讲述一个故事的艺术雄心。多少惊心动魄的事件,镶嵌在一个线性发展的故事当中。这样的结构,也正是我的《红高粱》的结构。我庆幸现在才看到《旱魃》,否则我将失去写作《红高粱》的勇气。正因为我至今才读朱先生,所以我才能在不知不觉地沿着朱先生开辟的道路前进的同时,因为与朱先生个性、学养等方面的差异,而使自己的作品具有了一些个人的特质。

前面我说,很遗憾没有见过朱先生,其实何须见,书在犹人在,读他的书，犹如聆听他的教诲。朱先生的道路，是一条正确的道路，我以前是无意识地走在了这条道路上，今后就应该自觉地沿着这条道路义无反顾地前进了。

二〇〇三年八月三日

金焰的外孙女

——《我的三外祖父金焰》序言

  金焰的外孙女名叫朴圭媛,是一位有两个儿子的韩国家庭妇女。她在一个韩语异常流利的中国姑娘的带领下来看我,穿一袭艳丽的华袍,如一团燃烧的火焰。她为什么来找我?因为她写了一本关于中国电影演员金焰的书。因为她想把这本书让我看看,然后,希望我为她这本书写点儿什么。

  提起金焰,稍微上点岁数的人都会知道。此人在上世纪三十年代的上海,是赫赫有名的电影皇帝。他潇洒漂亮的相貌和硬朗阳刚的表演都给看过他的影片的人留下了深刻的印象。中国后来又涌现了许多优秀男演员,但似乎还没有一个达到过金焰般的辉煌境界。何况他后来的妻子又是秦怡。这样的两个人结成夫妻,正好似梦一般的美丽现实,尽管他们后来的遭际,是那样曲折和不幸。

  是的,我自以为很熟悉金焰,但看了朴圭媛这本《我的三外祖父金焰》,才知道自己所了解的,只是那个在聚光灯下辉煌的金焰,对他的出身、经历、银幕之外的生活几乎一无所知。通过朴女士的书我才知道,金焰是韩国人。他的父兄都是抗日的志士,是韩国民主独立运动的先驱和功臣。金焰从小即跟随父兄投身民族独立革命运动,颠沛流离,四海为家,足迹遍及白山黑水。就是这样一个没有受过完整学院教育的人后来竟成为中国电影史上彪炳千秋的杰出人物,除了他的天资,除了他的阅历,除了他的正义、勇敢、革命、进步等因素之外,我觉得真的还有一种神力在助他。这种神力,大概就是他的父兄和他的父兄的战友们那些仁人志士的英魂吧。总之,金焰绝对是个传奇。

我一般不相信那些超验的现象和灵异。但朴圭媛女士这本书让我相信了在我们平凡的日常生活中,确实潜藏着一些似乎是冥冥中注定了的契因。朴女士从一接触到她这位外祖父的传说,便如着了魔般地陷了进去。十年里她足迹遍及中国,凡是金焰去过的地方她都去过。凡是与金焰有关的人物她都要拜访。她似乎不是在写书,而是在追寻前辈的足迹——更像是要还一个伟大的心愿——然后,终于到达了那样的境界:

> 我感到自己的魂魄进入了他的躯体,并往高处腾飞。究竟要飞到哪里去,我毫无知觉,只觉得越飞越高,直至宇宙的深处。带着这种感觉,我又看到了鸟的眼睛。那也正是我和三外祖父的眼睛。我既是他又是鸟,俯视着大地。呈现在我眼前的是无穷无尽的大自然,数以万计的人犹如黑压压的芝麻粒儿。我和三外祖父用柔和的眼光望着大地上展示的一切事物,在蓝天碧空翱翔……我相信,在冥冥之中我的灵魂已与三外祖父金焰的灵魂交融在一切。通过静思,我悟到了人生的真谛:那就是改变思想既可以改变一个人,也可以改变整个世界。同时,我也感悟到我和三外祖父之所以能在冥冥中相遇,是因为我对他的热爱。尽管我和他出生在不同的年代,但就像无数条发源地不同的涓涓小河,最终都将汇入茫茫大海一样。

为一个人写传记，竟然写到了与传主合之为一的程度，这本身也构成了一个小小的传奇。如此地执着如此地爱，如此地痴迷如此地投入，冒着失明的危险还是写，这种精神让我感叹不已。

　　朴圭媛女士的这本书，既是她的三外祖父金焰的传记，也是她自己的传记。正如那些杰出演员的表演，演的既是剧中的人物，也是他自己。

二〇〇五年十月

将进酒前必读书
——《酿酒品酒论酒》序言

王恭堂先生的专著《酿酒品酒论酒——酒为何物这样神》即将出版,嘱我作序,其原因大概是看过我写的一部小说《酒国》。在这部小说中,我冒充博学,借小说中一个人物酒博士李一斗之口,贩卖了一些酒类学常识,也发表了不少关于酒的胡言乱语。但其实我对于酒所知甚少,小说中那点知识,基本上都是从书中抄的,如果读者误以为我是品酒甚至酿酒的行家,那就错了。王恭堂先生看了我的书,如果以为我真的懂酒,那也就错了。即便是那些临时从专著中抄到的知识,事过多年之后,也忘记得差不多一干二净了。而且,历经上个世纪八十年代在酒场上多次不由自主的"破坏性试验"之后,豪饮之名遍布乡里,醉后丑态也会让乡亲们记忆犹新。现在的我,已经基本上戒酒,对酒的感觉和感情也渐渐地麻木和淡薄起来了。偶尔小酌,也仅限于喝一点家乡人酿造的"密水庄园"牌葡萄酒,看着那红宝石般的颜色,品咂着那醇厚的滋味,仿佛披一身明月于葡萄架下与乡亲们促膝谈心。王先生寄来他的大作,并让我作序,这为我提供了一个重温酒事的机会,也借此唤起了一些当年给我留下过痛苦和美好记忆的饮酒历史,以及多次去密水葡萄酒厂和张裕葡萄酒厂参观时留下的丰富印象。

王恭堂先生是科班出身,毕业于山东大学生物系,并获硕士学位,毕业后即到历史悠久的张裕葡萄酿酒公司工作,历任车间主任、研究所长、副总经理、总工程师等要职,现任张裕集团公司技术顾问,兼任中国酿酒工业协会葡萄酒分会秘书长,是国家级的葡萄酒、露酒评酒委员,是真正的酒类专家。这部新著,是他最近两年来重要文章的汇编。每一篇文章看似各自独立,但都围绕着酿酒、品酒、论酒的主题,写得生动活泼,趣味盎然。其中有很大的篇幅,引经据典,论述了酒与文化、酒与文学艺术,以及酒与历史名人之间难分难解的关系,还有许多与酒有关的神奇传说。所以尽管是理论专著,但可读性很强,既可以供酒业专家研究探讨,也可以供一般读者阅读欣赏。

酒,这神秘的液体,的确是好东西。它是想象力的产物,又是想象力的源头。古今中外,多少脍炙人口的诗歌,都是因酒而发;多少匪夷所思的创造,都是借酒之力。当然也可以借酒浇愁,但借酒浇愁愁更愁,所以,酒还是和豪情和喜庆有更亲和的缘分。去年秋天我去日本,观看能剧《猩猩醉酒》,那喝得微醺的猩猩,憨态可掬,顿喉高唱,歌词意境高远,与灿烂的星空有关,与皎洁的明月有关。当时我就联想到了京剧名篇《贵妃醉酒》,那份高贵和典雅,那种寂寞和清凉,也是和明月有关,和星空有关。所以酒也就和浪漫和爱情有关,尽管我们很难知道日本的猩猩和中国的贵妃喝的是什么酒,尽管我们也不大可能知道是什么酒让李白醉让杜甫痴让那些有名的美人和无名的美人酡颜如花,但总是想当然地认为与艺术与爱情与喜庆相关的酒应该是红色的葡萄酒。而壮士出征、李玉和赴宴斗鸠山、三九天跳到冰河里摸鱼,只能喝老白干、二锅头了。关于这些,王恭堂先生的书里都能够找到,而且每个读者都可以在读了他的书之后,联想到许多与酒有关的记忆。所以酒也是记忆。当我们把许多往事忘却时,酒记得。

　　酒自身也是爱情。尤其是红酒,更是爱情。那样的如珍珠般晶莹的果实犹如初恋,经过了萃取菁华的工艺后成为世间最美丽的液体,这样的液体用爱情来形容应该是合适的。太阳和月亮的光华,都在酒里,所以酒也许是美容的最佳液体。试试看,让一杯红酒滋润你的面庞。酒是文化,酒是教养,酒是社会文明的美丽表现。当红色的酒,当红色的密水庄园葡萄酒,当我家乡人酿造的红色的密水庄园葡萄酒,在透明的杯子里,在明亮的灯光下放射出璀璨的光芒时,就可以骄傲地说,我的家乡,已经是最有文化最有神韵的地方了。——为什么我要频频提到密水庄园葡萄酒?除了因为这酒是我的乡亲酿造,色泽高贵,口味清洌,还因为这酒的酿成,与王恭堂先生的努力有关。王先生扎实的理论素养和丰富的实践经验,使密水的酿酒人受益匪浅。

　　相信王恭堂先生这部著作,对于酿酒人和饮酒人,都是有用的。在一个文明的社会里,不懂酒,大概很难进入社交圈子,而掌握了丰富的酒类知识的饮酒者,当他举起酒杯时,表现出的就是优雅的风度和对这种美丽而神奇的液体的一种尊重,而尊重酒就是尊重劳动,就是尊重人。懂酒,从某种意义上说,就是懂得生活和热爱生活。所以,将进酒前,翻翻此书,必定会使你平添不少风采。

二〇〇四年四月十日夜

观察与感受
——《状物散文》序

亲爱的中学生朋友们,首先我要向你们表示歉意。为书作序,按照一般的规矩,应该把书的内容反复阅读,然后才可以动笔。但选入本书的九篇文章,除了贾平凹先生的《丑石》,其余的我均未读过。就这样写序,只能是自己说自己的话,谈谈我对"状物散文"的理解和我自己写这类散文时的点滴体会。

单从字面上理解,所谓"状物散文",就是用文学的笔法,描画出除了人之外的物体或者事物的文章。这样的文章,在我们的小学和中学课本里,占有很大的比重,大家对这样的文章应该很熟悉。我想,要想描画出物体或者事物的形状或者状态,那就必须对该物体或者事物非常熟悉,而要熟悉,必须观察。而所谓观察,又有有意的观察和无意的观察之分。有意的观察,可以让我们获得有关某个物体或者事物的表象;我们的眼睛像照相机的镜头,把物体的形状和颜色,把事物的特征和形态,存入我们的脑海,成为写作时的素材。但许多此类文章的材料,却是作者无意观察而得之。譬如一个人写他童年时吃过的一种食物、少年时放牧过的一头牛或是一只羊,上小学时穿过的一双鞋子,这些东西,之所以让他难以忘记,是因为与他的生活曾经有过密切的关系,多年后提笔写出;这时,他的写作,看起来是在"状物",其实写的是人生。所以这样的写作,比较容易写得有感情。

比观察更深一层的,我认为是感受。也就是说,我们仅仅获得一个物体的外部特征,还不足以写成一篇真正反映出该物体的文章,要全面地了解一个物体,必须调动我们所有的感觉——视觉、听觉、嗅觉、触觉——使我们对这个物体有相对深刻的了解。当然,如果我们能从物理学、化学、生物学等等的意义上,对我们所要描写的物体、或者事物有所了解,那就会更加准确而全面地反应出它的面貌以及本质。

我想,我们在这里讨论的这类"状物散文",并不是产品说明书和《辞海》条目,而是文学作品。这就要求我们除了要对该事物或者物体有上边所述的了解或者理解之外,还必须把我们的感情、把我们的人生融合进去。当然我们反对那种胡乱的抒情和比附。我们希望读者能从我们的文章中,读出其他的意思来。也就是说,我们所写的文章的意义,应该有大于形象的思想。这就需要我们在描写物体或者事物时,一定要写出自己对这个物体或者事物的独特的感受。我们要把这个被我们描写的物体或者事物,作为我们想象的基点或者核心,通过联想,运用种种新奇而贴切的比喻,使这个物体或者事物,成为独特的"这一个"。这样,同是写一块石头,就会成为各自的石头。同样写一只松鼠,就会成为不同的松鼠。同样写一片树林,就会成为每个人的树林。这样的写作,才是有意义的写作。

我知道现在的中学生写作水平都很高,许多中学生写的文章,我是写不出来的。因此,上边的话,只供大家参考。

二〇〇四年五月

好书必有读者缘
——《安徽作家散文丛书》序言

老同学李平易,命令我给这套书作一个总序。反复推辞,已令同学不快,于是答应下来。等到看了这十本书中的部分作品,看了十个作者的简介,方知贸然答应,实在是轻率。我的意思是说我没有资格给这些兄弟姐妹们作序。他们的序,应该由德高望重、学富五车、才高八斗的人来作,而我,没有指点这十本书的资格、能力和胆量。但鸭已上架,就呱呱几声,不算序,算仿佛是一个出行的仪仗前,那个提着铜锣喊叫开道的发出的声音。

中国到处都是人杰地灵,到处都有不同凡响之事物,安徽当然也不例外。在我的了解中,这是一块虎踞龙盘的土地,英雄豪杰都曾经在这块土地上出没。这更是一块文学的土地,才人辈出,名篇流传。据李平易说,这块土地上还有着深厚的想象力和诗性。这样的说法,肯定没有错。

文学其实也没有什么了不得的,它就如同庄稼一样普通,但它也如同烈酒一样充满着激情。"对酒当歌,人生几何?譬如朝露,去日苦多。"安徽人曹孟德这首《短歌行》,其实就可以给这套丛书作序。有人说"文学的产生是由于人们对当下生活的不满足,于是用幻想来聊以自慰"。这样说也没有错。一般来说,喜爱文学的人都不是一个彻头彻尾的现实主义者。那些真正的现实主义者往往是不需要通过寻找来心安理得的,他们也不肯伤感,不肯幻想,不愿意把有限的时间花到无结果和普通的梦想之中。

而这一套丛书中的安徽作家们,显然是一帮不太安分的人,也是超脱"现实主义"之上的有理想和想象力的人。他们虽然身处城市斗室,游走街头巷陌,各司其职,但他们的内心都有对于远方的向往。他们心中都有田地,田地里生长着绿油油的麦子和水稻,当然更有许多野花野草。用一种肉麻的说法:这十本书,会让读者看到十片心田。他们各有成就,各有风格。李平易老辣,许春樵犀利,木瓜圆融,何华智慧,莫幼群广博,江泓灵动,苏北淡泊,书同通达,许若齐儒雅,于继勇倔强。这些都似乎是属于他们内心深处的东西,也是他们成熟的标志。除此之外,这些集子中的文章还有一个共同的特点,那就是好读和耐读,能用最平常的话语讲出最好的道理。我们都是吃饭穿衣的俗人,是俗人,就得讲人话。一个追求趣味的人,就不应该把自己的文章写得很无趣;文章和人一样,也是应该有趣一点才受欢迎。

这套书是媒体和文学联手的操作。《安徽商报》能腾出手来将安徽作家整合起来,形成拳头出击,具有榜样的意义。中国文学杂志的时代已经式微,报纸用它强大的力量进入文学,可以说是一件好事。《南方都市报》以它强有力的力量支撑做了"华语文学大奖",它给社会造成的影响,是一般的文学杂志"望尘莫及"的。当然,一个真正的作家只忠实于自己的写作,不太会被外界的喧哗所吸引;但文学能够热闹一些,毕竟是一件好事。

我最后想说的是,安徽作家结伙出版十本集子,就等于放飞了十只会唱歌的鸟。好鸟枝头多朋友,好书必有读者缘。"何以解忧?唯有杜康"。何谓好鸟？羽毛灿烂，歌喉嘹亮。何谓好书？为文先朴，倾吐衷肠。鸣锣开道，好书登场。

二〇〇四年五月

有关《五福》的通信

P.Y兄：

您推荐来樟叶先生所著长篇书稿《五福》用三天时间读毕。掩卷沉思时，感想纷纭，难以条分缕析，散漫道来，与兄共赏析，并盼得便时与樟叶先生面谈一次。

此书以辛亥革命陕西起义前夕之历史事件为素材，气魄宏大，立意高远，探微钩沉，再现了那风云变幻、豪杰四起，国家处在十字路口、四万万人民茫然四顾、不知何去何从之复杂历史局面，读之让人不时生出身临其境之感。《五福》的一个显著特点，就是在革命演进过程中老百姓的喜怒哀乐和日常生活，让人感受到他们才是革命波涛高潮迭起的始作俑者。书中绝少出现领袖级人物的运筹帷幄、演讲家的慷慨激昂，用大量笔墨描写普通人在特定历史条件下的思想感情和知行实践，还原"革命"二字的应有之义，展现农工兵学商灵魂深处的革新情结。

辛亥革命、武昌起义，随之响应者，竟不是沪、穗等濒海临江、信息畅通之大码头，而是在西安这相对闭塞的西部城市。其行动之迅速、计划之周密、斗争之英勇惨烈，有甚于武昌起义之处多矣。陕西革命之成功,不仅于民国创建厥功甚伟,即是对后来的新民主主义革命,也有着示范借鉴之意义。深究其因,社会薄弱环节的链条总是不牢固的,是根本性的因素。同时作者力求从历史文化的角度阐述这场革命的意义,不知不觉中使人耳目为之一新。

近年来有关武昌起义的文学、影视作品,已成泛滥成灾之势,而西北起义的作品鲜有出现,从这个意义上看,樟叶先生的这部《五福》是一本及时的著作。

我预感到此书出版之后,会引起文学及影视制作方面的注意,如有好的班底将此书故事搬上银幕,很可能成为有影响的收视热点。

与武昌起义主要依靠了同盟会在新军中的势力不同的是,陕西等中国西南西北省区则主要依靠哥老会在新军中之秘密组织,没有哥老会龙头老大们与同盟会的通力合作,就没有陕西举义的成功。这是陕西革命的独特性,也是后来的革命统一战线之滥觞。所以欲要研究辛亥陕西起义,必先研究哥老会在陕西乃至西南西北各省之活动情况,欲要创作以辛亥陕西举义为素材背景的文学作品,亦必先将哥老会这本社会大书烂熟于胸方能腹中有局、下笔有神。樟叶先生生长在古都长安,在中华文史中浸淫多年,于地方风情、文史掌故、世事沿革,无不熟谙,所以《五福》几乎笔笔不离"哥弟",就成为必然的了。但书中的"哥弟",并非现代版所注释的"哥们儿义气",而是被历史有意或者无意遗忘了的、城市最下层老百姓的一个特殊群体的称谓,变成了他们义无反顾的彻底革命精神的代名词。

不才多年前曾读过一些陕西文史资料,脑中尚留有些微印象。《五福》所着力刻画塑造的主人公刘五,似乎是以陕西举义之首要人物、哥老会中最孚众望的龙头大爷、革命后被推举为兵马都督的张云山为模特。云山出身贫寒,经历传奇,举义时指挥若定,大略雄才,目光与胆识远胜于一般的袍哥、舵主,是陕西革命之中流砥柱人物。举义成功后又率部西征,在乾县之役中力守危城,牵制敌方大量军队,有力地支援了东线战役,确保了省府安全,发挥了极其重大的作用。西路战役充分展示了他的军事才能,也为他赢得了"三秦名将"之声誉。局面初定后,他顺应历史之潮流,忍痛割爱,不惜自己多年在江湖中经营树立之威望,为公为国,取消了哥老会这一带有浓厚封建色彩和极大野蛮破坏性的行帮组织在全省各地的码头,割除了赘生在社会肌体上的一大毒瘤,使众多的哥弟回归民间社会,为黎民百姓解除了巨大苦难。当然《五福》不是历史教科书,刘五也不是张云山的化名替身。辛亥革命本身已经足够波谲云诡,张云山的生平事迹已经相当浪漫传奇,在此基础上,再加上作者的剪裁融会,想象提升,所成就的《五福》,就是一部可读性甚强、可圈可点之处甚多的应时之作了。

让我们先从书名谈起。"五福"者,按刘五之父所言:"五是天下最大的数了。天有五方,东西南北中;地有五藏,左青龙右白虎南朱雀北玄武,中间是人;情有五礼,仁义礼智信;财出五服,太爷父子孙;人有五福,酒色财气再加上终老白喜事。你的名字单取一个'五'字,本意是希望你成人后立天地中,行规矩事,有完整人生。"这铿铿锵锵之话语,不惟是一个封建时代乡村知识分子"人之将死,其言也善"的肺腑之言,也是那个时代之人的世界观念、道德理想之集成。刘五将父亲的临终嘱咐当作金科玉律,并为之奋斗一生。这些箴言法语,究其根源,显然是脱胎于儒家之纲常伦理与修身、齐家、治国、平天下的理想人格。究刘五一生,虽有顺乎潮流,参与推翻帝制之义举,但骨子里还是个受封建意识影响,把革命中当良将、革命后当清官作为自己最高追求的"旧人",即便是在失意官场后所产生的那些归隐山林做隐士的想法,也未脱出封建士大夫的思想窠臼。他的思想与代表着中国当代社会最进步思想的孙中山等人物相比,有明显的差距。这也就是他在袁世凯阴谋恢复帝制、全国掀起反袁浪潮时犹豫观望、只图自保的真正原因。

我们没有理由要求刘五成为时代先锋,我们也没有理由让作者把刘五写成蔡锷。刘五的思想局限决定了他的悲剧命运。但也正因为这局限,使我们的作家顺水推舟般地塑造出刘五这个具有代表性的历史典型人物。从某种角度上来看,刘五式的人物,在当今政坛依然存在;刘五式的悲剧,依然在改头换面地重演。但毫无疑问,刘五是可爱、可敬的人物,是个顶天立地的男子汉;他的英勇、果断、机智、忍辱负重、以屈求伸,是一切干大事者必具的品格;乃至他在为了实现自己的计划时那种阴险和毒辣也呈现出某种迷人的魅力。我记得列夫·托尔斯泰曾说过:"人生的一切变化、一切魅力、一切美,都是由光明和阴影构成的。"如此说来,刘五这位特定历史条件下的有血有肉的真实人物,也许正是作者要努力挖掘的。

关于刘五这个人的功过,以及此书中所塑造的诸多生动人物形象,读者自会判断其是非。关于此书的思想意义以及认识价值,在《五福》这部小说所创造的"梦幻工厂"中,我们可以看见活泼灵动的士兵,可以感觉到黄土文化的历史厚重,可以体会中华文明的不息源流,可以聆听社会进步的坚实脚步,我们都没有必要代替读者总结。我想只就此书在艺术方面的几个特色略加点评,供你与樟叶先生参考。

从小说的整体来看,我感到樟叶先生继承了中国小说史上那种淳朴但略事夸张的"讲古"风格。《文心雕龙·总论》曰:"今之常言,有文有笔,以为无韵者笔也,有韵者文也。"后人针对散文所写之零碎随笔、杂记等统称为"笔记"。此种文体自由活泼、晓畅自如,亦庄亦谐,饶富趣味,后为小说家借鉴,便成为说部、演义类小说叙述风格。其实说得通俗一点,就是一种讲故事的调调。讲古、论古,讲的就是过去的故事也。我等作家,于上世纪八十年代改革开放之初,大量阅读西方翻译小说,虽令眼界大开,身体力行,意欲改革鼎新,但也因"食洋不化",一味模仿,制造出诸多克隆文章。而于中国小说之诸多传神手法,丢失殆尽。时至今日,方才觉悟,虽为时未晚,毕竟浪费了诸多时光。樟叶先生土花斑驳之小说笔法,正如百姓生活中的家织棉布,看似破旧,其实正吊诡地符合了新潮。恍然忆起,我们去年与樟叶先生小聚,听他谈此小说构思,说到很多小时听老人讲故事的记忆,因而小说才有此趣味。

我想,所谓"讲古",大概可以理解为历史小说。而历史小说的源头,绝不是官修正史,而是民间口头传说。而传说的过程也就是传奇的过程。崇拜祖先、敬仰祖先,似乎是人类的本能,在被儒家忠孝思想浸淫数千年的中国,此风尤炽。人们对生者无比苛刻,对死者却极度宽容。人们极不愿承认当代人的成就,却愿意把古人的事迹渲染、夸大。即是被共识为信史的《史记》,其中也多有夸大失实之处。

中国人的这种对待历史和祖先的态度,为我们的"讲古"小说确立了一个最根本的特性,那就是建立在民间口头传说基础上的传奇。而传奇性也就是"讲古"小说的可读性,传奇性也就是"讲古"小说中祖先的辉煌业绩与不肖子孙苍白人生两相对照并产生激励作用的根本原因。

基于前面这些浅陋的分析,我不揣冒昧地推想:《五福》来源于热炕头上口口相传的家族故事与记录了当事者回忆并经过文人加工的文史资料,这就使小说具备了写作者知道真假参半,阅读者全然信以为真的最佳效果。如此推想,不知兄以为然否?

除了如前所述的"讲古"调调外,窃以为《五福》还具有以下几个艺术特点。当然,也就是这些特点形成了《五福》的讲古腔调,择出来分析,是为了我们更具体地感受欣赏。

第一点是《五福》中的大风景描写。中国古典小说,多不做琐细风景描写,即使提到,也是寥寥数笔,一带而过。西洋小说则擅长此道,一山一石,一草一木,俱不吝笔墨,详加描画,直欲纤毫毕显而后止。樟叶小说师承古典,不落繁琐描写之滥套,但较之古典略加渲

染,形成独特韵致:

> 八月的伊犁草原草深花香,大片大片的白杨林散落在高低起伏、一望无际的宽阔牧场上,雪山冰川融化而来的河流在草原上曲折蜿蜒……

> 初冬的渭北高原丘陵沟壑,高低起伏的黄土坡上稀稀疏疏地散落着黄土垒起的村舍,大片的槐树林树叶已经脱落,苍劲的树干和盘踞断壁残垣上的荆棘在寒风中微微颤抖着,田垄里的麦苗却泛出绿色……

> 三清观背靠巍峨华岳,面临关中平原,居高临下视野开阔山河壮观……从秦岭山脚绵延到北塬坡边,东西长百十里的杏树柿林,多是百年老树,枝干沧桑,碧叶茂盛,空气清新,林木幽静……

> 六月关中,乡间新麦入仓,伏桃上市,西瓜将熟。秦岭脚下绵延数百里的水稻田里,秧苗齐楚楚、绿汪汪,洛惠灌区的玉米刚刚破土露苗,旱塬上农夫们正忙着撒谷点豆,田间道旁的柳树在灼热的阳光下纹丝不动。军政府虽然强制禁烟,但塬背后、沟道里、人迹罕至的远郊旷野,罂粟花依然含苞怒放……

通过上面的引述,我们是不是可以看出,樟叶先生的风景描写,似乎是站在一个制高点上鸟瞰着眼底的平川旷野。这样的视角,宽广辽远,有横扫千军如席卷之势,形成一种博大壮美的风格。也只有这样的描写,才能与《五福》所讲述的故事相匹配。

《五福》的第二个艺术特点,我觉得是作者对于大场面的营造。

无论是攻克满城之仗、窑店阻击之战,还是乾州宋城之役,都写得刀光剑影、山崩地裂、有张有弛、有声有色,充分显示作者胸中的大格局和解决复杂问题的能力。书中关于刘五坐观秦腔、粉碎暗杀阴谋的一章,写法与他的战争场面描写大不相同,但同样是一种大场面营造。台上轻歌曼舞,台下谈笑风生,百里之外的道观则显得刀光剑影,几个场面来回切换,辗转腾挪,自然疏朗,由此越发可见作者驾驭题材的能力。

《五福》的第三个值得称道之处,我认为是他纯熟地运用经典的白描笔法,对人物进行肖像描写:

姑娘头戴竹笠,月白布袄紧裹在苗条的身躯上,腰间系着印花蓝布小围裙,裤脚翻起到小腿肚上,在烟波浩渺的湖面上,身体随着波浪依着桨橹左右摇晃,上下起伏,……

虽未对姑娘的面貌进行一字的描写,但一个江南窈窕女子的美好形象已经跃然纸上。又有:

"老道"时年四十岁,军中兵痞的特点在他身上得到集中体现:墩厚的六尺身材,饱经风霜的一脸横肉,粗壮的腿脚,圆锐突兀、目空一切的牛眼睛。跟在身后的几个兄弟身体各异,高矮不同,但都腰缠三寸板带,手执短棍链枷,指扣铁箍利镣,凶相毕露……

一群兵痞恶棍仿佛就在眼前。还有:

合体的白丝绸高领窄袖短衫,领角和衣摆绣有月白竹子图案,配黑绸落地长裙。乌黑的短发,手腕上一对翠绿玉手镯,肤色比三十多岁的女子显得年轻许多,白皙的瓜子脸上眉毛轻描,高挑鼻梁,微微上翘成月牙的嘴角,一对水色大眼睛……

刘五的至爱美菱至此也是呼之欲出了。

《五福》的第四点好处我想是他准确的、充满感情的风俗描写,譬如他描写戏园子街道两侧的小吃摊:

……臊子面摊当街垒起一口大锅,亮开八尺长的面案,滚动六尺长的擀面杖,抄起二尺长的捞面筷,抡起一尺长的调羹匙,撒一把香葱,抹一板油泼辣子,地道的长安臊子面就出锅了……

是不是仿佛嗅到哨子面的香气?

《五福》的第五点令我欣赏之处,是作者对方言土语的大胆运用,譬如:"人称大哥是人尖尖儿、义杆杆儿、胆团团儿……""把个脚趾头也磨出个血泡泡,腿腕腕也困成个细杆杆,一挂肠子饿成个细溜溜……"这样的来自民间的鲜活口语,毫无疑问地使得小说具有了鲜明的地域色彩,增强了艺术感染力,同时也非常符合"讲古"小说的草根性。

下面,我们该探讨《五福》尚待完善之处了。我首先要谈的,依然是语言问题。樟叶先生的语言,好处已在前面论述过,我感到不足之处,主要表现在小说中的对话部分。作者似乎把注意力放在了让对话承载故事功能方面,而忽略了通过人物的对话,表现人物的性格这一重要功能。另外,有某些叙事语言,文白夹杂,略感冗赘,有待驯化。如果是一部翻译腔调的小说,对话的个性化与否,基本上无碍大局,但对于一部继承了中国古典小说传统的"讲古"小说,这个问题就显得至关重要。《五福》一书,人物众多,出身各异,人物之间的对话,占有相当大的比重,作者尽管在让人物的语言"毕肖其口"方面做了很大的努力,但读来仍嫌不足。

第二,《五福》作为一部洋洋数十万言的长篇小说,故事的起承转合,脉络并不是特别清晰。如能多分些章节,每节用小标题加以提示,或可使此问题得到改善。

总而言之,《五福》是一部厚重的、有个性的作品,希望作者能再费些精力,使之更臻完美。

以上所言,随感而发,仅供兄与樟叶先生参考。

二〇〇四年十二月二十一日

诗化的散文
——《熊育群散文集》序

数年前,一个朋友带熊育群到我家来采访,不久后又在深圳的一次会议上见过。据此,他写了一篇文章,题为《莫言的两个下午》。文中说了我很多好话,也写了几句不那么顺耳的话。其中最为刺耳的一句,说我躺在深圳植物园的草地上,"状如白痴"。后来他来电话,问我看到了文章没有。我问他知不知道我为什么躺在草地上"状如白痴",听声音他紧张地说:"不知道……"我知道他不知道,而且我知道他永远也不可能知道。

其实他根本不必紧张。从内心里说我也不认为他对我形状的描写有什么不妥。那时候,我人躺在草地上,灵魂早已出窍,"状如白痴",正是准确的描写。

从这篇文章里,我发现了熊育群眼光的厉害。他时刻都在观察,非常注意捕捉细节。这是一个优秀记者的基本功,而他不仅仅是个记者。他是小有名气的诗人,是半个旅行家,是成绩斐然的散文作家。接受他的采访,或者与他在一起参加活动,确实要"提高警惕"啊。但不久前我与他在东莞开会,白天在一起吃饭,晚上在海边长谈,言语投机,所见多同,也就忘记了提防。

熊育群的散文,我从前看过的,有游记,有人物访谈,均留下深刻印象,因为他写得不同凡响。他的游记文字,总是能发人之未见,这大概与他是学建筑出身有关。建筑是凝固的诗篇,也是物化的历史。他在建筑方面的训练,使他独具只眼,能把死物写成活文章。他的人物访谈,跳出了机械记述和肉麻吹捧的老套,总是能写出被访者异于同行的一面。这些,都是我甚感佩服的。

熊育群已经出过很多书,其实用不着我来写序向读者推荐。但他把我视为朋友,希望能听到作为朋友的我对他的近作的评价,这是我无法推辞也义不容辞的。这本新的散文结集,他自己甚为看重。我看了其中的大部分篇章,也发自内心地感到不错。像《春天的十二道河流》的浪漫,《复活的词语》的博识,《生命打开的窗口》的沉痛,《客都》的大文化视野,《脸》的民间文化辨析……都写得各有特色,让我自愧不如。初步地总结一下,我觉得他的散文虽然题材多变,手法各异,但还是有一些共同的特色,带有他的鲜明标识。

他的散文辞采华美,声韵响亮,许多片断,如果分行之后,其实就是诗歌。我觉得他的散文是诗化的散文,这与他的诗人出身可能不无关系。他不太注重叙事,比较注重写意抒情,读来有云影月踪、缥缈灵动之感。

他的散文,贯注着强烈的时空意识,总是能从司空见惯中,翻出大的境界,使人有"会当凌绝顶,一览众山小"之感。

他是楚人,并且以此为傲,虽然旁征博引,学问芜杂,但骨子里继承的还是楚文化的浪漫精神。他的文章中有:山魈野鬼,名士娇娃;百兽率舞,群鸟翔集;危冠广袖,芰荷彩衣;把酒临风,感慨太息;俯仰天地,神游八极;造句奇特,出语惊世;指点江山,激扬文字。以上种种,正是楚骚遗韵。

唯楚有才。楚人出楚,往往易成大器。让熊育群去盖大楼的可能性比较小了,但让离开了楚地的熊育群写出大文章,却是我作为他的朋友的一个殷切盼望。

二〇〇五年七月三日

诗意的村庄

——《温柔村庄》序言

读完了卢文丽漫游江浙三十一个古村落时写下的文字和途中拍摄的部分图片,如同跟随着她,在那些历经沧桑、沉淀着古老人文气息的地方走了一遍。或者流连忘返、或者彳亍彷徨、或者鉴古思今、或者怀旧感伤;或者驻足于老宅旧屋、或者品茗于茅舍竹廊、或者吟诵于青山绿水、或者微醺于农家宴上。一种细雨朦胧般的、古色古香味的、既有文人雅士情调、又有小资白领情怀的复杂感觉,长久地萦绕在我的心头。

卢文丽是写过很多优美诗歌的年轻诗人,其文笔清丽隽永、摇曳多姿,字里行间洋溢着诗意,饱含着深情。村落里的一切,在她的笔下,都活了,都浪漫了,都感伤了,淡淡的,散发着清新兰花和古旧书卷的香气。她是把自己对故乡、对亲人的真挚情感当成了墨水来抒写村庄;她是把这些村庄当作了自己的村庄来摹画;她是把那些老宅古屋当作了自己曾在其中居住过的地方来向读者介绍。因此似乎可以说,作者的这一番旅行,是一次感情之旅,这本书,是她写给外公外婆的感情之书。

当今时日,旅行,是时髦的事情;而带着感情旅行,则是美好的事情。外乡人到了书中所介绍的村庄,未必会产生本书作者那么多的感想,但如果先读了这本书再去这些村庄旅行,感想应该会丰富许多。因为,除了那些固定的风景之外,我们还会想到,曾经有这样一个人,在我们之前,把她的足迹留在了这里,把她的情感寄托在这里,使这些历史的陈迹,获得了当代的灵气。

作者自言,这本书,既是一本散文集,又是一本摄影集,还是一本可以装进旅游者背包的工具书。文字的美丽自不待言,图片的精美也无须多说,作者替那些背包客们搜集的资料也非常详尽。这样的书,也可以叫作"行走文学",这是文学的一个新品种,也是前途无量的品种。写这样的书,作者要能吃苦,还要具备丰富的历史、地理、人文、建筑等方面的知识。近年来我读过不少这类书,《温柔村庄》是我最喜欢的一本。读了《温柔村庄》其实未必再到这些村落去,因为作者告诉我们的比我们去亲历一遍感受到的还要多;但到过这些村落的人,却很有必要再看一遍这本《温柔村庄》。

二〇〇五年九月二十一日

蝉 声 嘹 唳
——《崔秀哲小说》序

崔秀哲先生是韩国著名的小说家,能为他的小说集写序,是我的光荣。

本书译者朴明爱女士说:"他不断地追求文学创作的无政府主义。文学创作的无政府主义并不是写出符合伦理的文字,也不是写出起承转合分明的文章,而是导入一种新的创作技法的意思。"我非常欣赏"文学创作的无政府主义"理念,这意味着挑战权威、离经叛道,也意味着大胆创新、独具一格。而文学艺术的生命力,就在不断的创新之中。在中国,我相信崔先生会找到许多同意他的文学观、并且也进行了许多大胆实践的同行。我同意崔先生的观点,赞赏崔先生的勇气,但我也可以说:当我拿起笔来时,我就是我自己的文学政府。

崔先生的大部头作品大多还没译成中文,译成中文的也正在出版之中,但仅就收入本书的一部中篇和三部短篇,他特立独行、不同凡响的创作个性,便可略见一斑。

崔先生小说中的主人公多是生活在大城市的知识分子,所从事的工作又多与文学创作有关。这样的环境中的这样的人物,精神变异、白日做梦、想入非非、丧失自我,就不仅仅是艺术的虚构,而是严酷的现实了。这样的人物不知道自己身在何处,不知道自己身为何物,不知道自己身为何名,深陷在梦幻与恍惚之中,混淆了夜与昼,混淆了醒与梦,混淆了生与死,混淆了己与人,混淆了男与女,混淆了人与物,正是患上了"失忆与变身"这一现代病的典型病例。作者通过塑造这样的人物,描写这样的人物的所思所感,发起了对人生、对社会、对自我的追问。这样的追问是文学的古老的也是现代的命题。任何一个有思想有追求的作家都不会忽略这些问题。

  我估计,崔先生的小说,很可能让中国读者联想到卡夫卡。但我也相信,只要认真阅读,还是能读出崔秀哲和卡夫卡的区别。卡夫卡小说中的小人物,面对着强大的外界压力,更多地表现出的是无奈和逃避,崔先生小说中的人物,更多地表现出了追问和探求。卡夫卡的小说是他生存的那个社会从他的身体里压榨出的一杯苦水,而崔先生的小说,则是他生存的社会和他的个人气质混合发酵后酿造出的一壶烈酒。

二〇〇五年十月一日

心存真诚　　得意忘形
——《李亚小说集》序

　　李亚吾弟,淮北才子,生长亳州,魏武故里。人杰地灵,物产丰盛,一条大河,流淌其中。李亚其人,个头不高。闷声少语,性情孤傲。舞文弄墨,多年爱好。臧否人物,眼眶甚高。十余年前,相识林园。谈文讲武,宛如昨天。后入军艺,读文学系,晚我三届,乃我师弟。

　　李亚小说,即将结集,嘱我作序,义不容辞。费时一周,研读文集,时时掩卷,闭目沉思。动我心者,葛庄系列。根本在此,非同小可。纵观古今,放眼中外,作家难脱,故乡情结。想那葛庄,垂柳绿杨,非真故乡,亦真故乡。精神归宿,想象源溯。一山一水,尽在其中;一草一木,皆有深情。闭目可见,伸手可捉。乡音缭绕,如在耳畔;斑斓画面,如在面前。诸多人物,栩栩如生,如见其人,闻其声。"桃园沸腾","胡琴燃烧",心心念之,不屈不挠。一言既出,不依不饶。如此个性,为之眼潮。"北方旅馆","泥鳅、分裂",意识流动,时空跳跃。比喻巧妙,语言精到。力道内蕴,烈火中烧。少年糖官,音乐狂童,为了胡琴,肯舍性命。利斧断指,大愿终成。青年麦官,退伍大兵，一身正气，铁骨铮铮。敢抗流俗，不避讥讽。为了爱情，甘愿牺牲。桃之夭夭，愿结永好。堂堂君子，心如琼瑶。"泥鳅"庄严，生命历程，黄尘遍地，烈日如蒸。奔赴上海，已成象征。"分裂"痛切，惊心动魄，步步紧逼，轰然爆裂。逻辑严密，毫发不错。为了尊严，飞身撞车，这个短篇，可谓惨烈。

坊间流行，士兵小说，多年套路，实难打破。李亚所写，迥然有别。机关大兵，爱好养鳖。外表痞子，内心火热。关键时刻，方见本色。新型士兵，别样风采。语言机智，俏皮幽默，羊群骆驼，高出一截。写景状物，毛发毕现，海岛军营，浪花飞溅。诉诸笔端，如同亲见。"金色课堂"，生动活泼，女兵心态，变幻莫测，花样年华，犹如泡沫。

能写乡村，能写军营，城市边缘，宵小寄生。"水生之物"，"摇头之鱼"，飘荡游弋，无根之萍。行尸走肉，堕落灵魂，李亚心中，存大悲悯。

李亚之笔，摇曳多姿，李亚之情，沉郁雄奇。李亚熟谙，小说之道，厚积薄发，做猛虎跳。虎跳深涧，皮毛灿烂。身影矫健，如梦如幻。长啸一声，月落林表，谛听晨鸡，喔喔报晓。旭日东升，霜叶如火，如此境界，是好小说。

以此为序，似大不恭。心存真诚，得意忘形。

二〇〇五年

大画家李晓刚
——《李晓刚画集》序

我不懂绘事,虽然也偶尔去看看画展或翻翻画册,但没有判别好坏的能力,只有喜欢与不喜欢的感受。

1983年李晓刚从解放军艺术学院毕业,1984年我踏入这所学校的大门。过了二十多年,在一次朋友聚会上,认识了这位非凡的校友。虽然我读的是文学系,虽然我对美术是一窍不通,但每次去学院图书馆,几乎都是借阅画册。那里有凡高的画册,有高更的画册,有莫奈的画册,有毕加索的画册。画册珍贵,不许拿走,只能在那间小小的阅览室里看,旁边还有一个管理员,不时地投过一瞥,有监督之意,我想大概是怕被不良分子用刀片剜去几页吧。这些画我都喜欢。我看着画,心里感动,仿佛能感受到画家创作这些作品时的心情,心里也就涌动着同样的或暴烈或悲伤或忧郁的感情,想用某种形式表达出来,别无长技,只能诉诸文字,于是就有了《红高粱》《爆炸》那样一批轰轰烈烈的作品。现在我想,那些画册,一定是李晓刚读过了无数遍的,他从那里边,一定也汲取了许多的营养。从这个意义上说,他是我的师兄。现在,我依稀回忆起了当时在学校里盛传着的李晓刚的大名,说他的入围了全国美展的《冻河》,说他的赢得了赞誉的《泸沽湖的传说》,大家在传说着他的成绩和他的年轻时,同时也在预测着他的远大前程。今天的事实证明,李晓刚没有辜负校友和老师对他的期望。他先是东渡扶桑,后又游学西洋。二十多年里,殚精竭虑,面壁破壁,勤奋创作,用几十幅非凡的作品,奠定了自己在东洋画界的地位。

我只看过李晓刚送我的画册,没有看过他的原作,但就是在画册这样小小的尺幅里,我已经感到了一股大气。我最喜欢他画的女人。这些女人,高贵而忧郁,正符合了我对女人的最高级的想象。这是些大女人,不是小女人。这样的女人身上,洋溢着高尚的色情,是人性和神性的结合,超凡但并不脱俗。我也喜欢他画的风景。那些河,河边的房子,房子边的树,河上的桥,河里的水,水中的倒影,都是感性的,既是实物的写照,更是梦中的幻境。

仅仅有了这些画,还不足以让我用"大画家李晓刚"来做这篇文章的题目。因为有了那幅画在一心寺里的巨幅壁画《雪山弥陀三尊图》,我才敢说李晓刚是个大画家。这项宏伟的艺术工程创作伊始,就将米开朗琪罗在西斯廷教堂里干的那件大活儿当成了榜样。米开朗琪罗那活儿已经成了艺术史上的伟大奇迹,李晓刚在一心寺里干的这件活儿能否流芳千古还需要时间的证明。但仅从照片上看,我已经被那巨大的气魄和无边的庄严所震慑。李晓刚把喜马拉雅山搬进了一心寺,同时他还把弥陀三尊的莲花宝座安放在喜马拉雅山上。因为有了这壁画,一心寺放出了万丈光芒,那是普照众生的佛光,也是美轮美奂的艺术之光。

干出了这等活儿的人,不是大家是什么?

二〇〇六年七月

人性的张扬　英雄的礼赞
——《华夏龙魂》序

我的家乡有一条胶河,流量不大,在分省地图上只是细细一条线,但她却是我们高密东北乡的母亲河。胶河大多时候是一条涓涓细流,近年来更是经常断流,但她发起威来,也有浩浩汤汤、奔腾咆哮的景观和声势。在我童年的记忆中,胶河是世界上最大、最壮观的、最美丽的、最神圣的一条河。

后来,我看到了黄河、长江、珠江、密西西比河、莱茵河、塞纳河等著名江河,但这些江河留给我的印象都不如胶河留给我的印象深刻。那些都是别人的河,唯有胶河,才是我的河。这条河已经成为我的高密东北乡文学地理的重要组成部分。

青年诗人牧文也是高密东北乡人,他的家距我童年时住过的小屋很近。牧文每次到北京公干,都会到我家坐坐,聊一聊家乡发生的新鲜事奇怪事,叙一叙家长里短。家乡能有这样一个后起之秀,我感到很高兴。

2006年初,我回到老家过年。除夕之夜,牧文携妻带子,驱车赶到高密东北乡看我,回去后,写了一首诗《致莫言》,发表在一家文学刊物上。

那首诗把我神化了,我不敢当。我建议他把这首诗献给我们的胶河。

后来,牧文将他创作、出版的长篇神话史诗《华夏龙魂》一、二、三部送给了我,让我有时间看看,提点意见。我虽然读过一些唐诗宋词,但对现代诗读得不多,对神话史诗更是知之甚少。印象里,古希腊有荷马史诗,古印度有《罗摩衍那》和《摩诃婆罗多》,我国的藏族有《格萨尔》、蒙古族有《江格尔》、柯尔克孜族有《玛纳斯》英雄史诗,但作为中华民族主体的汉民族却没有一部神话英雄史诗;如果说有的话,也只是有一些呈散珠状的神话片段,保留在先秦诸子的典籍、《山海经》《淮南子》《搜神记》《世说新语》等文本中。这,似乎是我们的一个遗憾。

牧文倾心我国古代神话传说的搜集、整理和再创造,积十年之功,著成了长达万行的《华夏龙魂》,已经出版了前三部,被评论家认为"用诗歌的形式融会贯通了这些神话碎片,使它们具备了史诗的规模和质地",试图填补汉族长篇神话英雄史诗创作领域的空白。我作为他的老乡,钦佩他的执着追求并为他建树的业绩而感到欣慰。

翻阅了牧文的《华夏龙魂》,我以为,他在长篇叙事诗的形式美、语言魅力,以及思想、内容上的深刻和集中上,如四行一节的分段方式,不落痕迹的韵脚安排,整体结构的和谐,叙事与抒情的紧密结合,笔触的朴实、细腻,如人性的张扬、英雄的礼赞等,进行了积极的探索和大胆的尝试。在我们的高密东北乡文学王国里,牧文用他的诗歌的灵性和有气味的笔触构筑了一座神话人物大厦,如盘古、后羿、大鲧、女娲、嫦娥、姣女等等,令我惊异。

今年六月初,牧文又来北京看我,让我为他题词,我随笔写了一个字幅:"华夏龙魂,源远流长,生生不息,口口相传,诗书继世,牧文小民,其志大矣。"

希望牧文继续努力。

二〇〇六年七月于北京

"父母官"的故乡事
——读《三农手记》

近年来,无论多么精彩的书,我都没有从头至尾读完过,但这本《三农手记》读完了,而且读得津津有味,读得浮想联翩,读得感慨万千。

潍坊是我的故乡,写这本书的郑金兰是潍坊市主管农业的副书记,是我的"父母官",读《三农手记》,就如同听"父母官"谈故乡事,自然备感亲切。

书中的许多人物,我都见过面,有的还是我的朋友,因此,读这本书,也就仿佛与这些老熟人、老朋友见面。

我每年都回故乡数次,自以为对故乡还是比较了解的,但读了这本书,感到很惭愧,我的那些农村经验,显然已经陈旧了。

最近十几年来,中国的农业,发生了巨大的变革,而在这巨大变革中,潍坊的人民,发挥了伟大的想象力,创造出了令全世界瞩目的业绩,为全中国的农民兄弟,提供了宝贵的经验。作为一个潍坊人,我感到无比骄傲。当我从书中看到,大寨村支部书记郭凤莲从三元朱村支部书记王乐义手中接过"全国村长论坛"的会旗时,深深地感到，这是一个意味深长的历史性场面。

《三农手记》不是小说，也不是报告文学，但它比很多小说更有感人情节，比很多报告文学更有现场感。我从这部书里不但看到了西瓜上架、地瓜上树、无土栽培等科技奇迹，更重要的是看到了许多个性鲜明的人。像大棚蔬菜之父"菜头"王乐义、具有大将风度的"鸡头"王金友、创造出闻名全国的"得利斯"低温肉肠的"猪头"郑和平，还有养花养出了彩的"花头"李洪亮、栽苗木栽出了名的"苗木头"刘国田，还有种西瓜的郭洪泽、种芦荟的刘萃荣、种大姜的王德杰……真是"家家怀荆山之玉，人人握灵蛇之珠"，群星灿烂，英杰辈出。

郑书记没把《三农手记》当文学作品写，但《三农手记》具有了很高的文学价值。郑书记没把自己当成一个人物写，但读完了《三农手记》，即便不认识她的人，也感受到了她的风采、她的品格。她在"非典"时期率队驱车千里进京送菜的壮举，她领导群众预防禽流感时的决断，她筹办风筝会、菜博会、农业三化论坛时的指挥若定，她对大局的把握和对细节的重视，都证明了她是一个杰出的干部；她的人情味和同情心，她对老百姓的深厚情感，都说明了她是潍坊人民的优秀的女儿。

二〇〇六年十二月

草 原 歌 者
——《苗同利诗集》序

在检察文学笔会上,来自内蒙古铁路检察院的检察官苗同利,用他的似乎带着干草气味的声音,朗诵了一首题为《好久没听到娘的鼾声了》的诗,把在座的几个女检察官感动得珠泪滚滚,令在座的我也鼻酸良久。

好久没听到娘的鼾声了/鼾声如雷/娘每天鼾声如雷/隐隐地我就想下雨/下一场暴雨/病房连着走廊/沉淀着白昼的焦灼/我守候在娘的病床前/娘在我在/娘在幸福就在/液体在黑暗中奔流/一盏河灯/把一条河照亮。

能写出这样的诗的人,可以与之深交。

后来虽然没有与他深交,但有机会读到了他的诗稿。虽然没有与他坐在蒙古包里痛饮美酒,虽然没有听他在马背上仰天长啸,虽然没有看到他匍匐在草地上,但读了他的诗集,也就基本上读懂了这个人。

苗同利的灵魂寄托在草原上,他的诗与草原息息相关。他是真的爱着他的草原,如同儿子爱着母亲。草原在幸福就在,草原在诗才在。在他的诗里,草原已经不仅仅是牛羊的载体,而是生命的象征。人与草原已经融为一体。他说:"我听见从草根儿发出的叹息。"他也必能听到花的欢笑、云的尖叫、风的细语,和许许多多我听不到的声音。他也必能看到许许多多我看不到的颜色,嗅到许许多多我嗅不到的气味,感触到许许多多我感触不到的温度。他说:"在草原上/谁都可以把自己当成自己/把自己带进诗歌/在诗歌里安家落户。"首先是爱草原,把自己当成草原的儿子;甚至,把自己当成在草原上吃草的一头牛羊;甚至,把自己当成生长在草原上供牛羊吃的一棵草,然后,便不是人吟出诗,诗歌,仿佛就是草原的深沉的叹息,抑或哭泣。

在这个城镇疯狂扩张,欲望横流如同岩浆的后工业时代里,苗同利用精神守护着他的草原,用他的哀怨而悲愤的诗,为他的草原吟唱着挽歌。"倘若草原已经不在,谁好意思继续活着",这情感确有几分悲壮,但似乎又无可奈何。尽管我们"走进羊群马群,走进萨日朗、矢车菊、蒲公英、打破碗碗儿花的草原,走进蓝色的故乡,父亲的草原和母亲的河,呼麦和蒙古长调的海洋,热泪盈眶,一下子就回到了自己本身",但终究还是难以摆脱物欲的诱惑,回到钢筋水泥浇铸成的城市里,并继续着看似文明实则野蛮的生活。我们每个人几乎都在不自觉地毁坏着令我们感动、令我们重新找到我们自身的草原和大自然。我们穿了一件羊绒大衣,可能就毁了一片草地;我们用了一夜空调,可能就萎缩了一丛野花。因此,苗同利为草原的歌吟,就是对人性中的贪婪的批判。"故乡之痒/无药可医/记忆绾成一个死结/让我疼痛一生/眼见着不该毁灭的被毁灭,只有无边的怅惘与混沌的痛"。"遥远而苍凉的草原/有情节也有细节的草原/想起痛,忘了也痛"。

苗同利也写过一些看上去与草原无关的诗,看上去无关,实则息息相关。因为无论是在廊庙堂皇的北京,还是在吴侬软语的苏州,都是别人的故乡,而他是这里的过客。美景入目,美声入耳,美味入喉,但这一切都会让他想起他的草原。用眼前的一切和自己的草原比较,于是感慨万端,诉之笔端,外壳是他乡,灵魂依然是草原。

　　苗同利为草原而歌,为草原而哭,在歌之哭之的过程中,发现人性之奥秘,因此而成为一个草原歌者。愿他是古老草原的最后一个歌者,又希望他是新生草原的第一个歌者。

二〇〇七年八月三日

多余的序言
——《大江健三郎口述自传》中文版序

我早就答应了译者许金龙先生和出版社的编辑,要为大江先生这部讲述他五十年文学生涯的书写一篇序言,但迟迟不能动笔,不是因为所谓的"忙",也不是因为懒惰,而是因为面对着这部书,犹如面对着一座高山,不知道应该说什么,也实在没有必要说什么。

我是大江文学的爱好者,也是他伟大人格的崇拜者。他曾经说过我是他的朋友,但我一直是把他当作师长的,即使狂妄一点,也顶多是亦师亦友的关系。这并不是我故作谦辞,而是内心情感的真实表述。大江先生也在公开场合说过赞扬我的话,我想那是一个前辈作家对后辈作家的奖掖和提携,并不意味着我真的有那么优秀,对此我有着清醒的认识。

大江先生这部新书,虽说是采用了记者提问,作家应答的访谈式,但基本上可以看成是先生的口述体自传。我知道他是不愿意写自传的,也是反对建立自己的文学纪念馆的,因为他把自己看得很轻。他勇于担当家庭的、社会的责任,为了理想,可以奋不顾身;但他从来没有把自己当成什么"名流"和"伟人",而是以一贯的低调和谦恭与人相处。这次,媒体能够动员他长时间地讲述自己的写作和他经历的五十年来的日本文学变迁,确实是件很不简单的事情。因此,根据这漫长的谈话整理出来的这本书,也就显得意义非凡。

在这部书里,他谈到了自己的童年、森林中的故乡、亲人,谈到了流传在故乡人们口中的历史故事和森林中的精灵,谈到了民间文化对他后来的文学创作的影响。他谈到了他的小学、中学和大学,他的恩师和他的朋友,他的婚姻和家庭生活,因为这一切都跟他的文学密不可分。

通过这部书,我们可以看到,大江先生不仅是一个杰出的创作者,同时也是一个杰出的阅读者。他受过完整的教育,几十年来,手不释卷,广泛阅读,对世界文学,几可说是了如指掌。他谈话中涉及到的作家和作品数量众多,能使我们感受到他丰富的阅读背景,也能使我们意识到,他之所以成就为一个具有鲜明个性的伟大作家,是与他的广采博取密不可分的。

这部书向我们亲切地展示了他驰骋世界文坛的基本路线,让我们分享了他成功的喜悦和徘徊时的迷惘。这不仅仅是一个作家的创作历程,也是一个人的心路历程。大江先生是一个坦率的人,他在大是大非问题上爱憎分明,绝不暧昧。他是那种忧国忧民、以天下为己任、将自己的写作与重大世界问题纠缠在一起的作家,因此他的文学具有强烈的当代性和现实性,因此他的文学是大于文学的。

在这次坦荡的长谈中,先生讲述了他与川端康成、三岛由纪夫、安部公房、司马辽太郎、太宰治、大冈升平等日本当代文学史上著名作家的交往,观点鲜明地评点了他们的文学成就,并披露了发生在他们之间的一些逸闻趣事。他对村上春树、吉本巴娜娜等当红的日本作家的作品,也做了严谨的分析。

大江先生精通英语和法语,在西方多所大学担任过教职,与胡安・鲁尔弗、加西亚・马尔克斯、君特・格拉斯、米兰・昆德拉、巴尔加斯·略萨、爱德华·赛义德、奥克塔维奥·帕斯、沃雷·索因卡、西默斯·希尼等西方作家有密切交往,其中很多人都是他亲密的朋友。在这部书中,先生讲述了他们之间政治上的和艺术上的讨论,以及他们交往过程中的趣事。

大江先生是一个严谨的人,但同时也是一个幽默的人。他的幽默在他的小说中隐藏较深,不易感受,但在这部对话体的著作中,得到了充分的展示。我想,无论是对于文学作者还是一般读者,这都是一本值得反复阅读的书。

二〇〇七年十二月

欢迎"本小姐"出山
——《法兰西的烦恼　法兰西的美好》序

二十年前,这个名叫刘西鸿、喜欢以"本小姐"自称的女人,还是个娇艳如花的大姑娘。她以一部《你不可改变我》,轰动了文坛。此作旋即得了全国中篇小说奖。那时候文学还很是回事儿,"本小姐"也基本上是"一举成名天下知"了。就在众人期待着她的新作,当然也期待着她的更多精彩故事时,她却突然销声匿迹,据说是跟着一个法国的英俊小伙子远嫁法兰西了。等到再见到她时,"本小姐"已经是三个孩子的母亲,虽然风采不减当年,但毕竟不是当初那个犹如映日红莲的"本小姐"了。

"本小姐"曾经是广东第一才女(也有人说是第二才女),但不管是第一还是第二,她的作品乍一问世,即向我们传递了一种来自特区的青年迷惘而潇洒的崭新观念,作品中洋溢着的现代精神,也使那个时期的文坛诸公耳目一新的同时而略感惶恐。

从某些侧面看,刘西鸿有点像张爱玲。她特立独行的品格和不追流俗的行为,都使她具有大女人的风度。而对时代脉搏的准确把握,对新的风尚的敏感,则使她的作品具有了前瞻性,并塑造出了那个时代的新人形象。

"本小姐"惊鸿一瞥后旋即埋名西洋,但文坛上的朋友们一直惦挂着她。大家都不太相信这样一个人会就此搁笔。那璀璨的才华,不得施展,犹如剑藏匣中,岂不可惜？当然,生养并教育孩子,也是女人的伟大职责。

现在,"本小姐"终于"扬眉剑出鞘"了,虽是小文结集,但锋芒不减当年。从文中看,她这些年一直没跟文学分手。她读了那么多的书,看了那么多的电影,结识了法国文坛那么多的俊杰,更增加了丰富的人生阅历。她的见识和眼界,已经远远地超越了当年那个"本小姐",当然更远远地超越了我这样的"土包子"。她的语言,除了保持当年的鲜活和锋利之外,又增添了苍劲和老到。

我很喜欢她这本议论风发、妙趣横生的书,我更满怀希望地等待着她的新小说。她在台下冷眼旁观了二十年,卧薪尝胆了二十年,磨刀霍霍了二十年,现在,到了"本小姐"粉墨登场的时候了吧。

二〇〇八年

图书在版编目(CIP)数据

感谢那条秋田狗/莫言著.—杭州：浙江文艺出版社,2019.7
(莫言作品典藏大系)
ISBN 978-7-5339-5716-2

Ⅰ.①感… Ⅱ.①莫… Ⅲ.①散文集—中国—当代
Ⅳ.①I267

中国版本图书馆CIP数据核字(2019)第109536号

统　　筹	曹元勇
责任编辑	王丽荣
文字编辑	庄馨丽
封面设计	一千遍工作室
插页设计	夏艺堂艺术设计
责任印制	吴春娟

感谢那条秋田狗

莫言　著

出版	浙江文艺出版社
地址	杭州市体育场路347号　　邮编　310006
网址	www.zjwycbs.cn
经销	浙江省新华书店集团有限公司
印刷	杭州富春印务有限公司
开本	650毫米×970毫米　1/16
字数	230千字
印张	18.75
插页	10
版次	2019年7月第1版　2019年7月第1次印刷
书号	ISBN 978-7-5339-5716-2
定价	69.00元(精装)

版权所有　侵权必究
(如有印、装质量问题,请寄承印单位调换)